新　潮　文　庫

あぶない叔父さん

麻耶雄嵩著

新　潮　社　版

10876

目次

あぶない叔父《おじ》さん

失《な》くした御守

1

鬱々《うつうつ》とした霧が今日も町を覆《おお》っている。

朝にもかかわらず、行き交う車はみなヘッドライトを灯《とも》している。音もなく近づいたハイビームが、登校中の俺の目を次々と射抜き、過ぎ去っていく。そのたびに凍りかけた雪に足をとられそうになる。見通しが悪い上に歩道がろくに整備されていないので、高校に辿《たど》り着くまでいつも命がけになる。それは雪がない他の季節でも同じだが。

今も霧の中から突然現れた大型トラックが、轟音《ごうおん》をがなりたてて俺のすぐ脇《わき》を通り過ぎていった。腕を広げていれば、あっけなくもぎ取られていたかもしれない。

「危ないわね」と隣を歩く美雲真紀《みくもまき》が、風圧で翻《ひるが》えったコートの裾《すそ》を押さえながら口を尖《とが》らせる。「あの運転手、この町はきっと初めてよ。慣れている人はセンターラインに寄って走るから」

霧《きり》ヶ町《まち》——それが北を海に、残り三方を山に囲まれたこの小さな町の名前だ——はこの濃霧のせいで接触事故が多い。人身、物損、形態は様々だが、事故の件数は人口比だと県内でワーストだと聞いたことがある。人口の割に交通量が多いせいもあるだろう。町の東部にある港や、その先の山を越えた隣町の発電所から、反対側の西に聳《そび》える山を二つほど越えた市まで、輸送トラックがひっきりなしに走っているからだ。

トラックだけでなく発電所の従業員の多くは市から通勤しているので、道路の朝夕のつめ込み具合は半端《はんぱ》ないものになっている。処方箋《しょほうせん》となるはずのバイパスを造る計画は、この不景気でいつの間にかみんなから忘れ去られていた。

町には市から延びる霧ヶ町鉄道という、いつ廃止になっても不思議ではないローカル線があるが、朝夕の学生を除けば利用している者はほとんどいない。たまに土鳩《どばと》が無賃乗車するくらい。トンネルで突き抜ける道路と違い、海岸線に沿ってくねくねと遠回りしながら走っているのと、路線がこの町止まりで肝心の隣町まで達していないせいだ。大昔には隣町まで延伸する計画もあったらしいが、とっくに空手形になっている。

それどころか、国鉄時代にさっさと見捨てられ、三セク状態で虫の息。廃止になれば、常に遅れがちなバスに頼るしかなく、市の高校へ通っている連中には大きな痛手だろう。

「で、なんだったたっけ。そうそう、昨日の『フレグラ』の泰二《たいじ》、ちょっとあり得ないわよね」

『フレグラ』は去年の秋から始まった恋愛ドラマで、週刊誌などで視聴率の不振が揶揄《やゆ》されているが、民放が二局しか入らない霧ヶ町ではかなりの人気番組だ。泰二はヒロインの諒子《りょうこ》が恋する貧しい天才ピアニストで、真紀が云《い》う〝ちょっとあり得ない〟こととは、おそらく事故で右腕を切断した泰二が、手術後に再びピアノを弾けるようになったエピソードだろう。

「いいんじゃない？　そもそも全盲の諒子が落雷の衝撃でいきなり目が見えるようなドラマなんだし」

俺自身は第一話のそれで興味を失《な》くし、真紀とのつきあいで渋々観《み》ているだけ。落雷や切断は極端にしても、毎回すれ違いや誤解をまるで親が死んだかのように哀《かな》しんでみたり、困ったときにはいきなり仏様のような金持ちが善意の手を差し伸べてくれたりと、何事にも大袈裟《おおげさ》なのが性に合わない。

しかも全《すべ》てがシリアスタッチ。だがその派手さを我が身に置き換えて真紀は喜んでいるようで、髪型もヒロインを真似《まね》てポニーテールにしていた。

「あれはいいのよ。そうじゃないと話が始まらないでしょ」

女にしても高めの、人によってはヒステリックに聞こえる地声で真紀が反論する。霧のため、僅《わず》かの距離でも色褪《いろあ》せたタバコ屋の看板のように霞《かす》んでしまっているが、細く尖ったその眼を更に尖らせて俺を睨《にら》みつけているのはなんとなく判《わか》った。

「わざわざ奇蹟《きせき》を持ち出さなくても、別に最初から目が見えていれば済んだことだろ」

「何云ってるのよ。だから盛り上がるのに。普通に目が見えていたら、耳だけで泰二のピアノを聴くこともなかったし、好きにならなかったかもしれないでしょ。あれで諒子の信仰心も強くなったわけだし。ほんと優斗《ゆうと》はドラマ心を解さないんだから」

一番組が始まってから何度となく繰り返された会話だ。もうテンプレートのように一字一句覚えてしまっている。それくらいにこの町には話題がなかった。因《ちな》みに俺が好きなドラマもあるが、真紀は「地味」の一言であっさり視聴を止《や》めている。

真紀は家が近所の幼なじみで、今は俺の彼女のポジションを占めている。セックスはするが、将来結婚するかどうかまではまだ判らない。そんな関係だ。顔は一応美人の部類に入るが、甲高い声と尖った顎《あご》のせいで、気が強く見られがちなのを気にしている。俺に云わせれば見た目通りなのだが。

そんな真紀の昔からの口癖は、「何かドラマチックなこと起こらないかな」だ。現実ではそうそう起こらないことと、十六年間霧の町で暮らしていて未《いま》だに気づいていないのが俺には不思議だった。高校を出たあと大学に行くかは未定だが、少なくともあと二年、この町で就職すれば永遠に、今のような生活が続く。輝きも刺激も全て霧に吸収される町……俺も真紀も檻《おり》の中の住人なのだ。もっとも真紀は、ここで卒業後の職を得ることに何の疑問も抱いていないようだが。

そんな日常に異変がもたらされたのは、次の日の朝のことだった。学生カバンに括《くく》りつけてあった御守《おまもり》が失くなっていたのだ。どこかで引っかけて落としたらしく、紫色の紐《ひも》ごとカバンから消え去っていた。御守はよくある布袋ではなくプラスチック製のうさぎのマスコットで、年始に町外れのうさぎ神社――正しくは和邇《わに》神社といい、狛犬《こまいぬ》の代わりに狛うさぎが向きあっている一風変わった神社だ――に真紀と初詣《はつもうで》に行ったときにペアで買ったものだ。

部屋を捜している時間もないのでそのまま家を出ると、案の定「あの御守どうしたの?」と教室につくなり真紀が目聡《めざと》く尋ねてきた。通学中は霧で気づかなかったらしい。

「まさか失くしたんじゃ」

尖った眼で詰め寄る真紀のカバンには、御守のうさぎがゆらゆらダンスしている。

「まだひと月も経《た》っていないのにどういうこと？　ほんと優斗はがさつなんだから。一緒に買った御守を直《す》ぐ失くすなんて縁起でもないわ」

俺が口を開く間もなく、腰に手の甲を当て二の矢を継いでくる。

「いや、紐が切れたから家に置いてあるんだ。そのうち直そうと思ってるよ」

思わず嘘《うそ》が口を衝《つ》いて出た。

「本当に？」

疑われるのは当然だ。しかし一旦《いったん》嘘を吐《つ》いてしまった以上、押し通すしかない。俺は真紀の目を真っ直ぐ見つめると、

「本当だ。適当な紐を見つけたら直ぐにとりつけるさ」

いつから俺はこんなに平然と嘘を吐けるようになったのだろう。普段はろくに意識することすらない良心がちくっと痛む。俺の態度に、真紀は七十五パーセントくらいは信じたようで、

「じゃあ、いいわ。約束よ。でももし失くしてたなら……」

残りの二十五パーセントの側面で何事かを担保させられそうになった危機を助けてくれたのは、校則を無視して勢いよく教室に駆け込んできた武嶋陽介《たけしまようすけ》だった。

「おい、優斗。知ってるか。昨日、駆け落ち騒動があったらしいぜ」

ニキビだらけの顔で陽介はまくし立てた。彼は地区は別だが小学校からの悪友だ。まだこの町にもドキドキがあると信じていた小学生の頃は、一緒につるんでくだらない冒険をしていた。水の腐った池で泳いで二人とも全身に変なかぶれが出来たり、深夜の鶏小屋に忍び込んで大目玉を喰らったこともある。

中学では陽介が野球部で忙しく校内でたらたら話すくらいだったが、高校で俺と同じ帰宅部になり、再び変な誘いをかけるようになった。

「えっ、まさか鴻嘉《こうか》の恭子《きょうこ》さんがとうとう？」

目を輝かせて真紀が陽介に向き直る。

「そう、あの鴻嘉恭子様。相手は例の先生だよ。昨日の夜にこっそり屋敷を抜け出したらしい。今、鴻嘉の家は上を下への大騒ぎだぜ」

陽介の家はスナックを営んでいるので、この手の新聞に載らないような下世話な情報が誰よりも早い。

「とうとう成功したのね」

目尻《めじり》を下げうっとりした表情で真紀が呟《つぶや》く。

実は恭子は三ヶ月前に、一度駆け落ち騒動を起こしている。鴻嘉家は旧《ふる》くから続く家柄で、いくつも漁船を持ち、鴻嘉漁業としてこの町の水産事業を一手に仕切っている名家だ。恭子はそこのひとり娘で、昨年高校を卒業したばかりだから歳《とし》は十九のはずだ。気の強さが顔に滲《にじ》み出た真紀と対照的な、思わず二度見する雅《みや》びな和風美人で、有力者の令嬢ということもあいまって、町内で知らない者はほとんどいなかった。性格も大人しくしとやかで、絵に描いたような箱入り娘だ。

その恭子が駆け落ちしようとしたのだから、一時は町内が騒然となった。しかも相手が、機能を優先したようなダサい黒縁眼鏡をかけ、整髪料の存在を知らないようなくすんだ髪をしている冴《さ》えない三十路《みそじ》男ということが、話題に輪をかけていた。名前はもう覚えていないが、たしか三年前にこの町へ赴任してきた中学校の国語教師だったはずだ。

恭子は交際を始めた半年前、親に紹介したが、案の定身分違いを理由に猛反対を喰らい、無理矢理別れさせられたらしい。駆け落ちに失敗したあとは、携帯を取り上げられ、鴻嘉の屋敷に軟禁状態になっていたという。たしかに新年の鴻嘉の餅撒《もちま》きの際も恭子の姿は見なかった。

教師の方は、おそらく鴻嘉の家が手を回したのだろう、同じ県内でも正反対の方角にある僻地《へきち》へ、春からの転任が急遽《きゅうきょ》決まったという。

「噂《うわさ》では来週、恭子様は無理矢理に見合いさせられるところだったらしいぜ。相手は市会議員の息子だとか」

中学時代、隣の市の高校まで行って、プールの授業に忍び込み恭子の水着姿を見たことを未だに自慢している陽介は、ずっと彼女のことを様付けしている。

「なにそれ。政略結婚するくらいなら、駆け落ちを選ぶわよね。今度は成功してよかったじゃん」

真紀の歓喜の声が大きかったので「おい」と思わず俺は注意した。鴻嘉の身内はともかく、社員の子供はクラスにもいるはずだ。あとで何をチクられるか判ったものではない。

真紀も悟ったらしく、肩を竦《すく》めて周囲を窺《うかが》ったのち、

「でも二人で暮らしていけるのかな。先生を続ければすぐに居所がばれるだろうし、かといって、都会に出て働こうにもどこも不況だし」

ロマンチックな展開が好きなわりに、こういうところは現実的。真紀も結局はこの町で一生を過ごすタイプなのだ。

「そこなんだよな。お嬢様育ちだから、俺たちみたいな、いやそれ以上の貧しい生活に耐えられるかどうか」

まるで自分のことのように、陽介は深刻な表情で腕を組む。

「相手はいい大人なんだから、なんらかの伝《つて》はあるんじゃないか。たぶん向こうの家族は応援するだろうし」

他人の駆け落ちなどに興味はなかったが、とにかく真紀の関心が御守から完全に逸《そ》れたので、ひと安心しながら俺は再び話の輪に加わった。

そんな駆け落ち騒動が心中事件に変わったのは、午後のことだ。

＊

「今、携帯で姉貴から聞いたんだけど、大変なことになったぜ」

昼休み、食べ終えた弁当箱の蓋《ふた》を閉じた俺の許《もと》に、陽介が飯粒を撒き散らしながら突進してきた。朝以上の勢いに若干ひき気味に訊《たず》ねると、「駆け落ちじゃなくて心中だった」と返ってきた。

駆け落ちしたはずの二人の遺体が、朝の十一時頃に霧雨山《きりさめやま》の山城《やましろ》公園で発見されたらしい。山城公園は二人が出逢《であ》い、人目を忍んでデートを重ねていた場所だという。

目を輝かせながら説明する陽介に、俺は嫌な予感がした。

「優斗、放課後にちょっと行ってみないか？」

不安は的中。陽介は冒険心を忘れてはいなかった。ドラマ心も厄介だが、冒険心は更に厄介だ。駆け落ちが心中に変わったところで、無関係な人間には大した差があると思えないが、冒険心旺盛《おうせい》な陽介にとっては天と地ほどの開きがあるようだ。

陽介の髪は野球部時代の名残でスポーツ刈りのままだが、高校に入ってから薄い茶色に染めている。その茶髪がまるで気流で逆立っているかのようなオーラを陽介は全身から発していた。

俺は失くした御守を捜さなければならなかったが、渋々つき合うことにした。友達づきあいは大事だし、とりあえず駆け落ちなり心中なりが話題になっている間は、真紀の興味が御守に戻ることはないと考えたからだ。真紀は昔からそういう女だ。

放課後、真紀に断りを入れ、陽介と二人で霧雨山に向かった。正直に話すとついて来かねないので、ゲーセンに寄るからと、適当に嘘を吐いてごまかす。また嘘だ。しかしさっきほど良心は痛まなかった。よく判らないが、種類が違うのだろう。

霧雨山という憂鬱な名前の山は、海と反対側の町の南側に並ぶ山の一つで、その中腹に山城公園がある。町の中心部から公園までは三キロ程度、町から九十九折《つづらお》りの山道が続いていた。道は公園の直ぐ脇を通り過ぎ峠越えのトンネルを介して隣村へと延びている。

山城公園はもとは霧雨山城という名の旧い山城で、正式名も霧雨山城址《じょうし》公園なのだが、みな山城公園と呼んでいる。そもそも公園が出来たのはほんの五年前のことで、それまではただの雑木林。整備されるまでそこに城があったなんて、町の連中もほとんど知らなかったくらいだ。それに山城といっても、安土《あづち》城や春日山《かすがやま》城のような大規模なものではなく、サッカーもろくに出来ない広さの砦《とりで》跡で、歴史的な価値もあやふやなものだ。文献も少なく、どんな城主がいたのかすらはっきりしていない。戦国時代に作られたらしいが、江戸時代にはほったらかしにされ、荒れ放題になっていた。

何が契機で突然整備されたのかは知らないが——歴史ブームに便乗してこの霧の町にも名所をということだろうか——ただの藪山《やぶやま》がいつのまにか十円禿《は》げのように一部切り拓《ひら》かれ公園になっていた。ただ、小さい上に目だった遺構が発見されたわけでもないので、町は芝を植えたあと中央に櫓《やぐら》代わりの四阿《あずまや》と小さな池を作り、お茶を濁して整備を終えた。

何もかも中途半端。そのため予備知識がないと城跡であることすら判らないだろう。町興《おこ》しのために役場などにポスターを貼《は》り道沿いに幟《のぼり》なども立てているが、余所《よそ》から観光客が来たという話は聞いたことがない。そもそも遠い上に何も見るものがないので、町の連中も滅多に訪れることはない。公園に形を変えただけで、放置されているのは江戸時代と変わらなかった。

　山城公園への道を登っていくと、徐々に霧がかかってきた。気温も少し下がっただろうか。町なかの霧は朝の十時くらいになると薄くなるが、山間は夏以外はほとんどかかったままだ。そのため岩ばかりの入り組んだ海岸の隙間《すきま》に無理矢理家を建てる者はいても、山の上に住もうとするやつはいない。

　死体の発見が遅れたのもこの霧のせいだろうと、陽介は云った。二人は少なくとも昨夜の十時頃には死んでいたらしいからだ。発見時、山城公園には十センチほど雪が積もっており、二人は中央の四阿の中で事切れていたらしい。周囲の雪の上には二人の足跡はなかったという。

　道の街灯がうっすらと射《さ》し込む薄暗い公園で、雪に囲まれた四阿の中で心中する……真紀が聞けばドラマチックすぎて卒倒しそうな情景ではあるが、昨晩の雪が降り止んだのが十時頃なので、それ以前に四阿に来ていたようだ。

　そんな真紀も公園の今の有様を見れば肩を落とすに違いない。昨日とうって変わり、朝から暖かかったせいで、雪どけが進んでおり、そのうえ大勢の人間に踏み荒らされ、地面はぬかるみになっていた。本来は鮮やかな緑の芝生も今は枯れたような汚い色合いに変わっている。おまけに公園の入り口や四阿には警察の黄色いテープが蠅取紙《はえとりがみ》のように張り巡らされていた。それは誰も寄せつけまいとする、色にも張り方にも悪意しか感じられないテープだった。

公園は方形で、一辺がおよそ三、四十メートル。四方のひとつが道路で反対側が崖《がけ》になり、左右が雑木に覆われている。施設は四阿と池だけで、四阿は入り口から十五メートルほど先にあり、木造の屋根とそれを支える四本の柱という簡素な建物だった。壁すらなく、コンクリート敷の床には『霧雨山城』と背に彫られた木製のベンチが二脚並んでいるだけ。柵《さく》がついた崖の手前からは眼下に霧ヶ町が見下ろせるが、ベンチに座れば遠くの水平線しか目に入らない。何のためにあるのか判らない設備だが、それでも心中した二人はここで逢瀬《おうせ》を楽しんでいたらしい。

方形造りの四阿の屋根の上にはまだ残雪があり、無惨《むざん》に荒らされた公園の中で、唯《ゆい》一《いっ》孤高を保っている。四阿のすぐ脇には煉瓦《れんが》で囲まれた瓢箪《ひょうたん》形の浅い池があり、当初は庭園のように鯉《こい》を放ったが、初日の夜にあっさり獣に喰われてしまって以降、藻で濁っただけの水溜《みずた》まりになってしまっていた。また瓢箪の先からは排水用の幅三十センチほどの溝が道路の側溝まで延びており、川の流れを模してゆるやかに蛇行していたが、これも遊んでいた子供が足をくじいて以降は上に木の板を並べ暗渠《あんきょ》にされていた。

それ以外で設備といえるのは、公園の入り口にある俺の背ほどの太い柱だろうか。中央に霧雨山城址公園と刻まれている。城の由緒《ゆいしょ》が判らないので、説明の看板すらまだ作られていない。

先《ま》ず陽介が、柱に張られた黄色いテープをくぐり抜け四阿に向かおうとしたとき、野太い怒鳴り声が背後から飛んできた。

制服姿の初老の警官。上に黒いコートを羽織っている。見覚えのある顔で、口が悪く何かと怒鳴りつけることで有名な、この地区の駐在だ。恐らく俺たちのような野次馬を見回りに来ているのだろう。

「こら！　クソガキどもが。ここはお前らの……」

駐在の罵声《ばせい》を最後まで聞くことなく、俺たちは慌《あわ》てて山を駆け下りた。さすがに威《い》嚇《かく》だけで、追いかけては来ないようだ。

「くそ、あのポリじじい。でかい顔しやがって」

百メートルほど走り一息ついたところで、陽介が悪態をつく。喉元《のどもと》過ぎればの慣用句どおり、ぺっと強気に公園の方に向かって唾《つば》を吐いた。俺と違い、全速で走ったにもかかわらず息を切らしていないのは、さすが元野球部員だ。

「まあ、発見の日の夕方だとこうなるのも当然だな。日も暮れかけてきたし諦《あきら》めて帰るか」

「そうだな」と、意外にも陽介は粘ることなくあっさりと同意する。駐在に威嚇されたせいもあるが、公園に何もなさ過ぎて冒険心が萎《な》えてしまったのだろう。見えない部分に好奇心は湧《わ》くが、全てが見通せる山城公園にはとっかかる出っ張りがなかった。

とぼとぼと山道を降りていると、いつの間にか町の入り口の十字路まで来ていた。本線側には黄色い信号が点滅している。既に日は暮れかかり、霧が町にまで押し寄せ始めていた。漁船のエンジン音も徐々に聞こえてくる。

この道を折れ真っ直ぐ一キロほど進んで行けば鴻嘉の屋敷に至る。公園と違い鴻嘉の屋敷は広く、また門の前で道が終わっている。そんな家を抜け出して、わざわざ寒くて狭い公園で命を絶つ心理は俺には判らない。

「……この先が鴻嘉の家なんだよな。でも、恭子様、すげぇ美人だったのに。死んじゃうなんて、もったいないよなぁ」

陽介がぽつりと洩《も》らした。

「死ぬくらいなら、俺とつき合ってくれれば良かったのに」

陽介には彼女が出来たことがない。一面に広がる赤いニキビが治ればそれなりの顔だと思うが、しばらくは堪え忍ぶ時期のようだ。

「バカ。お前でも同じだよ。誰がスナックの息子を婿《むこ》に迎えたがるんだ」

「たしかにな。庶民は庶民らしく庶民とつきあえってか。無理して心中するよりましかぁ。でも、お前はいいよな。大きな寺だからそれなりに格式があるし。家もでかいよな」

俺の家は霧ヶ町が出来た頃からある古刹《こさつ》で、一応巡礼の札所にもなっているため、格式はあるといえるかもしれない。俺自身は次男なので坊主《ぼうず》になる気も寺を継ぐ気もないが、兄は現在京都にある仏教系の大学で勉強している。卒業したあとは二年間、総本山で修行する予定らしい。

陽介の言葉で、鴻嘉の家も檀家《だんか》だったことを思い出した。恭子の葬式も親父《おやじ》が念仏をあげに行くのだろう。鴻嘉家の葬儀となれば準備も坊主の増援も必要だから、今頃慌てているに違いない。

「それに、お前には真紀がいる。そういや、お前のところは反対されてないのか？　真紀ももとは小作《こさく》の出じゃなかったっけ」

「関係ないよ。兄貴のことは知らないが、田舎の寺の嫁なんて辛気くさいから来手がなく、よそじゃわざわざ募集してるくらいだぜ。そもそもそれなら陽介とつるんでいるだけで煩《うるさ》くいわれるよ」

「どんだけ俺の地位は低いんだよ」

ふんと明後日《あさって》の方向を向き陽介は小石を蹴飛《けと》ばす。一瞬それが落としたうさぎの御守に見えた。思わずあとを追うが、ただの白い小石だった。冷静になれば、久しぶりに来た場所に昨日失くした御守が落ちているわけがない。

「どうしたんだ」「いや、なんでもない」そんなやりとりのあと、

「考えてみれば、心中っていまいち盛り上がらねえな。なんか二人だけで閉じた世界って感じで。真紀なんかは好物なんだろうけど……。これが殺人事件なら俺の冒険心にぱぁっと火がつくのに」

物騒なことを口にしている。さっきの駐在に聞かれたら問答無用で張り倒されてそうだ。

「何だ、探偵の真似事でもするつもりなのか」

しかし……陽介の願いが天に届いたのか、翌日の新聞には心中ではなく殺人事件として取り上げられることになる。

2

夕食後に部屋の中を捜してみたものの、御守は見つからなかった。椅子《いす》をどかし机の下を覗《のぞ》き、ベッドの下にある親には云《い》えない雑誌類を表に出し懐中電灯で奥を照らし、ついでに上の布団《ふとん》やマットレスも篩《ふるい》にかけ、椅子に乗り埃《ほこり》っぽい本棚の天板も掌《てのひら》を黒くしながら撫《な》で回し、本棚の本をどかしコミックやCDの裏に落ち込んでないか確認し、洋服ダンスに掛けてある服のポケットに何かの間違いで滑り込んでいないか一つ一つ手を入れ、机の下は捜したが上は捜していないことに気がつき、ノートパソコンやスピーカーをどかして念のため調べ、抽斗《ひきだし》も忘れていたので一つ一つ開けていきごちゃ混ぜになっている文房具やテスト類をかき分け、三段ボックスの入れ戻す順番を間違えればあふれかえりそうな小物を引っ越し業者さながらの手際《てぎわ》でカーペットに並べ、仕方ないので十六年間のたいして自慢にもならない思い出が乱雑に詰め込まれている押入をざっと——さすがに休日でもないと全てをひっくり返す気にはなれなかった——調べ、ぶら下がっている丸型蛍光灯の笠《かさ》の上に何かの拍子で載ったのではとひらめきせっかく洗った手を再び黒くし、エアコンの上もありえるなと同じ失敗を繰り返し、最後にカーペットの下に潜り込んでるのではと一縷《いちる》の望みを託して指を端につつっと滑らせて見たものの、全てが徒労に終わった。

もちろん先ほどの押入の完全解剖はもとより、親父の威厳より重そうな木製の本棚や、母親の嫁入り道具のように古びた洋服ダンスの裏側までは手が回っていない。常識的に考えて、魔法でうさぎに命が宿り自ら動きだすようなことがない限り、そんな最奥《さいおう》まで潜り込まないだろう。

そもそも室内でカバンを手にうろうろするヤバい癖はないので、部屋捜しを始めたときから望みは薄かった。だが、気になり出すと止まらなくなり、結局二時間近くを無駄に費やすことになった。

もしかすると昨日の俺はとち狂って、部屋でカバンを振り回していたかもしれない。カバンを持ったまま着替えようと洋服ダンスを開けたかもしれない。ありそうもない可能性が次々と浮かび、不安を煽《あお》ったのだ。たかが親指大のプラスチックのうさぎに翻弄《ほんろう》され、大掃除並みの労力を注ぎ込んだ自分がバカバカしくなり、その夜、俺はふてくされて寝た。

とはいえ、うさぎは早急に見つけなければならない。

部屋にないとすると、家か学校、そして通学路のどれかになる。いつまでうさぎがカバンについていたか正確には思い出せないが、少なくとも四日も五日も前ということはないだろう。それなら目ざとい真紀が先に見つけて怒鳴っているはずだ。

この二、三日、俺は大人しく平凡にどこにも寄らず登下校を繰り返していたので、幸い屋外に関しては捜索エリアは限られてくる。もし昨日のように山城公園まで足を伸ばしていたなら、絶望しか残っていなかっただろう。

家は鴻嘉恭子の葬儀の準備で慌《あわ》ただしく、のんびり家具をひっくり返している状況ではない。寺の息子が神社の御守を必死に捜していることを、親にはあまり知られたくない。別に何も云われないだろうが、弱みを見せたくないのだ。学校の方も真紀の目を盗みながら捜すのは気苦労だ。少しでも不審な素振りを見せれば、妙に勘のいい真紀のことだ、すぐ気づかれてしまうだろう。体育の授業を利用するなど、ぼちぼちとエリアを埋めていくしかない。

となると、当面のターゲットは通学路だが、朝は霧でどうしようもないので、放課後しかチャンスがない。

かといって、いつものように真紀と一緒に下校したのでは意味がないので、何か理由をつけなければならない。二日続けてなので、もっともらしい云い訳をこれから考えなければ。陽介をダシにするのも躊躇《ためら》われる。恥ずかしさもあるが、借りを作れば、一緒に恭子の葬儀を覗きに行こうなどと云い出しかねない男だ、断りづらくなる。

またこの時期は日が落ちるのが早いので、道端を丹念に捜すのは一日二日ではすまないかもしれない。どのみち運次第の長期戦になりそうだ。

朝、そんなことをベッドの上でぼんやり考えていると、いつもよりもかなり遅い時間になった。母が葬儀の準備に手を取られ、叩《たた》き起こしに来なかったせいもある。

仕方なく、朝食を抜いて俺は外に出た。

「今日は遅かったわね」

くぐり戸を出て直《す》ぐの角を折れたところで、ぼんやりと真紀の姿が現れる。霧が濃く、細かい表情はわからない。興奮気味なのは判るが、いつも怒ったような声なので、どんな感情なのかいまいち判別がつきにくい。

「悪い。寝坊したんだ」

カバンを反転し御守の側を後ろにして俺が謝ると、

「新聞読んだ？」

「そんな暇はなかった」

「高校生なんだから、きちんと新聞くらい読みなさいよ」

なぜか叱《しか》られた。真紀がそれほど新聞に執着していたとは知らなかった。とにかく御守のことではないのでほっとする。おそらく心中事件のことだろう。全国レヴェルでは大した話題ではないだろうが、俺の家も真紀の家もとっているのは地方紙だ。

「あれ、殺人事件になってたわよ。心中事件じゃなかったんだって」

真紀によると、心中と思われた恭子と国語教師——与五康介《よごこうすけ》という名だった——だが、二人の死因が異なっていたらしい。恭子は短刀で胸をひと突きされていたのに対し、与五は後頭部を鈍器のようなもので殴られていたようだ。正確には殺人だと確定したわけではなく、その疑いが濃いということだが。

ただ二人があの夜に駆け落ちしようとしたのは事実のようで、与五のアパートからは旅行カバンとともに貴重品や衣類などがなくなっていたらしい。恭子のほうは屋敷を抜け出すので手一杯だったのか、ハンドバッグ一つだけだが、財布やカードなどは部屋に残されていなかった。そしてこれら二つのカバンは、公園からも他の場所からもまだ発見されていないという。

この話題を朝から誰かと共有したかったのか、真紀は滔々《とうとう》と話し続ける。

「おい、あまり話すのに夢中になると車に轢《ひ》かれるぞ」

すぐ脇《わき》をトラックや乗用車が走っている。法定速度などないも同然。もちろん轢かれるのは車道側の俺だ。さっきから真紀の肩が俺の腕にがつがつと当たってきている。

「怖いわよね。ロマンチックな話だと思っていたのに……」

俺の注意など聞かなかったかのように真紀が呟《つぶや》く。肩は当たったままだ。

「興味を失ったのか？」

恐る恐る訊《き》いてみると、「まあ少しね」という返事。

「でも、誰がどうしてあんなことをしたのかは気になるわ。だってそうでしょう。心中に見せかけたわりには、すぐに見破られるような殺し方をしてるわけだし」

「カバンには貴重品、もしかすると現金もあっただろうから、単にそれを盗んだだけじゃないのか？」

「強盗殺人ってこと？　それって二人で山城公園にいるときに襲われたってことよね。でも駆け落ちして一刻も早くこの町から出なければならないのに、どうして山城公園なんかに寄り道したわけ？　普通は市の方へ逃げるでしょ。方向がデタラメよ」

思いついたことを口にしただけなので、真面目《まじめ》に反論されても困る。真紀は探偵でも始めるつもりなのか、かなり真剣に考察しているようだ。ただ冷静に考えれば、その時限りの心中よりも殺人の方が、犯人が逮捕されるまでのぶんうさぎの件の猶予《ゆうよ》が長くなり好都合である。俺は話を合わせることにした。

「じゃあ、別の場所で殺されて、公園まで運んだんじゃないか？」

「どうしてそんなことをする必要があるの？　行きずりならその場に放っておけばいいし、山城公園が二人の縁《ゆかり》の場所だというのも知らないはずでしょ。それとも顔見知りで……でも心中に見せかけるつもりはなかったみたいだし。そもそもどうして二人を別々の凶器で殺したのよ」

話に夢中で、もう俺を殺すような勢いで肩をぶつけてくる。ダンプカーがいつもより近い場所を通り過ぎていった。腕を広げるどころか肘《ひじ》を曲げただけでも当たりそうな距離だ。

「俺に訊かれてもな。それより内側に寄ってくれないか。お前まで犯人になってしまう」

婉曲《えんきょく》な表現が伝わらず、真紀は「どうして私が犯人なのよ。私が真面目に考えているのにふざけてるの、優斗」と文句を垂れていたが、とりあえず要求通りに内側に寄ってくれた。

「なら真紀はどう考えてるんだよ。さっきから俺に訊いてばかりじゃないか」

「判らないから、訊いてるんじゃないの？」

もっともだ。とはいえ俺も判らないことには変わりはない。真紀と大きく違うのは、真剣に考えていないということだが。

「じゃあ、二人で考えよう」

「いいわよ。つきあってあげる」

真紀の口数は減少したが、その分ポニーテールの毛先が大きく左右に揺れることになった。深く考え詰めているときの真紀の癖だ。テストの際もよく見せている。少しばかり解放されたとはいえ、とにかくこちらも考えなければならないため、結局登校中は、放課後にする云い訳を捻《ひね》り出す余裕は全くなかった。朝飯を抜いて空腹だったせいも多少はあるだろう。

「優斗、知っているか」

教室に入ると、一足先に来ていた陽介が真紀と同じ話題を振ってきた。どいつもこいつも、どうしてこんなに事件のことが好きなのだろう。もちろん陽介が新聞など読むはずもなく、母親から聞いたという。母親はスナックの客から聞いたらしい。そのためか中には真紀が知らない情報もあった。

曰《いわ》く、恭子様を刺した短刀は、鴻嘉の家の蔵にあったやつらしいぜ。

曰く、恭子様の部屋の外には見張りがいたんだが、証言によると、恭子様は部屋から煙のように消えたらしいぜ。

曰く、與五の部屋には、大家への詫《わ》び状が残されていて、駆け落ちすることが書かれていたらしいぜ。

二番目の件に関しては、〝部屋から消えた〟以外は陽介も詳細を知らないようだったが、最初の件については、

「それがさ、短刀には恭子様の指紋が残されていたらしいんだ。もしかしたら殺人事件じゃなく、恭子様がやった無理心中だったのかもしれないな。與五を殴り殺したあとで自分の胸をひと突きしたとか」

ビー玉のような丸い眼を輝かせ、陽介が独自の考察を加える。

俺は檀家の縁で、二度ほど恭子と話したことがある。面倒なので真紀や陽介には教えていないが。その時の印象だと、自殺はともかく男を殺すようには見えなかった。内向的で思い詰めるタイプではあるが、虫も殺せないような感じだ。人なんて火事場ではどうなるものかわからないし、俺の人を見る眼など大したことはないだろうが、直感がそれはないと伝えていた。

「あるわけないじゃない」

俺より早く真紀が即座に否定する。

「相手は駆け落ちする気満々なのに、どうして恭子さんだけそんなに悲観的なの。それに駆け落ち用のカバンはどこに消えたのよ」

「そうか……そうだな。やっぱり殺人か」

無理心中の方がよかったのか、それとも自分の推理が的外れだったことが哀《かな》しかったのか、陽介は大きく肩を落とす。だがそれで萎《な》える陽介ではないのは俺が一番知っている。案の定、

「俄然《がぜん》面白くなってきやがった。いったい誰が犯人なんだろうな」

無意味な闘志を燃やし始めた。真紀も「それなのよ」とひときわ高いテンションで呼応する。冒険心とドラマ心のコラボレーション。予想通りの反応に困り俺は窓の外を見た。見たところで霧が覆《おお》っているだけで何もないのだが。隣では陽介が、

「でも、殺人なんて尖《とが》ったことするやつがいたなんてなあ。俺はこの町を少し見直したぜ。いつも霧ばっかりで、冴えないだけかと思っていたが」

と、明後日の方向に感心している。だがそれは真紀のドラマ心をくすぐらなかったようで、

「武嶋君って、ほんとバカね」

呆《あき》れたように溜息《ためいき》を吐《つ》かれただけだった。

＊

うさぎは教室からは見つからなかった。隅に落ちていれば、既に真紀が目にしているだろう。今週の教室の掃除は、真紀の班だ。

机の中は昨日確認済み。教室以外では、理科室と更衣室、そして美術室を授業で使ったはずだが、カバンを持って授業を受けに行くわけではないので、可能性はない。残るは下駄箱《げたばこ》と廊下。念のため昼休みに拾得物の問い合わせにも行ったが、全て空振りに終わった。やはり通学路で落とした可能性が最も高いだろう。

放課後、なんとか理由をつけてひとりで帰ろうとしたが、あっさり真紀に見破られた。

「昨日、私を騙《だま》して山城公園にいってたでしょ。見かけたコがいるのよ」

そのせいで、今日も陽介と行くと思われ、一緒に下校する羽目になった。事情を知らない陽介は、巻き添えを喰らいぽかんと口を開けている。俺は陽介にも適当な言葉で誤魔化すしかなかった。

心中殺人にいまだ興奮している真紀の目を盗みながら道沿いをチラ見しただけなの

で、当然のように御守は見つからなかった。真紀のカバンから飛び跳ねるうさぎを何度も見誤り、そのたびに軽く動揺する。家に着く頃には、呑気《のんき》にぶら下がっているそのうさぎが憎たらしくなっていた。

寺の通用口をくぐると、離れから、スーツ姿の堅苦しい顔をした男たちが二人出てくる。この辺では見かけない顔だ。警戒しながら挨拶《あいさつ》をすると、一瞬にこやかに挨拶を返して、早足で去っていく。

俺はそのまま離れに向かい、中の叔父さんに声をかけた。叔父さんはちょうどコタツに入るところで、

「おお、優斗。お茶でも飲んでいくか」

と、気さくに呼びかける。俺が頷《うなず》くと、そそくさと立ち上がり流し台から湯呑《ゆの》みを持ってくる。

「叔父さん、何かあったのか。仕事の依頼？」

俺もコタツに足を突っ込み、急須《きゅうす》から茶を注ぐ叔父さんに尋ねてみた。

叔父さんは〝なんでも屋〟みたいなことをしている。人手が足りない時の数合わせや、ちょっとした代行など、些細《ささい》な用件を請け負う職業だ。大規模な企業ではなく、叔父さん独りなので——窓口もこの離れだ——、実態はフリーターとさして変わらな

い。そのため家の恥だと、祖母や父がいつも愚痴っている。定職にも就かず、寺の境内で不可解な事務所を構えているのだから当然だろうが、本人は暖簾《のれん》に腕押しで全く気にしたふうもない。

歳《とし》はたしか三十五。いまだ独身を貫いている。決して男前ではないが、柔和な人好きのする顔をしていた。髪は顔が隠れるくらいぼさぼさで、いつもスタンドカラーの白シャツの上に安っぽい着物、下はよれよれの袴《はかま》といった和装姿で出歩いている。ちょうど昔の書生のような格好だ。そのくせ足許は靴下にスニーカーといったちぐはぐさ。こんな奇矯な格好の上に、仕事では祖父の代から使っているようなボロボロの幌《ほろ》つきの軽トラックを乗り回しているので、町の連中はみな遠くからでも叔父さんと判る、ある意味有名人だった。

二十代の頃は全国を放浪していたらしいが、五年前にこの町に戻り、ずっと離れに住んでいる。戻った理由は知らない。この町で頭がいい連中ばかり行く市の進学校に通い、名のある大学を出たらしいので、頭は悪くないはずだ。今の状況にはそれなりのわけがあるのだろうが、一度尋ねたとき、「なんでだろうねぇ」とはぐらかされて以来、訊いていない。

家族は叔父さんのことをほとんど黙殺しているが、俺はそんな叔父さんが好きだった。ちょくちょく離れを訪れては、世間話や仕事の零《こぼ》れ話などを聞いている。逆に日常の不満を聞いてもらったりすることもある。他人に愚痴ることの少ない俺だが、叔父さんにだけはなぜか正直に話せた。そんな俺に父は苦い顔をしているが、会うなとまでは云わなかった。

「いやぁ、仕事だったらいいんだけどね。あの人らは刑事さんだよ」

冴えない顔つき、いやいつも冴えていないので、更に冴えない顔つきになって、叔父さんは苦笑いする。

「刑事がどうして叔父さんのところに？　何かしでかしたの」

なんでも屋といえども、叔父さんは別に違法行為をしているわけではないはずだ。

叔父さんは、急須の茶が途中で切れたため慌《あわ》ててポットの湯をつぎ足しながら、

「心中事件のことだよ。色々と事情を訊かれたんだ。ほら、鴻嘉さんのところで見張りをやっていたから」

「見張り？」

初耳だった。

「そう、恭子さんの見張り役」

叔父さんの話では、二ヶ月前から鴻嘉家の依頼で恭子の部屋の見張りをしていたら

しい。縁談が纏《まと》まるまでか、それとも與五が転任する春までかはともかく、二度と駆け落ちしないように監視しなければならないので、最初は親族が交代して見張っていたのだが、毎日のことなので親族だけでは負担が大きく、叔父さんのところに話が来たという。

檀家の縁があったのと、以前に鴻嘉からの仕事の依頼を首尾良く遂行できたため、覚えが良かったらしい。週に三度、恭子の部屋の前で寝ずの番をという契約だったそうだ。そういえば寝不足気味な叔父さんを、最近よく目にしていた。

俺が初耳だと云うと、

「そりゃあ、家族といえど、他人に依頼内容を漏らすのは信用に関わるからね。こういう仕事は秘密厳守が第一なんだよ」

たしかに俺が叔父さんから聞く仕事の話は、依頼が終了したものばかりで、しかも特定できないよう名前をぼかしてあることが多かった。

「それがさ……」

俺が興味を持ったとでも思ったのだろう。叔父さんは話を続ける。

鴻嘉の恭子が家を抜け出したのは、夜の八時から十時の間らしい。叔父さんは十時から翌朝の六時までの担当で、それまでは恭子の従弟《いとこ》の鴻嘉悟《さとる》が見張っていた。交代の時、いつものように挨拶をするため二人で恭子の部屋を訪れたとき、返事はなく、部屋から恭子の姿が消えていたのだ。部屋は十畳プラス床の間の和室で、呆然《ぼうぜん》とする悟の脇で叔父さんは一応、人が隠れられそうな押入やコタツの中、洋服ダンスの中などもも確認したらしい。しかし恭子はどこにもいなかった。

部屋には庭に面した窓があるが、三ヶ月前から嵌《は》め殺しになり、また押入から屋根裏へ上がる板も釘《くぎ》で打ちつけられており、部屋から抜け出る方法は入り口の一つしかない。その入り口も悟が鼻先で見張っていたので、こっそり抜け出すのは不可能。また、悟は入浴後の恭子が自室に戻ったのを八時に見届けてもいる。

ともかく恭子の失踪《しっそう》で鴻嘉家は大騒ぎになり、一族郎党が総出で捜索に出ることになった。屋敷や町中はもとより、JRとの乗換駅である市の駅やバス停も張り込んだりしたという。與五と恭子のどちらも運転免許を持っていなかったからだ。もちろんタクシー会社にも、それらしき客を拾ったら通報するよう要請したらしい。鴻嘉家ならそれくらいの顔は利《き》く。

與五のアパートにも詰めかけ大家にドアを開けさせたところ、例の詫び状が発見され駆け落ちは確実となり、捜索はますます本格化した。いっぽう叔父さんは鴻嘉家のサッカー場より広い邸内を捜し回っていたが、そのあと軽トラで町内の心当たりを廻ったという。

「じゃあ、どうやって恭子さんが部屋から抜け出したのかは、まだ判《わか》っていないんだ」

「そうらしいよ。だからあの夜の状況を改めて確認するために、刑事さんたちが来たんだ。僕としても答えられることは多くないから、がっかりさせちゃったみたいだけど」

残念そうに叔父さんはぼりぼりと頭を掻《か》く。卓上に粉雪のようなふけが落ちた。自分の茶に落ちないよう、俺は慌てて湯呑みを手元に引き寄せる。そして頭の中では、明日この話を陽介に報《しら》せるべきか考えていた。

ほんの少し迷ったが、内緒にしておくことにした。当然だ。話せばきっと、叔父さんに会わせてくれとしつこく頼まれるのが目に見えている。

ますます御守を捜す時間が削られることになる。

3

土曜は真紀と市まで映画とショッピングに行き、夕食後に行きつけのラブホテルに入った。年齢確認が緩いので使いやすいと評判のホテルだ。

小遣いの関係で、こういう贅沢《ぜいたく》は月に一度しかできない。アルバイトを親が認めてくれないからだ。父の云《い》い分だと、「子供に不自由をさせてはいない」となる。周囲への体裁以外の何ものでもない気がするが、坊主特有のもっともらしい説法を持ち出さないのは美点なのだろうか。法話で檀家《だんか》に語るような内容を、家の中では一度も聞いたことがない。

陽介は土曜は港で働き、稼いだ金でゲームやCDを買っている。特にゲームは、彼にとって手軽に冒険心を満たしてくれる便利なツールのようだ。本当にお手軽だが、この町にはそれくらいしかない。俺がゲームをしないのが陽介には不満らしく、ことあるごとに携帯ゲーム機を買うよう勧めてくる。持ち寄れば、同じゲームを共に楽しめるらしい。もちろんそんな金はないので、いつも断る。

俺の経済事情は真紀も承知していて、夕食のリクエストもいつも控えめなものだった。とはいえ、妥協には下限があり、ラーメン程度ですむことはなく、今日は小洒落《こじゃれ》たオムライス屋につき合わされることになった。

「なあ、真紀。もし俺との交際を反対されて、心中しようとか俺が云いだしたら、お前ならどうする？」

ことを終えたあと、似つかわしくない質問を投げてしまう。情に流されたのだろうか。口にしてすぐ俺は激しく後悔した。

薄暗いライトの中、上気した顔の真紀は怪訝《けげん》そうな目で俺を見ると、「そうねぇ……」と数秒、間をおく。

「するわけないでしょ。優斗が死にたいのなら、独りで勝手に死ねばいいのよ。私は嫌よ。まだまだ楽しいことがいっぱいあるし。それに天国にしばらくいたら、そのうち優斗の両親もやって来るわけでしょ。天国まで来て恨みがましく文句を云われるのはごめんだわ」

心中すれば地獄に堕《お》ちるかも、とは微塵《みじん》も考えていないようだ。まあ、心中する連中も地獄に堕ちると知っていれば思い留まるだろうが。

「まあ、そうだよな。でも、恭子さんたちのことを、ドラマチックだって云ってなかったか？」

「そう、ドラマチックよ。だって一緒に死んでもいいと思うくらいに愛し合っていたんでしょう。まあ、実際は心中じゃなかったけど」

眼をぱちくりさせながら、不思議そうに真紀は俺を見つめる。矛盾しているようだが、つまり俺相手には、そこまで思わないということなのだろう。発言の意図がどう伝わっているか自覚しているのか気にはなったが、あえて訊く気はなかった。

「じゃあ、駆け落ちは？」

俺の腕を枕《まくら》にしながら、今度は先ほどより長く考えていたが、やがて身を丸めくすくすと笑い出すと、

「優斗の稼ぎ次第ね、そもそも男のくせに自立とかじゃなく、駆け落ちって云ってるところが女々しいわよ。最初から逃げ腰な感じで。きっと私が支えていかなきゃならなくなっちゃうじゃない。嫌よ、そんなの」

そして真紀は裸のまま上半身を起こすと、

「……それに駆け落ちに誘う気があるなら、少しは私にも貢《みつ》いでみれば？　優斗の寺って羽振りがいいんでしょ」

「そうみたいだな。俺の小遣いにまでお零れは回ってこないけど。寺を継ぐのは兄貴だから、そっちにかかりきりなんだよ」

顎《あご》を上げ、真紀を見上げながら俺は答えた。逆光で真紀の表情がはっきりと見えない。まるで町に戻ったようだ。

「拗《す》ねてるんだ。可愛《かわい》いわね。次男坊だもんね。優斗も叔父さんみたいになるの？」

俺と違って真紀は叔父さんには批判的だ。真紀に限らず、叔父さんをよく知らない

人間の一般的な反応だった。叔父さんの仕事に感謝している依頼人にしてみても、自分が叔父さんみたいになりたいとは思っていないだろう。

「叔父さんみたいな生き方は好きだけど、俺には無理だな。たぶん俺はここで普通に就職して普通に一生を終えると思う」

「夢のない人生プランね。今時、後期高齢者のお爺《じい》さんでも、もっと覇気があるわよ」

真紀は呆れたように、髪をかき上げる。

「よくそれで駆け落ちとか云えたものね。殺されちゃったけど、與五とかいう先生の方がよっぽど男よ」

「三十過ぎの社会人と一緒にするなよ。俺はまだ高校生だ。生活能力なんて微塵もないんだから」

頭の後ろで手を組み、俺はそっぽを向いた。

どうしてこんな話になったのか。背を向けながら俺は自問自答していた。自分の一言が契機なのは承知している。だがそれからも右肩下がりだ。真紀相手だと全然流れをコントロールできない。

「生活能力がなくても夢や希望はあるでしょ。さっきの映画の主人公にしても、夢を諦《あきら》めなかったからハッピーエンドを迎えられたわけだし。ほら、スープと手袋のどちらを選ぶかといわれて、手袋にしたところとか」

今日、真紀と観《み》た映画は、例の『フレグラ』と同じくジェットコースター的な展開の恋愛ドラマだった。炭坑員の息子があれよあれよと出世して資産家の令嬢と結婚する話で、『フレグラ』ほど荒唐無稽《こうとうむけい》ではなかったが、開始十分で眠くなったので細かいところまで覚えていない。真紀は終映後ハンカチをしとどに濡《ぬ》らしていたが。

「それならお前、陽介の方が性に合ってるんじゃないのか。あいつ夢だけはたくさん持っているようだし」

「無神経な男は嫌いよ！」

怒鳴り声に近い口調で、真紀は云い放つ。〝無神経〟が、陽介ではなく俺のことを指していると気づいたのは、直後に枕が飛んできたときだった。真紀と俺は危ういバランスの上に成り立っているのかもしれない。

十分後、「御守は直したの？」と、さっさと服を着た真紀が尋ねてくる。俺は嚙《か》んだジーンズのジッパーにもたもたしながら、

「いや手頃な紐《ひも》を、今探しているところなんだ。恭子さんの葬儀の件で、母さんも忙しくてさ」

同じ嘘《うそ》を重ねるしかなかった。

＊

翌日、小雨が降る中、恭子の葬式が盛大にかつしめやかに執り行われた。鴻嘉ほどの家ともなれば、町の外からも多くの参列者が訪れる。日曜だというのに、町では車が頻繁に行き交っていた。いつもと違い、トラックではなく運転手つきの高級車が多かった。

そんな車の流れに逆らうように、俺は昼前から通学路でうさぎを捜していた。真紀に尻《しり》を叩《たた》かれた以上、安穏と時間を潰《つぶ》していられない。殺人事件にだけ集中していてくれればいいものを……。

行きは民家側を注視しながらゆっくりと歩いていった。民家側といっても、草叢《くさむら》もあれば溝もある。草叢はまだ手で搔き分ければいいが、もし溝に落ちていれば即アウトだ。溝は上がコンクリで蓋《ふた》をされており、細い隙間からでは中まですべて見えない。たとえ見えたところで俺ひとりで持ち上げるのは不可能だ。陽介に泣きついて手伝ってもらうしかない。あと厄介なのは垣の内側だ。普通の塀ならいいが、生け垣や金網のフェンスなどで垣の裏に落ち込んでしまっていた場合、敷地の中に入らなければならない。家主に見つかって理由を話したところで、信じてもらえるかどうか。子供の悪戯《いたずら》で済めばいいが、最悪空巣狙《ねら》いと勘違いされるおそれもある。警察への通報は免れても、親に知れたら本堂での正座ものだ。

唯一《ゆいいつ》幸運だったことは、このところ昼間は気温が上がり、それまで層を成していた雪が溶けていることだろうか？　氷状になった雪に埋もれた真っ白なうさぎを捜し当てることなど、ほぼ不可能だからだ。海に落ちたガラスのコップを拾い上げるようなもの。

漁船の音のかわりに、腹を空《す》かせた海猫が喧《かまびす》しくがなり立てる声が集中力を削《そ》ぐ。雨だけでなく海から強く吹きつける潮風も捜索の邪魔をする。建物の合間を縫うことで風が圧縮されたのか、油断すると傘がもって行かれそうになる。かといって傘を差さないわけにはいかない。小雨といえども集中力が削がれるうえ、うさぎを見つけるより前に、身体《からだ》が冷え切ってしまいそうだ。

父はよく因果応報という言葉を口にする。説法とかではなく、単に口癖になっているようだ。母が冷蔵庫で挽《ひ》き肉を腐らせたときも呟《つぶや》いていたくらいだから。俺なら自《じ》業自得《ごうじとく》と云うが、そこは坊主ゆえなのだろう。兄も数年後修行から帰ってくればそんな物云いになっているかもしれない。

　だが因果応報……と呼ぶにはあまりにも原因との釣り合いがとれない状況だった。俺自身は特に何もしていないのだ。毎日カバンのうさぎに向かって合掌していたわけではないが、恨まれるほどぞんざいに扱ったわけでもない。御守を御守として相応に処していただけ。それで風邪をひいたら敵《かな》わない。

　御守を落としたことが悪い、という云い方も出来るが、好んで落としたわけでもない。罰せられるような過失があったとも考えられない。いったい因果の〝因〟はどこから生じたのだろう？

　御守が見つかったあと、親父《おやじ》に尋ねてみるのもいいかもしれない……もちろん冗談だ。本気で訊くつもりはない。小一時間、俺を見下ろしながら講釈を垂れるのは目に見えていたし、真紀に嘘を吐《つ》いたことが原因なのは、納得は出来ないが理解していた。

　いつもなら二十分程度の道のりに三倍以上の手間をかけ学校に辿《たど》り着いたときは、午後になっていた。三日前の放課後に山城公園へ行ったときよりも激しい疲労感が、皮膚をくまなく覆《おお》っている。かといって収穫はなかったので、Uターンしてうさぎ狩りを続行しなければならない。

　校内を見ると、グラウンドは無人だが、体育館からは運動部の掛け声が洩《も》れている。

試合でもしているのか、黄色い歓声が時おり湧《わ》き上がっていた。雨の中でも休日を謳《おう》歌《か》しているようだ。必死に地べたを捜し回っている自分と比較し、惨《みじ》めになってくる。石造りの校門に手を突いて休んでいた俺は、早々にもと来た道を引き返した。

その途中だった。調子外れなクラクションに振り返ると、叔父さんの車が見えた。所々へこんだいつものボロい軽トラだが、叔父さん自身は、どこに隠してあったのかパリッとした喪服で身を固めている。

「どうしたんだ、優斗」

窓から顔を出し叔父さんが尋ねてくる。

「いやちょっと捜し物」

「今から帰るところだけど、一緒に乗っていくかい？」

俺は素直に乗せてもらうことにした。捜索は一旦《いったん》打ち切りだ。車道側は元々見込みが薄いうえ、真紀との下校の際にざっと確認はしていた。

「叔父さんも、葬式に行ってたのか？」

「ああ。僕も恭子さんの見張りの手伝いに行ってたわけだからね。兄さんに服を借りて焼香することにしたんだ。僕もいろいろすまないと思っているんだよ」

常春《とこはる》のような叔父さんの笑顔に影が射《さ》す。

「優斗も恭子さんとは何度か会ったんだっけ?」

「二度くらいかな。兄貴と一緒に親父に連れられて新年会だかに呼ばれたときだよ。近くの席だったから話す機会があったんだ。美人で優しい人だったのは覚えているよ。まだ犯人は見つかってないの?」

「そうみたいだ。早く見つかるといいね」

叔父さんは前を見ながら残念そうに答えた。

「ところで捜し物ってなんだい? 結構必死になってたようだけど」

そこまで見られていたのか。相手が叔父さんなだけ、まだましだったが。俺は気恥ずかしさを感じながら、御守のことをうち明けた。

使い減りで変色しているハンドルを手に、叔父さんはうんうんと頷いていたが、

「それは難しいかもね。もし叔父さんのところにそんな依頼が来ても、尻込みしてしまうかもしれないな」

「やっぱり見つからないかぁ」

自分でも薄々は気づいていたが、プロ――叔父さんは逃げ出した猫や犬を見つけるのも得意だった――に断言されるとますます不可能に思えてくる。

「こういうのは運だから。見つかるときは見つかるし、駄目なときは手を尽くしても

駄目なんだ。この手の仕事が一番難しくてね。なぜだか必死になればなるほど逃げていくものだし。僕もこの仕事を始めた頃は、空回りして失敗したことがたくさんあったよ。一番悪いのは失敗したことを隠すことだしね。優斗も腹をくくって真紀ちゃんに謝ったほうがいいんじゃないかな。そしてまた二人でうさぎ神社まで御守を買いに行けばいいんだし」

「まだ売ってるかなぁ」

「別に神社は年中御守を売ってるよ。単に正月がかきいれ時なだけで」

「それならいいんだけど。でも、真紀は御利益《ごりやく》とかに煩《うるさ》いからなぁ。時季外れに買って大丈夫かな」

うさぎがないのを見咎《みとが》められたときの剣幕を思い出す。

「昔は旧正月といって、いま頃にみな新年を迎え、初詣《はつもうで》をしていたんだから、神様も気にしないよ。神様からすれば、近年になっていきなりお参りの時期が早まって驚いているくらいだろうから。真紀ちゃんにもそう話してみればいいよ」

毛糸のマフラーで包み込むような口調で、叔父さんは優しく云った。思わずそのまま従いそうになる。

「ありがとう、ちょっと考えてみるよ」

俺はなんとか曖昧《あいまい》に言葉を濁した。

4

家に戻るとすぐ、俺は家捜しを始めた。ちょうど家族はみな鴻嘉の屋敷に出向いているので、家には誰もいない。夜には助《すけ》っ人《と》に来た他院の坊主《ぼうず》たちもここに帰って来るだろうから、捜すのは今のタイミングしかなかった。

とりあえず自分の行動をシミュレートしてみる。

玄関に上がり部屋へ直接行くだけなら話は早いのだが、そうは問屋が卸してくれない。着替える前に居間でTVをつけてくつろいだり、台所で菓子を摘《つま》んだり、トイレに入ったり、いろいろ候補が浮かんできて、しかも日常のことなので、その日にどの行動をとったのかが思い出せない。つまりどれも可能性があるわけで。ある意味通学路や学校より、一番厄介なのかもしれない。

とはいえ、うさぎに追われることには、もううんざりしていたので、自分の部屋や通学路ほどには気合いを入れずにとりかかることにした。叔父さんも先ほど、運は「必死になればなるほど逃げていく」と話していたし。

そして小一時間。どちらの目が出ても俺には運がなかったらしい。ちょうどコインの裏表の両方に×印がついているように。うさぎはどこへ逃げたのか、長い耳の先端すら見つけることができなかった。しかもなるべく必死にならないように心がけたのが逆にストレスになったのか、体力以上に精神力が消耗している。

かといって、今さら気合いを入れて再びひっくり返す気にはなれない。家具に触るのもうんざりだが、うさぎを捜すという行為自体に、身体が拒否反応を示し始めていた。たとえば居間のビデオラック上に、「もしかするとうさぎがいるかも」と視線を遣《や》るだけでも、不快な感覚が胃の辺りからわき上がってくる。

少々病んできたのかもしれない。

やがてうさぎの幻覚を見るようになるのだろうか。朝起きると天井にうさぎ。服を着替えようとするとボタンがうさぎ。朝食の目玉焼きの黄身がうさぎ。玄関で履こうとした靴の中にうさぎ。家から門まで続く敷石の一つがうさぎ。そして登校しようとすると真紀の顔がうさぎに。

きっと真紀にはバカにされるだろう。真紀が好きなドラマに出てくる男はみな不幸な境遇であっても健全な精神を維持している。あっさり病むようなやつはいない。

その時、叔父さんが云っていた買い直すという言葉が頭を過《よ》ぎった。といっても、叔父さんが話していた趣旨とは少し違う。真紀に黙って買い直すのだ。当初から漠然と浮かんではいたが、真紀を完全に騙《だま》すことになるので、なるべく考えないようにしていた案だ。

正直に告白し頭を下げるのと、こっそり買い直すのとどちらを選ぶべきか。もし黙って買い直せば、真紀と俺の御守は形は揃《そろ》っていても、真のペアを成さないことになる。真紀は俺のうさぎを一緒に買った時のものと思っている。縁があるものと思っている。なのにそれは偽物《にせもの》なのだ。ペアの御守とは何の関係もないものだから。御守ひとつに過ぎないが、縁を偽るのは、単に嘘を吐《つ》くことよりも問題が大きい気がする。

俺はしばらく悩んだあと、妙案を思いついた。密《ひそ》かにペアで買い直したあと、真紀のうさぎも新しい物にすり替えればいいのだ。これならば、俺は謝らなくてすむし、御守は依然ペアのままだ。

何より、もううさぎを捜さなくてすむ。

三時頃に雨が上がったので、早速俺は町はずれのうさぎ神社まで自転車を飛ばした。

うさぎ神社は山を少し入ったところにあり、白く塗り固められた参道は急な坂道になっている。なので神社へ入るT字路からは、自転車を押して上がらなければならない。真紀と行ったときは、新年の雰囲気を楽しむためもあり徒歩だったので、傾斜を大して感じなかったが、自転車を押してだと意外と一苦労だった。十五分ほどかかって神社に辿りついたときは、社務所の売り場は閉まる間際《まぎわ》だった。慌《あわ》てて飛び込むと、

「あの御守、もう売り切れてしまったんですよ」

抑揚のない声で、売り子のおばさんが答える。巫女《みこ》の定義を知らないし、服装も普通の洋服だったので、俺の母親が尼僧《にそう》でないのと同じで、このおばさんが巫女かどうかはわからない。ただおばさんは「またか」という表情をしていた。おそらくこの時期になっても御守を買いに来る参拝客がいるのだろう。噂《うわさ》を聞いて市から来た連中かもしれない。

ともかく卯年《うどし》で人気だったようで、大量に仕入れたにもかかわらずあっという間に捌《さば》けてしまったらしい。まあ俺たちもそれで買ったのだから、人のことは云えない。

「別のならあるんですが」

見せてくれたのは、大きさが倍くらいの陶器の白うさぎだった。さすがにこれではごまかしの利きようがない。再入荷の予定を訊《き》くと、もう取り扱っていないという。材質に問題があったのか、紐《ひも》が切れやすいとクレームが殺到したため仕入れを中止したのだとか。つまり俺も被害者のひとりなわけだ。

ないものはない。俺は諦めて手ぶらで帰るしかなかった。トラブルのことを話し正直に謝るしか、選択肢はもう残っていない。最初から素直にその道を選べばよかったのかもしれない。永い遠回りをしてそのうえ状況を悪化させているのだから、笑うしかない。

参道を降りT字路にさしかかったとき、路面の水溜《みずた》まりに自転車のタイヤがとられスリップした。自転車ごと思わず脇《わき》の草叢に尻餅《しりもち》をつく。

真紀をペテンにかけようとしたせいだろうか。ジーンズが泥に塗《まみ》れてしまう。どうせ真紀に手ひどい厭味《いやみ》を云われるのだから、こんなところで罰を下されても……心の中で愚痴りながら立ち上がったとき、地蔵がなくなっていることにふと気づいた。T字路の角には、草叢に隠れて見にくかったが、ランドセルほどの大きさの所々光背が欠けた古い石の地蔵が剝《む》き出しで据えられていた。

初詣《はつもうで》の時には地蔵はあった。真紀が「神社にお地蔵さんって、違和感あるよね」と口にしていたのを覚えている。このひと月近くの間に撤去されたとも思えない。地蔵の周囲は依然草叢のままで、茶色い跡だけがぽっかりあいている。なにかの整備がなされたようでもない。

かといって、あんな物を盗む人間がいるとも考えにくい。ありふれた地蔵だったし、御利益もなさそうなのだ。ここは見通しが悪く、霧のせいで事故もよく起きている。反対側の角には、死亡事故多発のダサいイラストの看板が立て掛けられているほどだ。もしかしてこちら側にも看板を立てるために撤去したのだろうか？

やがて雨が再び降り出してきた。

地蔵のことは頭の隅に追いやり、俺は慌てて自転車に跨《また》がると家に急いだ。

*

家に帰る途中の商店街で、運悪く陽介に出くわした。商店街は俺が小学生の頃はにぎわいを見せていたが、港の近くに大型のショッピングセンターが出来てからは、日曜といえども人通りは少ない。陽介は俯《うつむ》き加減で歩道を歩いていたが、俺を認めるなり全速で駆け寄ってきた。こんな時は、悪い予感しかしない。かといって逃げるわけにも行かない。

訊くと恭子の葬儀を覗《のぞ》きに行き、そのままぶらぶらしていたらしい。陽介は早速半年前からシャッターが下りたままの空き店舗の軒下に俺を連れ込み、

「おい、優斗。昨日知ったんだが、お前の叔父さんが鴻嘉の家の見張りに参加してた

そうじゃないか。それも事件の夜に。なんで教えてくれなかったんだ。叔父さんから何か聞いてないのかよ」

「まあ、少しは聞いてるけど……」

真紀に正直にうち明けようと決心した手前、いきなり陽介相手に白《しら》を切るのは気が引ける。面倒臭くはあったが、俺は自転車から降り、叔父さんから聞いたままを話した。

陽介は目を輝かせて、恭子の失踪《しっそう》の件に耳を傾けていたが、

「そんなことがあったのか。部屋から消えたってのだけは知ってたけど。やっぱり当事者の話は臨場感が違うな。それじゃあ、俺もとっておきの情報を流してやるぜ。聞いて驚け!」

言葉の威勢とは裏腹に、陽介はここから小声になると、

「どうも警察は従弟《いとこ》の鴻嘉悟を疑ってるらしいぜ。お前の話を聞いて納得したよ。恭子さんが逃げ出せるとしたら、悟が見張っていたときしかないもんな。あいつならやりかねないし」

「陽介はその悟って人を知っているのか?」

悟に関しては俺は顔すら覚えていなかったので、陽介が知っていることが意外だっ

た。

「ああ」と陽介は憎々しげに頷《うなず》く。今にも周囲に唾《つば》を吐きまくりそうな勢い。陽介がこんな表情を見せるのは、天敵の数学教諭・石山《いしやま》にねちねち厭味を云われたときくらいだ。

「同じ地区だからな。といってもあっちは俺の家が十戸入りそうなでかい家だけど。……あいつ、俺の姉貴を口説いていたんだ。姉貴も店に出てるだろ。すげえしつこい客だったそうだ。といってもあいつにはもう婚約者がいるから、姉貴は使い捨ての愛人としてな。元々鴻嘉の者が姉貴を嫁に迎えるなんて、恭子様の件を見ても、天地がひっくり返ってもないだろうし。姉貴もそんなこと百も承知だからずっと断ってたんだが、色々手を回して、それがあまりにしつこいんで俺も一緒に直談判《じかだんぱん》しに行ったんだ。その時のあいつの態度といったら。金持ちを鼻にかけて貧乏人を見下した目つきだったぜ。しかもそれを全然隠しもしないんだよ。所詮《しょせん》分家のくせに。本家の恭子様はあんなに清らかな人だったのにさ。だから逮捕されたら、ざまあみろだ」

もう悟の逮捕が決定したかのような口振りで、陽介は口許《くちもと》を引《ひ》き攣《つ》らせ文字通り快哉《かいさい》を叫んだ。この様子だと周囲に吹聴《ふいちょう》しまくり、鴻嘉の分家からあとで手痛いしっぺ返しを喰らいかねない。

「でもどうしてその悟が二人を殺さなければならないんだ？」

慎重に俺が尋ねると、

「恭子様が死ねば本家は跡継ぎがいなくなるだろ。悟は次男だから分家を継げない。その代わり、本家に養子に入ることが出来るんだぜ。分家の分家にしかなれないはずの悟にしたら大出世だよ。オボコからボラをとび越えてトドに一気になるようなもんだ」

恐らくスナックの客の受け売りだろう。陽介は淀《よど》みなく説明し続ける。

「それに恭子様たちは駆け落ちをするつもりだっただろうが、二人とも車を運転できないんだぜ。市まで運んでくれる協力者が他にいたと考えるほうが自然だろ。悟は厭味なくらいピカピカなポルシェを無駄に乗り回してるしな」

「つまり悟が二人の駆け落ちの手筈《てはず》を整えて、最後に裏切って殺したわけか。でも、それなら殺さなくても、そのまま駆け落ちさせればよかったんじゃないか？　恭子さんが町からいなくなれば同じことだろう」

「いや」と陽介は激しく首を横に振った。「それだと、いつ鴻嘉の者に二人が発見されるか判《わか》らないだろ。そのとき悟が駆け落ちの手助けをしたと判れば、今度は悟が鴻嘉から追い出されるかもしれないんだぜ」

既に小声ではなくなり、商店街の客たちが通りすがりに視線を向けている。俺は慌てて陽介を路地裏へ引っ張ると、

「理屈は通っているけどな……でもこの前は、雪が止《や》んだのは夜の十時頃とかいってなかったか。叔父さんが悟と交代したのが十時だぜ。一旦《いったん》どこかに隠れさせておいてあとで殺したとしても、間に合わないんじゃないか？　山城公園には四阿《あずまや》の周囲に誰の足跡もなかったんだから、事件があったのはそれ以前のはずだろ」

「だったら、悟が見張っていたはずの八時から十時のあいだに密かに公園まで連れ出して、二人を殺したんだよ。そして素知らぬふりをして、お前の叔父さんと交代しようとしたんじゃないのか。あいつだったらそれくらい平気でしそうだ。なにせ與五に女を近づけて仲を割こうと提案したのもあいつらしいし」

「なんだそれ」

「まだ話してなかったか？　そうか、昨日バイト先で仕入れた話だから優斗が知っているわけないか」

一瞬照れたあと、得意気に陽介は胸を張った。

「なんでも、市にある別れさせ屋の業者に頼んで、色仕掛けで與五に浮気させて、恭子様が冷めるように仕向けたらしいぜ。まあ、想像以上に與五が堅物で、セコい作戦

は不発に終わったらしいけど。そりゃそうだ、恭子様が彼女なら、裏切ろうなんて決して思わないもんな。もしかすると、それによって二人の駆け落ちを早めようという、悟の作戦のうちだったのかもしれないな」

「さすがに深読みしすぎだろ。ただの点数稼ぎだったんじゃないのか。それにお前の説だと悟は見張りをさぼって公園に行っていたことになるが、深夜ならともかく夜の八時台九時台に長時間いなくなれば、すぐにばれるだろう？　自分の部屋に閉じこもっていた恭子さんと違って、見張りの悟は廊下にいなくちゃならないんだし」

「広い家だから、気づかれないかもしれないぜ。部屋もいっぱいあれば、廊下もその分たくさんあるだろ」

なんとしてでも悟を犯人にしたい陽介は、必死に力説している。俺を説き伏せさえすれば、悟が逮捕されるかのようだ。とにかく彼をクールダウンさせなければならない。俺は宥《なだ》めるように敢《あ》えてゆっくりとした口調で、

「危険すぎると思うけどな。恭子さんのことは家の者みんなが気を配ってるんだ。悟がいないことが判れば、当然すぐに恭子さんの部屋を確認するだろうし、その時既に殺したあとだと何もかもが手遅れだ」

「そこは賭《か》けに出たんじゃないか。自分の人生をベットしてな」

嫌悪《けんお》にくわえて冒険心が陽介の目を曇らせている。庶民の陽介と違い、現状でも上流の悟にとって、その賭けは失うものが大きすぎることを忘れている。

「そもそも、それならどうして悟は殺人だとすぐに判るような殺し方をしたんだ？　恭子さんと與五で凶器を変えたり、そのうえ與五は後ろから頭を殴られてるんだぜ。さらに二人のカバンまで持ち去ってるだろ。與五は独り暮らしだからともかく、恭子さんのカバンまで隠してしまったら、明らかに他殺だとばれてしまうじゃないか。心中事件に見せかけなければ自分が疑われるのは今の状況を見ても明らかなのに、全く見せかけてないだろう」

矢継ぎ早に質問を浴びせる。といってもほとんどが、これまで真紀や陽介自身が口にしていたことだ。

陽介は気圧《けお》されたように口ごもったあと、ニキビ面《づら》を真っ赤にして、

「なんだ優斗。お前、悟の肩を持つのか」

理屈で反論できなくなったためか、いきなり陽介は切れ始めた。悪い癖だ。

「そうか……お前も鴻嘉の味方だったんだな。お前の親父さん、葬儀の時は鴻嘉の主人《あるじ》からも頭下げられてたもんな」

当てこすりまで云い出す始末。誰のために面倒臭い説明をしてやってるのか、俺は

怒鳴り返したい衝動をなんとか抑えながら、

「バカバカしい。俺は俺、親父は親父だ。寺は関係ないし、鴻嘉なんてどうでもいいよ。そもそも俺が鴻嘉の味方なら、悟であれ誰であれ恭子さんを殺した犯人を突き止めるのが筋だろ。実際悟が犯人かどうかはまだ判らないし、俺は興味もない。ただ俺はともかく、他の連中にも同じように迂闊《うかつ》な噂を振りまいていると、いやお前の家族もこの町から追い出されることになるんだぜ。與五がそうだったように」

家族のことを持ち出したのは正解だったようだ。途端に陽介は冷静になり、いや冷静を通り越して枯れた一輪挿しのように項垂《うなだ》れ、

「それは拙《まず》いな。せっかく店も順調にいってるのに。ここを追い出されたらまた根無し草になってしまうな」

陽介の背が十センチほど縮んだように感じられた。陽介は詳しくは話さないが、十年前にこの町に流れ着くまでかなり苦しい生活を送っていたらしい。

「悪かったな。ひどいことを云って」

「いや、構わないさ。陽介に何かあったら俺も淋《さび》しいからな」

二人ともこの町に埋もれる身。長いつきあいになるはずだ。

「今度その叔父さんに会わせてくれよ。直接話を聞いてみたいからさ」

「ああ」

ポンと背を叩《たた》き陽介を見送る。いつの間にか雨は止んでいた。

5

月曜日には真紀に謝らなければならない。真紀のことだ、きっと想像もつかない罵《ば》倒《とう》を浴びせてくるだろう。単に御守を落としただけでなく、嘘《うそ》で上塗りをしたのだ。家が近づくに連れ憂鬱《ゆううつ》になってくる。俺はマゾではないので、真紀が繰り出す罵声は苦痛なだけで何の快楽も感じない。日が暮れ始め、町を覆《おお》い始めた霧がそれを加速させる。

自転車をガレージに停めたとき、まだ捜していないところがあることを突然思い出した。

叔父さんの離れだ。御守を失《な》くしたと思われる日、学校から帰ると直接叔父さんの部屋に行った――離れに入る叔父さんの姿が見えたので、後を追って中で与太話をしたのだ。その時カバンも一緒に持っていったはず。叔父さんの部屋はモノがごちゃごちゃして何かと出っ張っている。うさぎが引っかかり落ちた可能性は充分にある。

うさぎ捜しはもうしない、諦《あきら》めて真紀に謝ると決心したはずだが、いきなり未練が背中から襲いかかってきた。

一分ほどだろうか。ガレージに立ちつくして迷っていた俺は、これが最後と胸を大きく叩き、離れに歩みを進めた。今まで自覚はなかったが、俺は実は思い切りが悪い性格なのかもしれない。それともこの霧が判断を狂わせたのだろうか。

離れの玄関の戸を開けると叔父さんに声を掛けた。返事はない。寝ているのかと中を覗《のぞ》いてみると、叔父さんの姿はなかった。

静かな室《へや》。内壁に先ほどの喪服が一揃い吊《つ》り下げられている。急な仕事でも入ったのかと思ったが、部屋の照明は点《つ》いているので、完全に留守というわけでもなくすぐに帰ってきそうな気配だ。いつものように俺は勝手に上がり込み待つことにした。さすがに無断で家捜しをする気まではない。

だが十分ほど待っても叔父さんは帰ってこなかった。縁側に続くサッシ戸の外は西日で赤く染まっている。深くなった霧のせいで、ちょうど半紙に薄い朱色を染《し》み込ませたような色合いだ。外の変化にあわせるように室内の気温は段々と下がってくる。古い建物なので隙間《すきま》風《かぜ》も相当にひどい。仕方なく俺はコタツのスイッチを探した。叔父さんの部屋にエアコンはない。乾燥肌なので嫌いだそうだ。暖房器具は小型の電気ストーブとコタツだけ。前に加湿器を買えばいいんじゃないかと云ったら、コタツで充分だよと返ってきた。昔の人はそれで暮らしていたんだから、と。

コードを辿《たど》りスイッチを見つけ、手に取ろうと身を屈《かが》めたとき、押入の隙間から紫色の紐《ひも》が少しだけ出ているのに気づいた。見覚えのある色合いと形状。やっぱり叔父さんの部屋に潜り込んでいたのか。これで真紀に怒鳴られなくてすむ……ほっとすると同時に、今まで手間をかけさせられた怒りが湧《わ》いてきた。うさぎに一言文句を云ってやらなければならない。

俺は勢いよく押入を開けた。うさぎは仰向《あおむ》けになって敷居のすぐ奥に転がっている。膝《ひざ》を突いたまま押入に手を伸ばしたとき、ランドセル大の奇妙な物がその奥に鎮座しているのに気がついた。

地蔵だった。

光背が欠けたところといい、すり減り具合といい、T字路にあった地蔵に間違いない。地蔵泥棒は叔父さんだったようだ。

でもどうして？

見ると光背の天辺《てっぺん》から頭にかけてどす黒い血のようなものがついている。びっくりして視線を脇《わき》に逸《そ》らすと、地蔵の隣に黒い旅行カバンがつっこまれていた。

「どうしたんだ、優斗」

振り返ると、書生姿の叔父さんがにこやかに立っていた。

俺はうさぎを手に取ると、

「御守が見つかったよ。叔父さんの押入に紛れ込んでいたみたい」

「そうか。ぜんぜん気づかなかったな。でも、よかった。これで真紀ちゃんへの面目も立つね」

叔父さんは自分のことのように喜んだ。そして「お茶でも飲むかい」と、そのまま流し台に向かいヤカンを手にとる。ジャーと蛇口から水が流れる音が聞こえてきた。

「うん、貰《もら》うよ。叔父さん、押入を勝手に開けちゃってごめんね。押入の隙間から御守の紐が見えてたから」

「なに、構わないさ。取られて困るようなものもないし」

やがて叔父さんは急須《きゅうす》や湯呑《ゆの》みなど一式を盆に載せコタツの上に置き、向かいに座った。押入の襖《ふすま》を閉めたあと、俺のうさぎの御守を見て、

「へえ、結構かわいらしいうさぎなんだね。御守とかいうから、よくある干支《えと》の置物のようながっしりしたものかと思ってたよ。真紀ちゃんが拘《こだわ》るわけだ」

純真な子供のような瞳《ひとみ》を俺に向ける。

「でもこれって不良品で紐が切れやすいらしいんだ。御守なのに縁起でもないだろ。作った連中は何考えてるんだか」

「そうだな」叔父さんは腕組みすると、「やっぱり仕事は最後まできちんとしなきゃな。せっかくいい出来なのに全《すべ》て台無しになる」

めずらしく難しい顔になる。恐らく自分の仕事に誇りを持っているのだろう。叔父さんのなんでも屋は評判が良く、リピーターも多いのだ。鴻嘉の時のように。

「そういえば、叔父さん」

猫舌なので、熱い茶をちびちび飲みながら俺は訊いてみた。

「なんだい？」

「押入に地蔵があったけど、あれうさぎ神社のものだよね。叔父さんが運んできたの？」

「ああ、ちょっと事情があってね。綺麗《きれい》にしてもとの場所にお返ししなければいけないんだけど、恭子さんの葬式とか色々あったから」

悪戯《いたずら》の現場を見つかったように、叔父さんは誤魔化し笑いを浮かべた。

「綺麗にするって、あの血のこと？」

「ああ、汚しちゃったからね」

別の地蔵の話だが、小学生の頃、地蔵に唾《つば》を吐いて祖母にこっぴどく叱《しか》られたことがある。その日はベッドの中で泣き疲れて眠ったくらいだ。もしかすると叔父さんにも経験があるのかもしれない。

「もしかして鴻嘉の恭子さんは、叔父さんが逃がしたの？」

湯呑みを傾けていた叔父さんは、ピクッと反応し、びっくりしたように俺を見た。

「どうしたんだい、いきなり」

「いや、今なんとなく。地蔵の隣に新しい旅行カバンがあったから。それに叔父さんなんでも屋だから、恭子さんに頼まれたら断れないだろうなって」

「はは、優斗には見透かされてるな」

照れながら叔父さんは頭を掻《か》いた。ふけが叔父さんの湯呑みの中にもぱらぱらと落ち込む。叔父さんは好きだが、これだけはいつも気になる。

「僕は美人に弱いからね。見張りの時、恭子さんに頼まれて駆け落ちに協力することにしたんだ。鴻嘉の人には内緒だよ。一応料金も貰ってしまったことだし。二重契約なんて本当はしちゃいけないことだから」

なんでも屋のプライドが許さないのか、叔父さんは哀《かな》しげに視線を手許に落とした。

「駆け落ち？　心中じゃないの」

「いや、本当は駆け落ちのはずだったんだ……」

首を竦《すく》め、もごもごと口籠《くちご》もる。

「歯切れが悪いな。ここまで云《い》ったんだから、全部話してよ叔父さん」

叔父さんの態度が可愛《かわい》かったので、少しばかり意地悪をすると、

「仕方ないな。優斗にだけ教えてあげるよ。誰にも云っちゃいけないよ」

「わかってるよ。俺と叔父さんの仲だろ」

サムズアップで約束すると、叔父さんは嬉《うれ》しそうにふけ入りの茶を一気に飲み干した。コトと空の湯呑みをコタツに置いたあと、

「じゃあ、順に話していこうか。僕が恭子さんに頼まれたのは、あの日からちょうど一週間前のことだったんだよ。恭子さんとは、見張りをしているうちに、簡単な会話くらいはするようになっていたんだ。それで恭子さんも僕のことを信用してくれたみたいでね。あの日は恭子さんは打ち合わせ通り、コタツの中に隠れてたんだよ。こう身を屈めてね」

叔父さんはコタツの前でダンゴムシのように身体《からだ》を丸くした。

「それを僕がコタツの中を覗き込んで、中には誰もいないって云ったんだよ。本当は恭子さんが丸まっていたんだけどね。やっぱり自分が見張っているときに逃がしたら、

これから商売できなくなっちゃうから、悟さんには悪いけど、汚名を着てもらったんだ」

「じゃあ、みんなが捜しているとき、恭子さんはずっとコタツの中で息を殺してたんだ」

目の前にあるコタツを俺は改めて眺めた。同じサイズかは判《わか》らないが、多少サイズが違っていても、人ひとり隠れるには充分な大きさだ。

「ああ、暗くて狭い中、必死で我慢してたよ。コタツのすぐ外では鴻嘉の人たちが騒いでいるのにね。その中にはお父さんやお祖父《じい》さんもいたのに。でも、これで僕も恭子さんが與五さんのことがどれだけ好きか判ったんだよ。もし失敗して、僕がこの町から去らなくてはならなくなったとしても諦めがつくと……」

叔父さんは一瞬深刻な表情になったが、再びいつもの柔和な顔に戻ると、

「しばらく経《た》ってからかな。みんなの意識が屋敷の外に向いているのを確認して、そのまま屋敷に停めてある僕の車に行って荷台に隠れているように云ったんだ。あ、説明し忘れていたけど、予《あらかじ》めぼさぼさのカツラと僕の替えの服を恭子さんに上から着て貰っていたんだよ。ほら、僕は〝なんでも屋〟みたいな仕事をしているけど、残念なことに僕の仕事って低く見られがちなんだよ。普通の人でもそうなのに、鴻嘉家ぐら

い大きな家だと、まともに目をあわせようともしないんだ。だからあの格好さえしていればまじまじと顔を見られず、恭子さんも無事に僕の車まで辿り着くことができるんだ。カツラで目許まで隠れるしね。それにあの日は風邪をひいたことにして僕はマスクもしていたし。もちろん恭子さん用のマスクも用意していたよ。鴻嘉の人もまさかお嬢さんの恭子さんが、僕みたいな男の格好をしているとは思わないし、屋敷のなかは恭子さんを捜すのに大童《おおわらわ》だったから、時間をおいて僕が二人通り過ぎても、誰も気にしなかったんだ。僕が行った時、恭子さんは幌《ほろ》の中で変装を解いていたよ。少し危険だけど、最愛の人に逢《あ》うのに野暮ったい服装は避けたかったんだろうね」

「うまく考えたんだね。じゃあ、どうして駆け落ちじゃなくなったんだい。今の話だと二人でそのままハネムーンに行けそうだけど」

カゴに盛られた蜜柑《みかん》を食べながら俺が尋ねる。すると今まで少し胸を張っていた叔父さんが、いきなりしゅんと萎《しお》れる。

「失敗しちゃったんだ。與五さんとはうさぎ神社の下のT字路で待ち合わせていたんだけど、ほらあそこ見通しが悪いだろ、そのうえ霧が深かったせいで、待っていた與五さんとぶつかってしまったんだ。一刻も早く二人を会わせたいと気が焦《あせ》ったのかもしれないな。実際は車の前が軽く当たっただけなんだけど、その拍子に與五さんが倒れて後頭部をお地蔵様にぶつけたんだ。慌《あわ》てて介抱したけどもう手遅れだった。息はしていなかったし脈も止まっていたよ」

「地蔵についている血は與五さんのものだったんだ」

押入で旅行カバンと一緒に並んでいるのを見てなんとなくそう思ったが、正解だったようだ。叔父さんはますます項垂れて、

「ああ、與五さんにはホント悪いことをしたよ。二人には幸せになって欲しかったのにね」

目尻《めじり》に皺《しわ》を寄せ、遠い目をする。

「起きてしまったことは仕方ないよ。それじゃあ、恭子さんは？　短刀は鴻嘉の家のものだったんでしょ。恭子さんが自分で持ってきたの？」

起きてしまったことは仕方がない……うさぎが見つかった今だからこそ偉そうに云えるが、ほんの数時間前まで、どれだけそれに悩まされていたことか。錯乱する寸前まで病みかけたのだ。俺は心の中で叔父さんに少し詫《わ》びた。

「そうだよ」と叔父さんはゆっくりと頷く。

「恭子さんはもし與五さんが駆け落ちに躊躇《ためら》ったら自殺するつもりだったらしい。よく知らないけど、與五さんに他の女の人の噂《うわさ》があって、どうも鴻嘉の人の差し金らし

いんだけど、恭子さんも疑心暗鬼になっていたんだろうね。それで與五さんが亡《な》くなったものだからパニックになって、自分も後追いしようと持っていた短刀で喉《のど》を突こうとしたんだ。気持ちは解《わか》るけど、さすがに見過ごせないから止めようとしたら、揉《も》み合っているうちに恭子さんの胸に刺さっちゃって」

「すると二つとも殺人じゃなく事故だったんだ」

ここ数日うさぎの件でさんざん悩まされた俺だったが、叔父さんのほうがはるかに運が悪いのかもしれない。俺は宥めるように、足の裏で叔父さんの膝をさすってあげた。

叔父さんはありがとうと弱々しく微笑《ほほえ》むと、

「でも僕のせいでもあるから、せめてもの償いに、いつも逢い引きしていた山城公園の四阿《あずまや》まで運んでいったんだ。どうせなら綺麗に心中させようと。與五さんとの秘密のデートのことは、恭子さんから聞いていたからね。ただ心中なのに駆け落ちみたいに旅行カバンが脇にあったらなんだか物哀しくなるから、二人のバッグは僕が持って帰ることにしたんだ。お地蔵さんのほうも血がついちゃったから、綺麗に浄《きよ》めるために一緒に持って帰ったんだよ」

ふと俺は、それでは時間が合わないことに気がついた。叔父さんの話だと、四阿に運んだのは、十時をとっくにまわっていたことになる。悟が犯人だと陽介が決めつけていたとき反論したことだが、雪はもう降り止《や》んでいたはずだ。

二つ目の蜜柑に手を伸ばしながら、俺はそのことを尋ねてみた。もしかして誤魔化されているのかもと疑ったが、叔父さんは嘘など吐《つ》いていなかった。

「ああ、あれね。せっかくの心中なのに、運んだ僕の足跡が雪の上に残っていたら無粋だろ。なんだか逢い引きの現場を覗く出歯亀《でばかめ》みたいでさ。どうせなら彼岸への旅立ちは、誰にも邪魔されない二人だけの世界にしてあげたいし」

趣味ではないが、気持ちは理解できなくはない。きっと真紀なら叔父さんの両手を握って、全力で頷いていることだろう。もしかすると、真紀が叔父さんを見直す契機になるかもしれない。約束なので口外できないのが残念だ。

「それで、ちょっと頑張ったんだよ。公園は瓢簞形《ひょうたんがた》の池から排水溝が入り口近くの道路まで延びてるだろ。そして溝の上に板を載せて覆っている。その板を順々に剝《は》がして道路脇に並べていったんだよ。積もっている雪を零《こぼ》さないように慎重にね。そして溝を伝って池まで、そして隣の四阿まで二人の亡骸《なきがら》を担《かつ》いでいったんだ。そのあとで再び一枚一枚板を戻したんだよ。一つでも上の雪を崩したら二人が天国に行けないような気がしてね。ただ、どうしても隙間が線路みたいに残ってしまったけど、まあそれくらいは仕方ないよね。出来る限りのことはしたんだから。翌日の発見が遅かったから、雪が溶け始めて消えちゃったんだろうな」

二人の冥福《めいふく》を心から祈るように、叔父さんはしんみりと語った。叔父さんは優しい人だ。

「へえ、叔父さんスゴイね。よくそんなこと思いつくね。俺だったら途方に暮れてると思うよ。さっさと諦めてそのまま雪の上を歩いていたかもしれない」

真紀や陽介だけならともかく、警察までも見事に騙《だま》されている。心から賞賛すると、叔父さんは本気で照れたのか、顔を赤らめながら苦笑いを浮かべる。

「全然スゴイことはないよ。二人のために出来ることを必死で考えただけだよ」

俺が叔父さんを好きな最大の理由は、この謙虚さかもしれない。

その時、表から親たちが帰ってくる気配がした。叔父さんに感化されて柄にもなく優しい気持ちになった俺は、今日くらいは大人しく玄関で親を出迎えて労《いたわ》ろうと残った蜜柑を口に入れた。

「ありがとう。叔父さん。明日これを真紀に見せつけてくるよ」

うさぎをポケットに入れ立ち上がろうとすると、「あ、そうだ」と、叔父さんは手を前に突き出し俺を引き止める。

「ちょうどいいのがあるから、切れた紐の代わりにそれを使えばいいよ」

にっ、と白い歯を見せたあと、コタツに足を入れたまま身を伸ばし、隅の小物入れから紫色の紐を一本取りだす。

御守の紐が青紫なら、叔父さんのは純粋な紫に近い。色合いは少し違うが、太さや長さはちょうどよく、代用するには充分だろう。

これでうさぎは元通りの、初詣《はつもうで》に買ったときのままになる。数日間悩まされたうさぎ騒動からもおさらばできる。何ら疚《やま》しい気持ちを抱えることなく真紀と話せる。

「ありがとう、叔父さん。恩に着るよ」

俺は久しぶりに晴れ晴れしい気分になって、叔父さんの離れをあとにした。

転校生と放火魔

1

鬱々《うつうつ》とした霧が今日も町を覆《おお》っている。

季節は巡り俺は高校二年になった。だからといって特に何かが成長したわけではない。三月までと変わらない校舎に通学路。中学から高校へのステップには、大きなギャップが存在した。新たな環境に新たなクラスメイトの中、新学期にどのような自分に出逢《であ》えるか、こんな俺でも少しは胸を躍らせた。

だが、環境が人間を変えるという幻想はひと月と経《た》たない内に崩れた。クラスの半分は同じ中学の知った顔だったということもあるが、四月の慌《あわ》ただしさが一段落し、さて、と見回したとき、自分も周囲も大して変わっていないことに気づいたのだ。

相変わらず町は霧に包まれ、形ばかりの重苦しい平穏を保っている。その裏側で、いろいろなものが徐々に衰えていっている。活気のなさであり、少子化であり、シャッター街であり、つまり過疎《かそ》である。町で育ちこれからも町で過ごすだろう俺には、ゆるやかに頽廃《たいはい》していくその流れを眺めるしかなかった。高校生になっても何も変わりはしない。いや、変われるという夢から覚めたことが、唯一《ゆいいつ》の成長だったのかもしれない。だから昨年と違って、一年から二年になったところで何の希望も持てなかった。教室が一階から二階へと移り、階下に後輩が新たに入学してきたくらいだ。部活に入っていない俺にとっては、その後輩たちもただの背景に過ぎない……。

新たな担任が簡単な自己紹介を済ませたあと、そう宣言した。五十手前の生気に乏しい古文教師。覇気のなさはクラゲ同然の頭頂部にも表れている。

「転校生を紹介する」

転校生もシーズン途中なら少しは盛り上がったかもしれないが、始業式直後ではインパクトがほとんどない。クラス替えでいくらか知らない顔が混じっているのだ。これから一年間教室を共にするクラスメイトらの見極めに忙しい中、新顔が一人増えたところで、さざ波すら立たない。逆に云《い》うと、転校生にとっては、変に目立たず溶け込むのに最適な時期なのだろうが。

そんなわけだから、普段なら喰いつきがよさそうな悪友の武嶋陽介も、担任の自己紹介を聞く時と同じローテンションの冴《さ》えない顔つきで、転校生が控えている扉を見つめている。もちろん俺も何の感想があるわけでもなく、肘《ひじ》をつきながら霧に覆われた窓の外をぼんやりと眺めていた。

ところが次の瞬間、扉が開く音とともに「辰月《たつつき》？」という声が数人から漏れた。陽介もその一人だ。登壇してくる転校生に目を向ける。見覚えのある顔がそこにあった。辰月明美《あけみ》だった。

明美は小学校六年まで近所に住んでいた幼なじみだ。四年前、中学への進学を境に、親の都合で東京へ引っ越した。最初の年は年賀状が来た覚えがあるが、次の年からは来ず、こちらから送った賀状も返送されるようになった。都会に馴染《なじ》んだのだろうと淋《さび》しく感じながらも、住む世界が変わったのだとそれきりになってしまった。四年という月日は長く、今では口に上ることも、思い出すこともなくなっていた。そんなセピア色のアルバムから、いきなり成長した姿で明美が現れたのだ。

小学生の頃から目鼻立ちが整った可愛《かわい》い顔だったが、丸かった輪郭は今は面長に変わり、かつてのあどけなさが美しさに変化していた。お下げだった髪型も今は長いストレートになり、毛先だけゆるやかにカールしている。背は俺と同じくらいだろうか。女子にしては高いほうだ。小六の時の幼い印象しかないため成長ぶりに驚かされたが、彼女から見れば俺も相当変わっているはずだ。自己紹介を終え、最後部の席に向かう際、俺の前で彼女は「斯峨《しが》君、久しぶりね」と笑みを浮かべながら声を掛けてきた。

「ああ、久しぶり。変わったな」

俺が正直に実感を述べると、

「そうでしょ」

一瞬顔を寄せ、白い歯を零《こぼ》したあと、後ろの席へ去っていった。

「辰月ってあんな感じだっけ。もっと引っ込み思案だった気がしてたんだが」

隣の陽介が訝《いぶか》しげに尋ねてくる。同じ小学校なので、彼も昔の明美を知っている。陽介の疑問通り、昔の彼女は大人しいところがあった。ただし仮面ではあったが……。

「いや」俺は一旦《いったん》否定したあと、「まあ、四年も経てば変わるだろう」と無難に纏《まと》めた。自分に云い聞かせたのかもしれない。


始業式の日は午前のＨＲ《ホームルーム》のみ。放課後明美は、まだ手続きが残っているからと、積もる話もそこそこに職員室へ向かっていく。後ろ姿を目で追っていると、視界を遮るように美雲真紀が割り込んできた。真紀は幼なじみで、今は俺の彼女をしている。

「ねえ、優斗。一緒に帰らない？」

よく一緒に下校するので、誘い自体は不自然ではない。だが、少々突《つ》っ慳貪《けんどん》だった。

もともと気性も口調もキツいタイプだが、それでも今日はトーンがいささか強引だ。

「明美が戻ってきたこと、知ってたのか？」

真紀に訊《き》いてみた。真紀は細い眼を少し丸くしながら、

「昨日初めて知ったわ。夜に明美から電話が掛かってきたの。明日から自分も同じ高校に通うって」

真紀が眼を丸めるのは、焦《あせ》っているときだ。その様子から、今朝はわざと黙っていたな、と悟った。

真紀の態度には理由がある。

明美と俺は小学生の時、交際していたからだ。もちろんまだガキなので、顔を赤らめて手を繋《つな》ぐ程度。子供のお遊びの範疇《はんちゅう》だ。周囲に囃《はや》されて思わず互いに背を向けあうこともあった。あまりにしつこかったので、囃し立てた相手を殴ったこともある。陽介だ。

とまあ、回想することすら面映《おもは》ゆいほどの、淡い想《おも》い出《で》しかない。そんなウブな関係でも、真紀にとっては一丁前《いっちょうまえ》の元カノに映るのだろう。確かに今の明美は立派な美人に成長している。

「明美が気になるの？　待つ約束をしたとか」

「関係ないよ」

内心うんざりしていたが、表に出すことなく、俺はあえて素っ気なく答えた。真紀の嫉妬《しっと》を指摘すれば火にガソリンを注ぐ結果になるだけだ。

「じゃあ、今から帰ろうか。陽介もなんか用事があるみたいだし」

俺の誘いにとりあえず疑いの眼差《まなざ》しを解除した真紀は、「しかたないわね」と頰を緩め、ガシッと腕を摑《つか》んで先導していった。

*

夕方、買い物帰りに「斯峨君」と声を掛けられた。振り返ると、明美だった。制服ではなく、春物のブラウスと膝上《ひざうえ》のスカートに着替えている。小洒落《こじゃれ》たロゴが入ったブラウスは最近流行のブランド物だった。まだ隣の市でも売ってなさそうな。明美は東京に住んでいたのだなと、妙なところで実感する。

「そういえば、どうして戻ってきたんだ？」

「親が離婚しちゃったの。で、お母さんと一緒にお祖父《じい》さんの家にね」

吹っ切れているのか、あっけらかんと説明する。

「悪かった」

「いいのよ。どうせ、本当のお父さんじゃなかったし」

明美の父親は彼女が五歳の時に交通事故で死んでいる。その後、母親が平川桐也《ひらかわきりや》と再婚し、平川の仕事の都合で三人で東京へ向かったのだ。それが四年前の春。

「なんかドライだな」

「お義父《とう》さんは時々あまり好きじゃなかったわ。酒癖が悪かったから。それに二年ほど前から偶《たま》に厭《いや》らしい目で見られるようにもなったし」

ボソッと呟《つぶや》く。俺の顔つきが同情しているように見えたのだろう。

「でもそれほど酷《ひど》くもなかったのよ」すかさず明美がフォローを入れる。「いつもは真面目《まじめ》で優しかったし。ただ、お酒を呑《の》んだときだけ乱暴になるの」

昨年末に、電車内で他の乗客と口論になり、傷害事件を起こしたらしい。家でも酔った勢いで母親に手をあげたことが何度かあり、事件を契機に離婚を決意したとか。母親も娘に注がれる邪《よこしま》な視線に薄々気づいていたらしい。義父のほうは元々よそ者なので、離婚が成立したあと、そのまま東京に残り、母娘《ははこ》だけが実家に戻ってきた。

俺は、その新しい父親を一度だけ見たことがある。東京へ引っ越す当日だ。彼は大手の土木会社の技師で、港に大型の防波堤を作る事業で一年間霧ヶ町に赴任していた。

そこで明美の母親と知り合い結婚することになった。ちなみに平川の方は初婚だった。防波堤工事が完成したあと、東京の本社に戻ることになり、明美達も一緒に引っ越す事になるのだが、その際の印象は瘦《や》せぎすで真面目そうな男。背だけでなく首もひょろ長く、名前が桐也ということもあり、キリンさんと呼ばれていた。

現場の作業員は荒っぽい者も多く、その中に混じって働くのは大変だろうなと、子供心に思ったものだ。なので、酔って暴力を振るうというイメージは全くなかった。ストレスを溜《た》め込むタイプだったのかもしれない。

「それで、東京はどうだったんだ」

話題を変えようと振ってみると、

「楽しいところよ。人も物も溢《あふ》れてて。でも、何でも手に入りすぎてちょっと疲れたかな。一つ一つ自分で選ばなきゃならないから。やっぱりこういうのんびりしたところのほうが落ち着く」

まんざら嘘《うそ》でもない口調で、明美は答えた。

「どうだか。しばらくしたら、あまりの不便さに出て行きたくなるんじゃないのか」

「そうかもね」と明美は素直に頷《うなず》く。「相変わらず時間が止まったような町だし。昔より霧が濃くなった気がしない？」

「どうかな?　昔から重苦しい感じだったけど」

「霧の揺り籠《かご》ね。あの頃は夢しかなかったせいかな」

明美は一度視線を空に向けたあと、

「ねえ、私たち、またつき合わない?」

軽い口調だったので冗談かと思ったが、彼女の眼差しは真剣だった。

「……」

突然の告白に俺が云い澱《よど》んでいると、

「知ってるわ。真紀ちゃんとつき合ってるんでしょ。昨日連絡したとき、真紀ちゃんから聞かされたわ。多分牽制《けんせい》のつもりなんでしょうけど」

「図太くなったな」

「そう?　昔もこんなものよ」

「たしかに俺の前ではそんな感じだったな」

陽介が騙《だま》されていたように、明美は大人しい性格と思われている。些細《ささい》なことで、よく男子に揶揄《からか》われて泣いていたりもしていた。だが、それは泣き真似《まね》で、顔を覆った手の陰で舌を出していたのだ。

ひょんな事から俺はそれを知ってしまい、秘密を共有した気になりつき合い始めたのだ。今から考えるとたわいもない動機だ。だがわずか一年ほどだったが、交際中は胸がドキドキしっぱなしだった。

「男子に攻撃されている間は、女子から同情されて嫉《ねた》まれないの。私って、ほら、嫉まれやすいでしょ」

あっけらかんとした口調で、彼女は説明してくれたものだ。それはもう清々《すがすが》しいほどに。

「今さら昔の約定《やくじょう》を蒸し返すつもりはないよ。そもそも俺が口を割らないように、つき合ってくれてたんだろ」

あと、中途半端《はんぱ》なランクの男とくっついていれば、同様に女から嫉まれにくいという目論見《もくろみ》もあったと思う。いや、そっちの方がメインかもしれない。ただあまりに哀《かな》しすぎて、今なお自分から問い質《ただ》せないが。

「別にそういうつもりじゃないわ。もう子供じゃないんだから。わりと真面目に告白してるのよ」

真っ直《す》ぐ見つめられる。狐目《きつねめ》の真紀とは対照的に、昔から丸い目をしていたが、細面になった今でも面影を残している。

どう? 明美は返答を迫りながら俺の手を握ろうとする。俺は慌《あわ》てて自分の手を引

いた。咄嗟《とっさ》に真紀の顔が浮かんだせいもある。だが明美は気を悪くした風もなく、

「真紀ちゃんがいるものね。でも慌てないわ。これからはずっとここにいるわけだし。真紀ちゃんには悪いけど、つき合ったのは私の方が先なんだし」

余裕のある笑みを浮かべ、明美は帰っていった。去り際《ぎわ》に声も掛けられず、ただ後ろ姿を見送る俺。青天、いや曇天の霹靂《へきれき》だった。

「明美ちゃん、えらく美人さんになったなぁ。お母さんに似てきたな」

すぐ後ろから呑気《のんき》な声が聞こえてきた。びっくりして振り返ると、叔父さんだった。いつの間に来ていたのか、いつもの和服に袴《はかま》の書生姿で腕組みをしている。僕はまだまだ修行中の身だからね……それがこの格好の理由らしい。何の修行なのか尋ねると、人生という答えが返ってきた。

「いつからいたんだい、叔父さん」

「たった今だよ。声を掛けようとしたら明美ちゃんが帰ってしまったからね。しかし大きくなったね。引っ越した頃はこんなに小さかったのに」

こちらの気も知らないで、腰の辺りに手をかざしている。

「さすがに小さ過ぎだよ、叔父さん」

叔父さんはなんでも屋を生業《なりわい》としている。俺の実家は寺で、隅っこの離れにひとり

で住んでいる。住職の父親は、定職に就かずふらふらしている叔父さんを今ひとつ快く思っていない。ただ、俺はのんびり屋の叔父さんが好きだった。

叔父さんは天然パーマのぼさぼさした頭を掻《か》きながら、「そうかなぁ」と笑っている。

兎《と》に角《かく》、何も聞かれていなかったようなので安心した。俺と真紀がつき合っているのは叔父さんも知っている。三角関係に陥ったことが下手に広まると具合が悪い。ましてや当の真紀の耳に入ろうものなら……。

まあ、叔父さんは軟弱な見た目と裏腹に口は堅いので、あまり心配していないが。むしろいずれ相談するかもしれない。叔父さんは俺が相談できる唯一の大人だった。まあ、未《ま》だ独身の叔父さんが色恋に適切なアドヴァイスが出来るかは不明だったが。

「さっきお母さんに似て、とか云ってたけど、明美のお母さんも美人だったの？」

俺が覚えているのは母親としての顔だけだ。たしか当時で三十くらいだから、まだ若いといえば若い。たしかに顔は整っていた印象がある。

「ああ、法子《のりこ》さんは僕より一つ上だけど、昔から綺麗《きれい》だったよ。この地区じゃ一番だったんじゃないかな」

叔父さんは昔を懐《なつ》かしむように目尻《めじり》を下げたあと、

「そうだ。折角越してきたことだし、ひとつ挨拶《あいさつ》してこようかな」

名案とばかりに楽しげに手を叩《たた》くと、そのまま大通りのほうへ小走りで去っていく。

その軽い足取りに、俺は少しばかり癒《いや》された。

2

翌週、俺は叔父さんの運転で陽介、真紀、明美たちと市まで花見に行くことになった。おんぼろの軽トラックの助手席には明美が座り、俺たち三人は荷台に乗せられていた。

「同じ女なのにどうして私は荷台なのよ」

幌《ほろ》の隙間《すきま》から盛大に風が吹き抜けてくる荷台で、流される髪を必死で押さえながら真紀は口を尖《とが》らせている。

「真紀の方が頑丈そうだからじゃないか」

軽口を叩く陽介を、真紀はきっと睨《にら》みつけた。

「どこがよ。明美の方が背も高いし、体格もがっちりしてるわよ」

「がっちりと云うより、大きいだけじゃないのか」

それが明美の大きな胸を、ひいては真紀の俎板《まないた》を当てこすっていると、直ぐに気づいたようで、

「それどういう意味。返答によっては、ここから突き落とすわよ」

「おいおい。冗談だよ、冗談。な」

思いのほか強い反応に、焦《あせ》って必死で宥《なだ》める陽介。ちらっと俺を見て助けを求める。だが自業自得《じごうじとく》。俺は冷たく見捨てると、幌の隙間から海岸沿いの景色を眺めた。町境のトンネルを抜けるとしばらくは海沿いを走ることになる。海岸線は湾曲しているので、遠くにぼんやりと霧ヶ町の港が見える。

問題は何一つ解決していない……。

告白されてから三日後。明美は再び返答を迫ってきた。俺はただ言葉を濁すだけ。真紀とつき合っているのだから、はっきりと断った方がいいのは理解している。だが、彼女の東京での境遇を知って無下に断れなくなった。同情だろうか。いや……それはあまりにも自分を正当化しすぎている。むしろ未練だろう。

明美が引っ越していなければ、真紀とつき合うこともなく、ずっと明美とつき合っていたかもしれないからだ。現在ある世界と、もしかしたらあり得た世界。奇妙なことに、それが再び交わってしまったのだ。

で、俺はどちらとつき合うことを望んでいるのか。言葉を濁したのは、直ぐに答えを出したくなかったからだろう。真剣に見つめ直し、天秤《てんびん》にかけたくないからだろう。

俺は自分が思っている以上に卑怯者《ひきょうもの》なのかもしれない。

もちろん真紀はまだ知らない。小学校時代にそうだったように、転校の翌日から明美は俺たちのグループの中に入っていた。

「どうしたの？　柄にもなく思い詰めた顔をして」

陽介とのやりとりが一段落ついた真紀が、怪訝《けげん》そうに尋ねてくる。柄にもない、という物云いが引っ掛かったが、敢《あ》えてスルーする。

「いや。春は眠いなと思ってな」

「そう？　この荷台、めちゃくちゃ揺れるし、むしろ酔いそうよ。優斗はよく眠くなるわね。ホント感心するわ」

薄々は気づいていたが、真紀は俺のことを誤解している。

「ありがとう」

俺は訂正せずに受け流した。

市の公園は桜の名所ということもあり、花見客でごった返していた。道沿いには魚《うお》河岸《がし》のトロ箱のように露店がいくつも犇《ひし》めき並んでいる。人混みの中、公園を一巡するだけでも時間が掛かり、もちろん露店での買い食いにも時間をとられ、へとへとになって帰途についたのは夜の九時を回った頃だった。行きがけはひんやりとしていただけの浜風も、日が暮れ、肌を突き刺すほどに冷え込んでいる。

トンネルをくぐり霧ヶ町に戻ってきたとき、叔父さんの軽トラが急に停まった。最初、赤信号かと思ったが、けたたましいサイレンの音が鳴り止《や》まないでいる。

不審に思い頭を出すと、五十メートルほど先で火が燃え上がっていた。古い神社の木壁から真っ赤な火の手が上がっている。灯油の臭《にお》いがぷんと鼻を突く。とはいうものの既にポンプ車が放水作業を始めていたため、鎮火に向かっていた。ポンプ車の後ろを遠巻きに野次馬が取り囲んでいる。

陽介たちも気づいたのか、「どうしたんだ」と顔を覗《のぞ》かせた。

見ると叔父さんは既に車を降り、野次馬の一人に事情を訊いていた。二言三言交わしたあと、俺たちの荷台へ戻ってくると、

「ちょっとしたボヤらしい。大丈夫。もうすぐ消えるそうだよ」

叔父さんが云い終わらないうちに、炎は小さくしぼみ消滅していった。ぷすぷすと夜空に細い白煙が立ち上る。

「幸い人気《ひとけ》がない稲荷《いなり》だったんで、怪我《けが》をした人はいないようだけど。でもなんだろ

うね?」

首を傾《かし》げながら叔父さんは運転席に戻ると軽トラックをバックさせた。

「火事なんて、初めて見たわ」

真紀が眼を細めると、

「俺も、俺も」

と、陽介も興奮しながら同意する。

「折角の花見だったのに、最後にケチを付けられた気分よね」

「そうか?」ここで二人の見解が分かれたようで、「火事と喧嘩《けんか》は何とかの華というだろ。花も見たし火事も見たし、両手に花じゃん」

陽介は珍説を繰り出した。

「バカじゃない? 今は江戸時代じゃないのよ」

真紀もつっこむポイントがずれている。しかし二重に訂正する気は俺にはない。

迂回《うかい》するため軽トラックがUターンしたとき、野次馬の輪がゆっくりと解《ほど》けていくのが荷台から見えた。

不審火……その情報は翌日陽介からもたらされた。彼の家はスナックを営んでおり、その手の情報や噂話《うわさばなし》が早い。ただ、あくまで酒席の話題なので、割り引いて考えなければならないが。

「ノイローゼの浪人生がやったんじゃないか？」

これは客の話ではなく、陽介自身の見解のようだ。実際はまだ誰の仕業とも判《わか》っていないらしい。

「ほら、魚屋の牟田《むた》の息子。今二浪しているだろ。その癖、市の予備校にも行かず家に籠《こ》もって。最近道を歩いていてもぶつぶつ独り言を云っているらしいし、あいつかもな」

牟田の息子は三つ上で、小学生の頃はガキ大将だった。何かと反発する陽介はよく頭を小突かれていた。その意趣返しなのか、浪人してからはよく引き合いに出してバカにしている。

「またつまらないこと云って」

真紀が呆《あき》れたように俺たちを睨みつける。

「被害者がいなかったから良かったものの、火事をネタにするなんて不謹慎よ」

ネタにしていたのは陽介だけで、俺は何も云っていない。

「でも、火事って間近で見ると怖いよね。明美はどうだった」

「びっくりしたわよ。真紀ちゃんたちは一緒だから良かったけど、斯峨君の叔父さんたら、車を停めると一目散に野次馬の中に混じっちゃうんだから。助手席に一人取り残されてどうしようかと思ったわ」

「それは悪かった。叔父さんの代わりに謝っておくよ」

叔父さん、しっかりしてくれよ……心の中で顔を赤らめる。

「別に斯峨君が謝ることはないよ。結局叔父さんも直ぐに戻ってきたし。ちょっとのあいだ心細かっただけだから」

「いや、一瞬でも放っておいた叔父さんが悪いから」

「ホント優斗の叔父さんて子供みたいよね。まだ子供の私から見てもそう思えるわ」

真紀が小馬鹿《こばか》にするように口を挟む。真紀は父と同様に、叔父さんを少々頼りない人間と考えている。三十半ばだというのに、定職にも就かず結婚もしていないからだろう。叔父さんが好きな俺としては不満だったが、頼りなさは叔父さん自身が口にしていることなので、いかんともし難い。実際今回のように非難されても仕方がない面もある。

「でも、斯峨君て叔父さんに似てるわよね」

あけすけな明美の言葉に、「どこが！」と、俺は激しく否定した。そして我に返り、いや、そんなつもりじゃないんだ、と心の中で叔父さんに謝った。

火事の話は、俺たちの間ではそれで立ち消えになったが、この三日後、再び火事が起こった。

＊

俺が知ったのは火事の翌日のことだ。いつものように陽介の情報からだった。真紀も知らなかったようで、びっくりしたように「物騒ね」と呟《つぶや》いている。

「それで、場所は何処《どこ》なんだ」

「前が北室《きたむろ》町の亀山《かめやま》稲荷だっただろ。今度は南室《みなみむろ》町の空き家だ。やっぱり放火らしい。灯油を染《し》みこませた新聞紙の切れ端が見つかったとか。今回は近所の家も少し類焼したからシャレになってないっぽい」

さすがに事態の深刻さを感じているのか、この前のように魚屋の息子説は持ち出さなかった。

「南室町の空き家って、児童公園の前の？」

通学路の途中にある公園だ。数年前から一軒空き家になっている。築年数が古く、屋根の天辺《てっぺん》には大きな風見鶏《かざみどり》が、ずっと南東の方角を向いたまま錆《さ》び付いていたので印象に残っている。台風にも逆らう不屈の風見鶏。

「そう。あの家だよ。九時頃に火の手が上がったんだってさ」

「九時か。この前と同じだな。やっぱり同じ奴《やつ》が？」

「それもまだ判らないらしい」陽介が答える。「なにせ昨日の今日だし。模倣犯の可能性もないわけじゃないけど、多分同じ犯人じゃないかな。こんな小さな町に二人も放火魔がいたら厭だろ」

　これも客ではなく陽介の主観のようだ。ただ、この件に関しては俺も同感だった。世相を反映してか、こんな片田舎の奥まった町ですら昔に比べ治安は悪くなっている。人口は減っているのによそ者は増えたせいだろう。傷害や空き巣の事件も以前より多く耳にする。だが、いくら殺伐としていても、放火魔が二人もいるとは思いたくない。

「早く捕まって欲しいわよね。もし私の家が狙《ねら》われて、この寒空に焼け出されたら堪《たま》ったもんじゃないわ。春になったとはいえまだまだ寒いし」

　真紀はマイペースだ。不謹慎とはなんだったのか。明美もそれに乗っかるように、

「そうね。うちのお母さんなんか服が好きだから、火事になっても服を取りに戻って、焼け死んじゃうかもしれないし」

「そういう問題なのか？」

「だって、何処が狙われるのか判らないんでしょ。もしかしたら今度は武嶋君の店を狙うかもしれないのよ」

真顔で真紀が脅すと、

「止めてくれよ。寝床だけじゃなく、商売も出来ずに干上がっちゃうだろ」

陽介のスナックは母親と姉による家族経営だ。二階が住居なので、焼けると職場と住居を一遍に失う羽目になる。俺の家も寺という名の自営業なので、同時に失うのは同じだが、スナックと違い念仏はどこでも上げられるから傷は浅いともいえる。

「とにかく、不審者には気をつけるしかないな。まあ、青年団も見回りを始めるみたいだけど」

「それで収まってくれればいいんだけど」

俺に視線を向けながら明美が呟く。そういえば、あれ以来明美は何も云ってこない。平和な四人組の状況がここ何日か続いている。

ほっとしていたが、逆に落ち着かない気分にもなっていた。

＊

夕方、離れの叔父さんの家で俺はくつろいでいた。脇《わき》に流し台が付いた八畳間で、部屋はこれ一つしかない。あとは縁側と庭。裏手にトイレと風呂《ふろ》。生活の全《すべ》てがこの離れで賄《まかな》えるとはいえ、まるで学生の部屋の様に簡素だった。壁には米屋のカレンダーが一つ掛かっているだけ。服は押入に詰め込んであるようだが、基本書生姿の着た切り雀《すずめ》なので、たくさん持っているとは思えない。

コタツ布団《ぶとん》が取り払われ座卓に衣替えしたコタツの前に俺が座っていると、叔父さんが煎餅《せんべい》と沸かしたばかりの湯を入れた急須《きゅうす》を持ってきた。目の前でお茶を注ぐ。茶柱が斜めに立っていた。惜しい。

「昨日また放火があったんだって。陽介が云ってたよ」

「そうみたいだね」

既に叔父さんは知っていたようだ。

「いや、頼まれたんだよ。青年団の見回りの手伝いをね。ほら、叔父さんいつも暇そうに見られてるだろ」

お茶を飲みながら呑気に叔父さんが説明する。俺は煎餅を齧《かじ》りながら、

「じゃあ、仕事じゃないんだ」

「そりゃあそうだ。他の人がボランティアで見回っているのに、叔父さんだけ金を取るわけにはいかないよ。まあ、これも町内のつき合いだから。幸い昨日までに割がいい仕事を終えたばかりだから、焦る必要もないし。万が一叔父さんの家が燃やされても厭だしね」

「そうなれば母屋《おもや》に越してくればいいんじゃない？　部屋はいくつも余ってるし」

「そういうわけには行かないよ」叔父さんはコトッと湯呑みを卓に置くと、「これでも一応独立してるつもりなんだから」

一瞬、プライドらしきものが垣間見《かいまみ》られる。だが叔父さんは直ぐにいつもの柔和な表情に戻ると、

「それにね。この荒屋《あばらや》も僕にとっては色々と思い出深いものなんだ。まあ、冬はちょっと寒いけどね」

「そうなんだ」

叔父さんは昔話をあまりしない。高校までこの町で育ち、名のある大学を卒業したあと、二十代の頃は各地をぶらぶらと旅していたらしい。理由は知らないし、詳しく

訊こうとも思わない。昔のことを叔父さんが何となく訊かれたくなさそうだからだ。

そういうわけで俺はこの話題もさりげなくスルーする。

「それで見回りは今日からなの？」

「ああ、そうだよ。前回からは三日空いていたけど、犯人が規則正しく放火してくれるとは限らないからね」

「大変そうだけど、くれぐれも怪我だけはしないでね」

「大丈夫だよ」叔父さんは柔らかく笑うと、「僕は臆病者《おくびょうもの》だから危険な真似《まね》なんかできっこないし。犯人と出くわしたら大声で叫ぶよ。それに一応呼子《よびこ》も持っているし」

首にぶら下げた銀の呼子を俺に見せる。だが、それが嘘なことを俺はよく知っている。いざというときの叔父さんが凄《すご》く勇敢なことも。しかしそれは叔父さん自身が広めて欲しくないようなので、敢えて突っこまない。

「叔父さんらしいや」

俺は残りの煎餅を一口で頬張った。

3

三たび放火が起こったのはそれから三日後のことだった。最初陽介から聞かされたとき、犯人は律儀《りちぎ》にまた三日空けたんだなと思った。だが、次の瞬間、放火魔に対する対岸の火事のような印象は吹き飛んでしまった。なぜなら今度は死人が出たからだ。

被害者は西室《にしむろ》町の一軒家に一人住まいをしている四十代半ばの独身女性で、九時過ぎに火の手が上がったという。消防隊員が駆けつけたところ、一階の寝室の布団の上に仰向《あおむ》けに倒れている女性の姿があった。既に息絶えていたが、それは煙による窒息ではなく、後頭部の打撃による他殺だとあとで判った。

「じゃあ、放火だけじゃなくて人殺しもしたというのか。やばいだろ、それ」

「ああ、さすがに警察も目の色が変わったらしいぜ」

したり顔で陽介が頷く。

「最初から変わっていれば良かったのに。ボヤだって舐《な》めてたから。警察っていつも後手後手なのよね」

苦虫を嚙《か》み潰《つぶ》した表情で、真紀が警察批判を展開する。春に始まった『プレイヤード』という社会派ドラマの影響らしく、最近なにかと権力批判が口を衝《つ》いて出てきていた。たいていは主人公のイケメン報道カメラマンの台詞《せりふ》を少しアレンジしただけのレヴェルだが。もちろん、今の表情も俳優の演技そのままだ。

「でも、どうしていきなり放火から殺人にランクアップしたんだ？」

放火魔はどちらかといえばコソコソしていて、殺人のような剛胆さを持たない卑怯者といったイメージがある。

「放火の現場を見られたからじゃないかって今のところ云《い》われてるらしい。寝室の隣の台所が火元らしいし」

「今回は、家の中を燃やしたのか？　そりゃあ、鉢合わせするだろう。なんでまた」

「頭がおかしくなっている人に、理屈を求めても仕方ないんじゃない。一刻も早く捕まえてほしいわね。家だけじゃなく命まで奪われたらどうしようもないし」

世界戦争を前にした大統領のような深刻さで真紀が口を挟む。だが眉根《まゆね》を大きく寄せたその顔つきもまた、イケメン俳優がいつも見せているのと同じだった。こうなれば、誰が一番ふざけているのか判らなくなってくる。

「それがさ。本当に頭のおかしい人間の仕業なのか怪しいらしいんだよ」

陽介はもったいぶるように声を潜めた。特級の情報を握っていて、吹聴《ふいちょう》したい時に、よく見せる仕草だ。

「なによ？」

案の定、真紀が餌《えさ》に喰いつく。

「それがさ」陽介は一呼吸おいて耳目を集めたあと、「被害者の家は内側から鍵《かぎ》がかけられていたんだよ」

「どういうこと？　密室だったってこと？」

「いや、正確には二階の窓の一つが網戸になっていたけど、一階は玄関から勝手口からサッシ戸から窓から全て施錠《せじょう》されていたんだよ」

「じゃあ、密室じゃないじゃない」

落胆するように真紀が非難すると、

「だから、誰も密室とは云ってないだろ。でも訝《おか》しいだろ。仮に二階の窓から逃げ出したとしても、どうして犯人はそんな手間をかけたんだ？　飛び降りるとき、怪我をするかもしれないし、普通に出ればいいじゃないか」

陽介の話によると、被害者は農協の事務員で名前は潟田《かただ》祥子《さちこ》。十年近く前に母親を亡《な》くしてからはずっと、築三十年ほどの旧《ふる》い木造家屋に一人暮らしだったらしい。父の代まで農業をしていたため――今はもう田畑は人手に渡ったらしいが――敷地自体は手入れしていない庭が残っていたりと広く、そのため近隣への延焼はなかったが、逆に不審者を目撃した者もいなかったらしい。

被害者は和室に敷かれた布団の上で仰向けに横たわっていたのだが、暴行の痕跡《こんせき》はなかったという。致命傷となった後頭部の打撃も、目に見える外傷もなく出血はなかったらしい。被害者はジャージ姿で、化粧をしていなかった。

「それって、誰かが合い鍵で玄関を閉めただけなんじゃないの？」

「あ、そうか」虚を衝かれたように陽介は声を上げた。「そういやそうか」

「しっかりしてよ」

「俺じゃない。客がそう話してたんだよ」弁明する陽介だったがしどろもどろだ。

「それなら、どうして鍵を締めたんだ？　頭を殴って火をつけたら誰も自殺や失火とは思ってくれないだろうし」

「もしかしたら表に人影が見えたんじゃないか？」

　俺が口を挟むと、

「逃げるのは玄関からじゃなくてもいいだろ。被害者がいた寝室にも裏庭に通じるサッシ戸があるんだから。玄関とは逆方向らしいからそこから逃げればいいのに、わざわざ二階からなんて」

「それはやっぱり頭がおかしいからじゃないの？」

　真紀が人差し指で自分のこめかみを突っつく。

「頭のおかしい奴がこんな手の込んだことするかよ。それにもう一つ訝しなことがあって……今まで犯人は灯油を使っていたけど、今回はガソリンをぶちまけてるんだ。そのせいで家は半端《はんぱ》なく燃え上がって半焼したらしい。だから余計にもたもた二階から逃げるなんて考えられないんだ」

「ワイルドだな」

勢いよく燃え盛るさまを想像して、俺は思わず洩《も》らした。それなりに由緒《ゆいしょ》があるうちの寺が燃えたら大変なことになるだろう。威勢が良すぎて、ユーチューブで大人気になるかもしれない。いや、燃やす気なんてないが。

「そう、今回に限ってワイルドなんだよ」と、陽介も得心がいかない顔で頷いている。

「もしかして別人なんじゃないのか。わざわざ家の中で放火して、おまけに殺人までしてるんだし」

「たしかにそれは囁《ささや》かれてるけどな。便乗犯かもって」

「放火魔の他に放火殺人魔がいるわけ？　勘弁してよ、もう」

霧ケ町の町民を代表するように、真紀はいきり立った。

「いったいどうなってるのよ。今までずっと平和だったのに」

そうか？　と思いながら、ふと明美を見ると、彼女はひとり沈んだ表情をしていた。

ただこちらはドラマの影響ではなく、まるで自分の母親が被害者だったかのような切羽詰まった表情だ。

「どうしたんだ」

呼びかけても、彼女の耳に届かなかったようだ。

「明美、どうしたんだ」

俺は声を強めて再び呼んだ。今度は彼女の鼓膜を震わせたらしく、明美ははっと我に返ると、

「なんでもないの」

と、しおらしく首を振った。四年のブランクがあるとはいえ、明美の態度は明らかに訝《いぶか》しく感じられた。本気で怯《おび》えているような。

「ちょっと怖いなと思っただけで」

詮索《せんさく》を拒絶するような口振りに一旦《いったん》その場は矛を収める。授業中にそれとなく様子を窺《うかが》うと、ずっと伏し目がちで教師の言葉など上の空のようだった。

学校から帰ると、俺は明美の携帯に電話をしてみた。みんなの前では話せないことがあったように感じたからだ。俺の勘は的中しており、

「殺された人に心当たりがあるの」

深刻な声で、いきなりそう切り出された。

「知り合いだったのか」

「ううん。知り合いというんじゃないけど……。斯峨君。今から家に行ってもいい？」

初めて聞く切羽詰まった声。そういえば明美は泣き真似《まね》はよくしていたが、こういう縋《すが》る態度を見せたことはなかった。最終的には自分で何とかするタイプだったからだ。

「ああ、俺で力になれるなら」

十分後、明美が家を訪れた。予想していた以上に蒼《あお》ざめている。二階の自室にあげると、明美はベッドの縁に腰を下ろす。俺は回転椅子《いす》に座りながら、どう尋ねかければいいか迷っていた。少しの沈黙。だが、覚悟を決めてきたのか明美は俺の顔を正面から見つめると、自ら「実は」と切り出した。

「殺された人、お母さんと関係がある人なの」

明美の話では、明美の元義父の平川は、最初潟田祥子とつき合っていたらしい。平川は霧ヶ町に来てすぐに同い年の祥子と交際し、あとで十歳近く下の明美の母に乗り換えた。若い女に恋人を奪われた祥子は恨み骨髄に徹し、以降、法子に嫌がらせを繰り返していたらしい。女の恨みは嫉妬《しっと》となり同性に向けられる。東京に越したあとも、最初の家には無言電話などが掛かってきたという。

ただ、法子が平川に相談し再び引っ越してからはそれも途絶えたようだ。俺の家に二年目以降年賀状が来なかったのも、新しい住所が広まることを避けたためらしい。平川には捨てた負い目があるので、なかなか警察沙汰《ざた》にもしたくなかったようだ。

それから三年ほどは祥子の影は感じられなかったようだが、離婚してここに舞い戻った瞬間から再び無言電話が始まった。ただ、その電話は不思議なことに数日で収まったという。

「そういう経緯があったから、昨日の夜遅くに警察が家に来たの。お母さんは八時から九時頃のアリバイを訊《き》かれていたわ。私とお祖父《じい》さんがずっと一緒だったんだけど、家族の証言だからどこまで信じてくれたかは……」

明美の家は明美母娘が戻ったとき、祖父が一人で住んでいた。母の兄は既に市に一家を構えている。また祖母は二年前に亡くなっていた。

「つまり明美のお母さんが疑われているのか。無茶苦茶な。お母さんは嫌がらせの被害者だし、そもそも殺したのは放火魔だろ」

「だから警察もあっさり帰ってくれたんだけど、今度は逆に変なことに気づいたの」

迫真の声に、思わず俺は背筋を正す。

「変なこと？」

「うん。私の思い過ごしかも知れないけど……」口許《くちもと》に手をやり逡巡《しゅんじゅん》する明美。俺が促すと、「潟田さんの家の辺りって昔から虎《とら》ノ門《もん》と呼ばれてるのよ。そして私の苗字《みょうじ》は辰月。東室町《ひがしむろ》町の辰月」

ピンとこない。明美にもそれは伝わったようで、嚙み砕くように、

「最初に火事があったのが北室町の亀山稲荷。次が南室町の風見鶏の家。鳥よね。そして西室町の虎ノ門。そして私の東室町の辰月」

朧気《おぼろげ》ながら俺にも云わんとすることがようやく理解できた。

「玄武《げんぶ》に朱雀《しゅざく》に白虎《びゃっこ》に青龍《せいりょう》か」

「うん」と長髪を揺らし、明美が大きく頷く。「強引な見方だけど室町地区の四神《しじん》のうち三つが放火にあっているの。昔、お母さんとあの人のことを龍虎《りゅうこ》の争いとか茶化してた人がいて、それで気がついたんだけど」

「次は明美のところだと」

躰《からだ》が震えているのが判った。単なる偶然で勘繰りすぎかもしれない。しかし、三つまでが当て嵌《はま》るのだ。逆に云えば、今回のも別人の犯行ではなく同一犯で、そのうえ

手口がエスカレートしているということになる。このままだとさらに酷《ひど》い凶行が。放火は綺麗《きれい》に三日おき。猶予《ゆうよ》はあと二日。

「それは警察に話したの？」

まだ、と明美は弱々しく首を振る。そこには、俺に告白したときの翻弄《ほんろう》するような余裕は、微塵《みじん》もなかった。

「あの場にお母さんもお祖父さんもいたし、変な思いつきで逆に心配させてしまうかもと思ったの。それに……」

明美は口を噤《つぐ》んだ。じっと俯《うつむ》いている。

「符合しすぎて、逆にお母さんが疑われると思ったんだな」

俺が明美の隣に近づくと、

「優斗。私、どうしたらいいの？」

目を真っ赤にして身を寄せてくる。甘い匂《にお》いが鼻をくすぐる。

同情？　そうかもしれない。ただこの情況で無下に払うことは出来なかった。

＊

「何を話してたの？」

家の近くまで明美を送った帰り道、真紀が凄い形相で睨《にら》んでいるのに気づいた。別れ際《ぎわ》までずっと励ましていたのを、見られていたようだ。勘がいいのか俺の運が悪いのか、恐らく両方だろう。

「いや、放火魔のことだよ。明美の家って、東室町だろ。今まで北と南と西の室町で事件が起こっているわけだから、今度は自分の所かと気が気じゃないらしい。ほらあそこお祖父さんと三人暮らしだし」

核心には触れないようにもっともらしく取り繕おうとして、つい多弁になってしまう。もちろん俺の狼狽《ろうばい》など真紀にはお見通しで、

「話してくれないんだ」

ぷいとそっぽを向く。

「私も東室町なんだけど」

ちょんぼだ。だがまだ四神のことまで明かすわけにはいかない。

「真紀のところはお父さんもお兄さんもいるじゃないか」

その言葉が余計に逆なでしたようだ。

「私のことは心配ないというのね。判ったわよ！」

「待てよ」

呼び止めようとしたが、聴く耳も持たず、真紀はそのまま肩を怒《いか》らせながら、すたすたと去っていく。

追いかけようと手を伸ばしかけたが、何も説明できない自分に気がついた。名案が全く思い浮かばない。

今は黙って、事件が解決したあとにただ頭を下げるしかない。そう思い、俺は真紀の後ろ姿を黙って見送った。もしかすると真紀は泣いていたかもしれない。霧のせいで、はっきりとは確認できなかったが。

しかし解決するのだろうか？

四神の話は、本当らしくもあり、また単なる偶然にも見える。もし本当だとすると、人殺しさえ厭《いと》わない完全に頭がいかれている相手だ。やっぱり警察に情報を伝えた方がいいのかもしれない。だが藪蛇《やぶへび》となり、危惧《きぐ》したように明美の母親が疑われ、明美に恨まれるかもしれない。思いは迷いとなり堂々巡りするばかり。

気がつくと俺は叔父さんの離れの前に立っていた。

叔父さんは夕飯の準備をしていたらしく、玄関口に俺の姿を認めると、鍋《なべ》の火を落とし、手招きして俺を中に入れてくれた。いつものように座卓の前に座ると、さすがに俺の表情で何か感じたのか、無言でお茶を出し、俺が話し始めるのをじっと待ってくれる。

「どうしたらいいのか教えて欲しいんだ」

数分後、俺は切り出した。明美から打ち明けられた話をすると、

「実はね。聞いた話だと、潟田さんの所にはこの十日ほど、同居人がいたらしいんだ。それが事件後姿をくらませているらしい」

いきなり叔父さんがそう話し始めた。

「同居人？」

「そう。さっき夜回り仲間から聞いたんだけどね。潟田さんはご近所には隠していたらしいけど。家の中に男の痕跡がいっぱい残っていたそうだよ」

「男……親戚《しんせき》か何か？」

「いや」と叔父さんは首を振る。「それなら隠すことはないしね」

「じゃあ？」

「たぶん平川さんだろう」

「平川さんって、あの平川さん？」

思わず顔を上げると、

「まだ確実じゃないけど。その線が濃いんじゃないかな。平川さんの指紋は警察にあるはずだから、照合すればすぐに判明すると思うよ」

「……もしかして離婚した平川さんが逆恨みして明美のお母さんを」

「かもしれない」

　自信なさげに叔父さんは頷く。

「でもどうしてわざわざ四神とか持ち出して？」

「少しまどろっこしいやり方だけどね。あの人、兄さんと同じで丙午《ひのえうま》の生まれだから、火に関わる強迫観念があるのかもしれないね。それに明美ちゃんが気づいているのなら、法子さんもこのことに気づいている可能性が高いし。精神的に追い込むつもりなのかも。だから警察には僕から伝えておくよ」

「ありがとう叔父さん。頼りになるね」

「そりゃあ、なんでも屋だからね。あと、夜だけ辰月さんのところに用心棒でお邪魔させてもらうよ。力になれるかどうか判らないけど、警察が家に常駐するよりましだろうし。なにしろ法子さんは大切な幼なじみだからね。もちろんこんな胡散臭《うさんくさ》い男なんか向こうからお断りならどうしようもないけど」

　もしかして法子さんに惚《ほ》れていたのかも……そう邪推するほどに、叔父さんは照れながら何度も頭を掻《か》いていた。

4

　結果から云うと、叔父さんは何の役にも立たなかった。別に犯人にうち負かされたり、居眠りしたりして辰月家に放火を許したわけではない。犯人がナイフを持って忍び込もうとしたところを、張り込んでいた警察が先に捕縛したのだ。

　物音に気づいた叔父さんが外に顔を出したときには全てが終わったあとで、手錠を嵌《はめ》られた平川がパトカーに乗せられたところだった。叔父さんに気づいた年輩の刑事が「協力ありがとうございました」と一礼して去っていったらしい。

　後で聞いたところによると、会社を首になり、自棄《やけ》になって明美の母と無理心中をするつもりだったらしい。町に着いたところで偶然潟田と出くわし、誘われるまま彼女の家に転がり込んだという。

「何の力にもなれなかったのにね、三日間、晩飯を食べさせてもらっただけで。なのに法子さんや明美ちゃんからものすごく感謝されたよ。契約は成功報酬だからって断ったのに、割り増しの料金までくれてね」

恥ずかしそうに叔父さんは微笑《ほほえ》んだ。だが少し淋《さび》しそうだ。きっと叔父さんはビジネスのつもりではなかったのだろう。

「でもこれで一安心だね。自分の不行跡が原因で三行半《みくだりはん》を突きつけられたのに、それを逆恨みするなんて。でもどうしてあんな回りくどい狙《ねら》い方をしたんだろう。その辺は自白したの？」

足を伸ばしながら俺が尋ねると、

「それが、平川さんは法子さんへの殺意は認めたけど、放火と潟田さん殺しは否定しているらしいんだ」叔父さんは意外な言葉を口にした。「潟田さんの事件があった日、夕方から酒を飲んで寝たのは覚えているけど、そのあとどうやって現場から出たのか全く思い出せないらしい。気がついたら橋の下で朝を迎えていたとか。酒のせいとか、火事や死体を見たショックのせいとか主張しているけど」

「往生際《おうじょうぎわ》が悪いな。悪人なら悪人らしく観念して正直に告白すればいいのに」

苛立《いらだ》つ俺。しかし「そうだね」と頷《うなず》く叔父さんの歯切れが、いつになく悪い。

ピンときた。

「もしかして……平川さんは犯人じゃなかったの？」

ストレートに訊いてみる。叔父さんはうーんと呻《うな》っただけで答えない。図星のようだ。

「じゃあ、まだ明美の家は危ないんじゃ」

平川が逮捕されたことで、きっと辰月一家は安心しきっているだろう。警戒心はMAXに緩んでいるはずだ。そこを犯人に狙われたら。思わず俺が腰を浮かそうとすると、

「それは大丈夫なんだけどね」

のんびりした声が返ってくる。全てを察知しているような余裕の態度。ますます怪しい。俺の視線に耐えかねたのか、叔父さんは困ったように頭を搔くと、

「誰にも云わないでね」

気弱な声で湯呑《ゆの》みのお茶を一気に飲み干した。

「……平川さんは麒麟《きりん》だったんだ」

「麒麟?」

そういえばそんな渾名《あだな》がついていたことを思い出す。

「そう。あれは四神じゃなくて五獣だったんだよ。四神は明美ちゃんが気づいたように東西南北にそれぞれ青龍、白虎、朱雀、玄武があるんだけど、五獣だと四神の中央に麒麟が加わるんだ。そして麒麟が平川さんだった」

「でもそれじゃやっぱり平川さんが黒幕なんじゃないの？」

五獣については知らないが、麒麟がいたところで情況は変わらない。意味を理解できず、俺が訊き返すと、

「……実はね。放火していたのは潟田さんだったんだよ。白虎の潟田さんは麒麟を独占するために他の三神を抹消することにした。もちろん、実質は平川さんが今も未練を抱いている法子さんを殺すことだったんだけど、独占を確実にするために他の二神を先に潰したんだよ。潟田さんも平川さんと同い年で丙午だったし、火に関して某《なにがし》かの強迫観念があったんだろうね」

「でも潟田さんは殺されて、放火もされてるんじゃ」

叔父さんが云うのだから正しいのだろうが、さすがに合点がいかない。

「それがね」

叔父さんは急にもぞもぞしだすと、

「明美ちゃんより先に僕が気づいたんだ。二件目の放火のあとに、北の玄武と南の朱雀の意味にね。で、東には青龍の法子さんの家がある。もちろん半信半疑だったけど、とりあえず法子さんの家を重点的に見回ることにしたんだ。そこでね、忍び込もうとする潟田さんと鉢合せになって。僕の顔を見た途端、逆上した彼女が襲いかかってき

たんだ。揉《も》み合った拍子に思わず潟田さんを突き飛ばして、それで彼女が頭をぶつけて」

「じゃあ、叔父さんが……」

開いた口が塞《ふさ》がらなかった。叔父さんはとことん運が悪いようだ。

「その時はまだ、潟田さんがどうしてそんな真似《まね》をしているのか解《わか》らなかったんだ。虎ノ門の異名は忘れていたし。ただポリタンクと古新聞を携えていたから、彼女が放火犯なのは間違いなかったんだけど。とりあえず潟田さんを家まで運んで、布団《ふとん》に寝かせておいたんだ。恋敵《こいがたき》の家の前に野垂れ死にさせるわけにもいかないからね。彼女の家について虎ノ門の地名を思い出したとき、そこで全てが繋《つな》がってね。ただその段階では、平川さんが同居していることは知らなかったから、僕も四神だと勘違いしていたんだけど。ただ、潟田さんが死んで付け火が止《や》めば、誰か他の人が四神の符合に気づいて潟田さんが放火魔だと指摘するかもしれない。死んだ上にそれは可哀想《かわいそう》だから犠牲者の一人に見せかけることにしたんだ。潟田さんの死も四神の仕業にした方がいいかなって」

放火魔への同情の眼差《まなざ》しを天井——いや天界だろうか——に向けながら叔父さんはしみじみと語った。

「それで台所の床に潟田さんが持っていたポリタンクの灯油を撒《ま》いたんだけど。灯油だからボヤで済むと楽観していたら、中身はガソリンだったんだよ。もの凄《すご》い勢いで燃え上がってね、叔父さんびっくりしたよ。法子さんには、それだけ憎しみが積もっていたんだろうね」

「怖い人だったんだね」

ガソリンを撒くつもりだったということは、法子ひとりだけじゃなく明美や祖父を巻き添えにしてもいいと考えていたとしか思えない。

「色恋の恨みは昔から恐ろしいというからね。清姫《きよひめ》も蛇になったわけだし」

「でも、どうして叔父さんはわざわざ玄関の鍵をかけたの？」

「あれは僕じゃないよ」叔父さんは激しく首を横に振った。「僕もあとで聞いてびっくりしたんだから。僕はこそこそ玄関から逃げ出しただけ。おそらく平川さんだろうね。火事で目が覚めて下に降りたら、台所は燃えてるし潟田さんが死んでる。動転しているところに、表に人の気配を感じたんだろう。つい鍵をかけてしまった」

「そうか……」

「それで慌《あわ》てて二階に自分の荷物をとりに上がっているうちに、置いてきたポリタンクに引火して強い火の手と煙が階段から伝ってきて、仕方なく二階から脱出したんじゃないかな」

種明かしされると、至極単純なことだ。明日、陽介に教えてやろうかな……と一瞬考えたが、止めることにした。叔父さんと二人だけの秘密のほうがいい。

「でも、僕のせいで平川さんが疑われてしまったんだよね。もし麒麟の存在に気づいていれば僕もそこまではしなかったのに。平川さんを追い込んだのは僕かもしれない。失敗したなぁ」

しょぼくれる叔父さん。

「……やっぱり正直に打ち明けたほうがいいのかな?」

「云わなくてもいいんじゃない。嘘《うそ》も方便だよ」

思わず慰めの言葉が口を突く。こんな時の叔父さんは、小動物みたいで、どこか可《か》愛《わい》い。

「法子さんが知ったら、叔父さん嫌われてしまうよ。それに平川は殺人未遂だけだと直《す》ぐに出てくるかもしれないし。そうなったら今度は本当に法子さんと無理心中するかもしれない。あんな奴《やつ》は塀の中に閉じ込めておいた方がいいんだよ。むしろ刑務所だと酒が飲めないから真面目《まじめ》に更生できるかもしれないし」

「そうなのかなぁ」

叔父さんは迷っている。叔父さんは優しいから、他人の不幸が耐えられないのだ。

「そうだよ、叔父さん」

俺は力強く背中を押した。きっと法子さんに嫌われるのは叔父さんも一番厭《いや》なはずだ。俺は叔父さんの湯呑みにお茶を注ぐと、すっと差し出す。見ると茶柱が立っていた。

「そうなのかぁ」

さっきより、小声で呟《つぶや》く叔父さん。甲斐《かい》あってか叔父さんは口を噤む方向に傾いている。

もう大丈夫だろう。

ひと安心した俺は、叔父さんから視線を逸《そ》らせ、この事件をどう真紀に説明しようか、どう関係を修復しようか、思案し始めた。何せこの数日絶縁状態で、真紀と口を利《き》いていないのだから。

俺にとってはこちらのほうが一大事だ。

最後の海

1

枇杷《びわ》司《つかさ》は少し変わった男だった。

学年は俺の一つ上の高校三年。中学や高校の一つ違いは結構大きく、この学校でもつまらない先輩風を吹かす人間は多い。だが、司はいつも飄々《ひょうひょう》としており、下級生にも気さくに接していた。色白の育ちが良さそうなおっとりとした顔つきで、背は高く性格もいい。スポーツは苦手なようだが、口調はソフトで、総じて爽《さわ》やかな印象だ。ところが社交的かといえば難しく、誰とでも分け隔てなく接するが、特に親しい友人がいるといった風でもない。放課後になるとすぐに姿をくらますらしく、ツレとつるんで何かをするわけではない。聞き上手ではあるが、趣味や好みを自ら率先して話すこともないので、結果的に謎《なぞ》も多い人間だった。

そんな彼は枇杷家の次男坊だ。枇杷家は霧ヶ町で一番大きな病院を経営しており、元は藩主の御典医の家柄だったらしい。もちろんこの小さな町に藩庁があったわけではないので、明治時代に分家してこちらに開業したようだ。市にある枇杷本家の病院は、霧ヶ町のものより数倍大きい。

ともかく、この町で枇杷家と云《い》えば大きな発言力を持っている家のひとつだった。小さな町ではそんな出の人間は、妬《ねた》まれるか特別扱いされることが多いのだが、温厚な性格故《ゆえ》か、司はそのどちらとも無縁だった。頭がいい奴《やつ》ばかり通う市の進学校にいかず、俺と同じ高校に通っているので頭だけは残念かと思えば、実はそうでもない。とびきりの秀才ではないが、むしろ勉強は出来る方らしい。偏差値的には市の高校も助走無しで飛び越えられるくらい。そんな司がどうして町の高校を選んだのか、それも謎の一つだった。

寺と病院というのはそれなりのつき合いがあるので、俺も幼い頃から司を知っている。司は俺と比べると遥《はる》かに真面目《まじめ》なタイプなので、小さい頃は色々と面倒を掛けていた。小学三年のクリスマスに近い頃、町内会で作っていたクリスマスツリーをふざけて倒して電球や装飾が粉々に壊れてしまい、怖くなり思わず逃げ出してしまったとき、泣いている俺の手を引いて一緒に謝ったあと、ツリーの修復を手伝ってくれた。五年生のとき、全校遠足の山道で迷子になり途方に暮れていたところ、いの一番に見つけて連れ戻してくれた。その他、ケンカの仲裁や、宿題の手伝いなど細々としたことは数え切れないほどだ。

中学に上がってから一緒に遊ぶことは少なくなったが、それでも司が優しい兄貴分であることには変わりなかった。叔父さん以外では、俺が父親とうまく行かないことを相談できた唯一《ゆいいつ》の相手でもある。ただそんな俺でも、司には常に一枚壁があるように感じていた。以前はそうではなかったが、俺が中学に上がったときくらいから何となく違和感を感じ始めていたのだ。

司が高校に進学したとき、どうして市の進学校に行かなかったのか訊《き》いたことがある。

「僕には霧高《きりこう》が性にあっているんだよ」

微笑《ほほえ》みながら応《こた》えてくれたが、はぐらかされたのは解《わか》った。まるきり嘘《うそ》なわけではないだろうが、言葉以外のもっと別の理由があると感じられたのだ。

そんな司の顔色が優れなくなったのは一週間ほど前からだった。怪我《けが》や病気といった風ではないが、歩くときは猫背の俯《うつむ》き加減で声も表情も冴《さ》えない。

「司さん、どうしたんだろうな」

あるとき陽介に尋ねてみたが、陽介からは「何かあったのか?」と逆に訊かれる始末。美雲真紀にしても同じような反応だった。優しそうな人だけど、相手は枇杷のお坊ちゃん。もともと接点はあまりないとのこと。そこで初めて、自分では気づかなかったヒエラルキーが存在していたことを知った。

たしかに俺にしても、家が由緒《ゆいしょ》ある寺でなければ、司と親しくなる機会はなかったかもしれない。そして司と同じグループに属しているだろう連中の大半は、市の高校へ進学している。誰にも優しい司がこの学校で何となく所在ない立場になっているのを、そのとき初めて知った。

司の顔色が悪い理由が垣間見《かいまみ》えたのは、梅雨に入る前のことだった。真紀の母親が風邪で寝込み、枇杷病院に真紀と一緒に追加の薬を貰《もら》いに行ったその帰り。病院の道を挟んだ隣に、豪奢《ごうしゃ》な門構えで高い漆喰塀に囲まれた二階建ての家が建っている。枇杷家の屋敷だ。

病院を出たとき、その屋敷の通用口から「絶対従わないからな！」という怒鳴り声とともに、司が表に飛び出してきた。

「司さん、どうしたんですか」

びっくりした俺が尋ねると、彼はぎこちない作り笑いを浮かべ、「いや。なんでもないから」と、慌《あわ》てて去っていく。直後に屋敷の中から「司！」と野太い男の声が耳を劈《つんざ》いた。司の父親のようだ。突然のことに隣にいた真紀もきょとんとしている。

「どうしたの？　枇杷さん。凄《すご》い声だったけど」

「さあ」と、俺は肩を竦《すく》めた。親と口論していたようだが、他人の事情を詮索《せんさく》しても始まらない。だが内心は真紀と同じように驚いていた。司のあんな感情的な声は、俺も初めてだったからだ。

「すげない態度ね。誰かさんのときとは大違いじゃない。親身になって相談にのってあげてたのに」

辰月明美のことをいっているのだろう。とんだ当てこすりだ。明美は小学校のときの彼女で、中学のときは東京に転校していたのだが、春にまたこの町に戻ってきた。そこで放火事件に巻きこまれて、再び距離が縮んだわけだが。

焼《や》け棒杭《ぼっくい》を想像して、真紀が面白くないのは解らなくもない。どうして女って生き物は、関係ない事柄から強引に糸を紡《つむ》ぎ出せるんだろうか。とはいえ、明美について は後ろ暗い部分もあるので即座に反応できない。それがまた真紀のセンサーに触れるようで、「何を口籠《くちご》もっているのよ」と鋭い目つきで睨《にら》みつけられる。

例の事件以来、そんなやりとりが一日に一度は勃発《ぼっぱつ》した。俺もいい加減馴《な》れればいいのだが、いまだに上手《うま》い対応策を見つけだせずにいる。万事がさつな陽介に相談するわけにもいかず、かといって叔父さんに相談するのも躊躇《ためら》われる。叔父さんは色事には奥手なので、陽介とは別の意味で頼りにならない。親に話せる内容ではないし……こう考えると、自分の交遊範囲の狭さが再認識でき、司のことをとやかく云えないことを痛感し、少し落ち込んだ。

ともかく、最近の顔色の悪さは家族とのいざこざに起因しているのは何となく理解できた。となれば、なおさら口を挟めない。司の父親は、司とは違って、頑固で強引な人間だ。悪い人ではないらしいのだが、いつも威圧的で、俺は苦手だった。枇杷病院の院長をしており、腕は確かなようだが患者への説教癖があって、嫌う人も多いらしい。まあ、最近は弟や若手の医師に任せて、現場にはあまり出ないらしいが。

実際俺も、司の家によく出入りしていた頃は、つまらないことで何度も説教を喰らったことがある。というわけで、司のことは気になるが、あの父親絡《がら》みだとすれば、遠くから眺めるしかなかった。


ところが一つ物事が動くと、望むと望まないとに拘《かか》わらず、二つ目三つ目が立て続けに転がってくることがある。二つ目は、三日後に聞いた噂《うわさ》だった。父が母に洩《も》らしているのを小耳に挟んだだけなのだが、司の兄がトラブルに巻きこまれているらしい。それもヤクザと警察絡みの。

司の兄の理《おさむ》は二年前から医大に進学して東京で暮らしている。将来は医者となり、枇杷病院の跡を継ぐという新幹線よりも堅固で真っ直《す》ぐ延びたレールの上を進んでいる最中だった。詳細は不明だが、どういうわけかそれが脱線してしまったらしい。

三つ目はその翌日に起きた。

学校からの帰り道、日課のごとく真紀に妙に鋭い当てこすりをされ辟易《へきえき》した俺は、気分転換にと一人で海岸沿いを散歩していた。漁船や水産加工場が並ぶ港を通り過ぎ、海に突き出た半島へと向かう。霧ヶ町の海岸は山に囲まれているせいか、海岸線に砂浜は少なくどこも岩場ばかり。朝夕のように霧が深ければ、足を踏み外して怪我をしかねない。特に半島の海辺を巡る小径《こみち》は、人がなんとかすれ違える程度の道幅の上に起伏も激しい。足許《あしもと》に注意しながら三十分ほどかけて岬を過ぎ裏側に回り込むと、ようやく町や漁港の喧噪《けんそう》が聞こえてこなくなった。代わりに海風に煽《あお》られた樹々《きぎ》のざわめきと野鳥の羽音が耳に飛び込んでくる。裏側には人家はなく、雑木林と剝《む》き出しの岩、海を挟んで小さな島嶼《とうしょ》があるだけだ。

半島の真裏からは苔《こけ》むした石段が上に延びており、三十メートルほど登っていくと、中腹に、白木の鳥居がある小さく拓《ひら》けた場所に出る。二メートルほどの低い鳥居の奥、わずかばかりの参道の突き当たりには小さな社殿が建っていた。風雨で黒い染《し》みが浮き出た鳥居の額には、辛うじて読める字で『戎神社《えびす》』と書かれている。町なかにある恵比寿神社と関係があるらしいが、正月や秋祭りで賑《にぎ》わう恵比寿神社と異なり、こちらの戎はろくに整備もされず古びる一方だった。

神社の由来や御利益《ごりやく》はともかく、鳥居の亀腹《かめばら》に腰を降ろすと、眼下に海が一望出来る。町の反対を向いているので、船や工場、学校など、煩《わずら》わしいものは一切見えない。たゆたう波と小島、そして視界いっぱいに広がる水平線。うら寂しい景色だが、人の目は全くない。なので、逃避したいときなどたまにここへ来る。

だが、その日は先客がいた。司だった。

もともと司に教えてもらった場所なので、彼がいること自体は不思議ではないのだが、驚いたのはその姿だった。司はイーゼルにカンバスを載せ油絵を描いていたのだ。パレットや筆は使い込まれており、昨日今日に始めたのではないのが見てとれる。画面は半分ほど色が塗られていただけだったが、片鱗《へんりん》だけでも巧みな絵であることが判《わか》る。色遣いが独特で、写実画とは違う大胆な塗り方だったが、白波も木の枝も今にも動き出しそうな、絵画ならではのダイナミックなタッチだった。

「司さん、ずっと絵を描いていたんですか？」

「まあね」気まずそうに、だが見つかった以上仕方がないと開き直ったふうに司は頷《うなず》いた。放課後は一人でここに来ていたのだろうか。そう考えたとき、一本の筋が通った気がした。

「もしかして、美大に行きたいんですか?」

俺の唐突な質問に司は目を丸くしたが、直ぐにいつもの柔和な表情に戻ると、「そうだよ」と頷く。

「その様子だと兄の件も知っているのかい」

「少しだけですが……」

おそらく理のトラブルで跡継ぎのお鉢が司に回ってきたのだろう。それで揉《も》めている、と。

「僕は医者にならなくてもいいという話だったから、こっそり美大に入って後で云い訳するつもりだったんだけど、兄があんなことになってね。今から医大の勉強をしろっていうんだ。といっても僕には医者なんて性に合ってないし。それで正直に美大に行きたい、絵の勉強をしたいと云ったら即座に否定されたよ」

寂しげに笑う司。ふっと漏れた声が風にのり海の藻屑《もくず》と消えていく。

「じゃあ、霧高に入ったのも」

「絵のためだよ。中学の時、美術の長原《ながはら》先生の絵を個展で見て心酔してしまったんだ。

だから先生がいる霧高に決めたんだよ。その長原先生が東京の美大を薦めてくれてね。先生の恩師が教鞭《きょうべん》を執っているらしい」

美術は選択制で俺は選択していないので、いつもぼさぼさの格好で廊下を歩いている姿しか知らないが、長原先生は院展などにもよく出品していて、町でもちょっとした有名人らしい。町の人間は、インテリや芸術家といった連中のことは、中身をよく知らなくてもとりあえず名前は覚えている。

「僕は絵の勉強をしたいんだ。先生も大学で勉強すればもっと伸びると太鼓判を押してくれているんだ」

瞳《ひとみ》を輝かせる司に、俺は戸惑った。いつもとイメージが違うからだ。

「ところが、兄が詐欺《さぎ》事件を起こして失踪《しっそう》したんだよ。どうやら数人で架空請求を企てたらしいんだ。父はつき合っていた性悪女に唆《そその》かされたといっているが、どうなんだか。ともかく警察も行方を捜しているらしく、表沙汰《おもてざた》になるのも時間の問題といわれている」

「それで司さんに白羽の矢が立ったわけですか」

「このことが町に知れ渡れば、兄がここで医者をしていくなんて不可能だからね。というか表向きは勘当されるだろうし。誰かが跡を継がないといけない」

海に目をやり司は呟《つぶや》く。仮面を被《かぶ》ったような変化のない表情とは裏腹に、絵筆を握る指には力が籠もっている。

「それで、司さんは諦《あきら》めるんですか?」

つい、訊いていた。とはいえ、この霧の町から出ることもなくそのまま埋もれてしまうだろう、そんな予感いや諦観《ていかん》を持っている俺に、偉そうに他人を問い質《ただ》す資格はない。自分が恥ずかしくなり、すぐさま謝った。

「すみません。生意気な口を利《き》いて」

「いいよ。でも僕は、簡単に夢を捨てたくないんだ」

その真っ直ぐな瞳に俺は衝撃を受けた。なんとなくだが、優しい司なら家族のために美大を諦めると思っていたからだ。

「陳腐な表現だけど、市の美術館で長原先生の絵を見たとき、全身に電流が駆け抜けたんだ。空以外何も描かれていない絵だったけど、僕はカンバスの向こうに、空の向こうに、無限の宇宙を感じたんだ。そして、作者が霧高の先生だと知ったとき、僕はこの絵に出逢《であ》うべくして出逢ったと確信したんだ。だから……」

唇を嚙《か》みしめ俯く司。俺はかける言葉を持たなかった。応援しますと云っておけばいいのかもしれない。しかしこれからの司とその父親との折衝を考えると、内実のない励ましはあまりに無責任に思えたのだ。

2

「夢か……」

神社からの帰り道、海風が吹きすさぶ中、俺は呟いていた。司はどんな選択をするのだろう？　その前に、俺は何がしたいのだろう？

色々と主にネガティヴな想像を巡らしながら家の門をくぐったとき、離れの叔父さんの家からガタイのいいスーツ姿の男が出て来るのに気づいた。離れの玄関先からは、もじゃもじゃ髪の叔父さんが客を見送っている。

叔父さんはこの離れを住居兼事務所としてなんでも屋を開業していた。屋根の雪下ろしから逃げたペット捜しまで。いわゆる町の便利屋だ。あまり人聞きのいい職業ではないので、兄である俺の父親などは苦い顔をしているが、叔父さんが有能なためか依頼は途切れることなく舞い込んでくる。先日も大がかりな野菜泥棒が多発したため、連日畑の見張り番をしていた。

なので、この男もただの依頼人かなと思ったので、

「こんにちは」

通り過ぎる際に挨拶《あいさつ》をしたあと、俺は足早に叔父さんの家に上がり込んだが、眉《まゆ》の太い板こんにゃくのような長方形の輪郭の顔に見覚えがあった。男は枇杷則高《のりたか》。枇杷病院の副院長で、司の叔父に当たる人物だ。

「どうしたんだい？　そんなに慌《あわ》てて」

俺より先に、安っぽい書生姿をした叔父さんが尋ねてくる。

「ううん、今の司さんの叔父さんだよね。仕事の依頼？」

平静を装《よそお》って訊いたつもりだが、叔父さんはにやりと笑うと、「気になるかい？」と思わせぶりに訊き返してくる。俺が黙っていると、じらすように、

「お茶を飲むかい」

叔父さんは水屋から湯呑《ゆの》みを取り出し、急須《きゅうす》に湯を注いだ。

「枇杷さんのことを気にするということは、理君の件も知っているんだね」

「うん、司さんから」俺は頷いた。

「司君か……じゃあ、司君自身のことも聞いているんだ」

「美大を志望しているってのは」

喋《しゃべ》りながら湯呑みに口をつけると、番茶はチンチンに熱かった。思わず湯呑みを放

す。

「あ、熱かったかい。ごめん、ごめん」

先ほどの余裕の笑みは何処《どこ》へやら。途端におろおろする叔父さん。慌てて布巾《ふきん》で俺が卓上に零《こぼ》した茶を拭《ぬぐ》おうとするが、まだ冷めていなかったらしく、「あちっ」と叔父さんは布巾を放り出していた。

こういうところが可愛《かわい》いんだよな。叔父さんの様子を見て、俺は少し落ち着けた。

「司君も悩んでいるようだね」

「さっきたまたま逢《あ》ったんだけど、司さん優しいからもっと悩んでいるのかと思っていたけど、あんなにはっきりと美大に行きたいって断言するとは思わなかった」

「そうか」と叔父さんはにこやかに頷くと、「そこが司君にとっての譲れない一線なんだろう。でも大変だと思うよ。お父さんの均《ひとし》さんは頑固だからね。子供が親に反抗するなんて思ってもいなかっただろうし、益々頑《ますますかたく》なになるかもしれない。かといって司君のほうも家を飛び出て働きながら大学に通うというわけにも行かないだろうし、なんとか均さんを説得しなければならないだろうね」

「障害が多そうだね。大丈夫かな」

叔父さんの現実的な言葉で、急に心配になってくる。

「それでも叶《かな》えたい夢なんだろう。それ自体は凄いことだけどね。さっき来た則高さんも司君には同情的だったよ」

「そうなんだ」

医者というお堅い一族のイメージがあったので、一瞬意外に思ったが、俺のところも似たようなことなのに気づく。長兄の父親は頑固で、弟の叔父さんは俺に理解がある。どこの家もそういうものかもしれない。

「司君の希望が通ればいいけど、事情が事情だしね」

ふと、兄が道を踏み外したらと考えた。たぶん自分に跡を継がせるために、仏教系の大学へ行かされることになるだろう。考えがそこに至って、親が決めた路線に反抗する理由が見当たらないことに気づく。

「司さんは夢を持っていてすごいな」

「まだ、慌てることはないよ。人生は長いんだ」

不安が顔に表れていたのだろうか。叔父さんは優しく慰めてくれた。そのせいもあり、「叔父さんには夢はあったの?」とは何となく訊けなかった。

「それで、枇杷の則高さんが来たのはどういう理由なの」

「ああ、それかい」叔父さんは少し思案していたが、

「どうせ、すぐに判ってしまうからいいか。でも真紀ちゃんとか他の友達には話しちゃだめだよ」そう口止めしたあと、「理さんが姿をくらましたのは知っているよね。どうも金の無心のためにここに戻って来る可能性があるらしい。援助を求める電話があったようなんだ」

「でも、詐欺《さぎ》をしていたから金はあるんじゃ？」

「最初は持ってたんだけど、一緒に逃げてた彼女に持ち逃げされたらしい。警察だけでなくヤクザも絡んでいるから、理さんも下手に身動きとれなくてね。でも父親の均さんは頑固な性格だろ。援助どころか、詐欺事件など起こす枇杷家の面汚《つらよご》しは勘当だ警察に突き出してやる、と凄い勢いでね。それどころか理君が町に戻ってきたらすぐに捕まえられるように、人手を集めていろんなところに見張りを立てるとか云いだしてね」

「それで叔父さんの所にも話が来たんだ」

「僕に集めた人手のまとめ役になれって云ってきたんだ」叔父さんが苦笑いをする。「均さんも則高さんも病院の仕事があるからね。僕は自分で動くのは好きだけど人を使うのは得意じゃないから、最初は断ろうとしたんだけど。事情が事情だし、是非にと頼まれれば断り切れなくてね……。とはいってもやっぱり僕が人を使うのは無理だから、いい人を一人紹介しようと思ってね。向こうは二人でもＯＫだからとにかく頼むと」

　叔父さん優しいから、強く出られると引き受けちゃうんだろうな。

「でも、そんなことをしなくても、警察も捜しているのなら、刑事が町内を見張っているんじゃないの？」

「そうだろうけど、均さんとしては汚名を返上するためにも、自分たちの手で捕まえて当局に突き出したいみたいだね。枇杷家のせめてもの威信というものなんだろう」

「そんなものなんだ」

　悪事を働いたので仕方がないとはいえ、実家にまで石もて追われる羽目になった理も少し可哀想《かわいそう》だ。

「それで明日の夜に屋敷で打ち合わせがあるんだ。しばらくは忙しくなりそうだよ」

　言葉と裏腹に、全然乗り気ではなさそうだった。

「ねえ、叔父さん。俺もついていっていいかな」

　つい俺は口にしていた。どうして口走ってしまったのかは判らない。自問する気にもなれない。他人の家の問題に嘴《くちばし》を挟むなんて、自分の柄じゃないはずだった。しかし叔父さんは深く追及せず、じゃあ一緒に来るかと静かに微笑んだ。

「ただし行くだけで、バイトはダメだよ。兄さんに怒られるからね」

強く念を押す。親父《おやじ》は俺がアルバイトすることを禁じている。そのせいでいつも懐《ふところ》具合が寂しいのだが、それはまた別の話だ。

「……うん」

自分が招いた状況に自分自身が混乱しながらも、俺は小さく頷いた。


翌日の夜、俺は叔父さんに連れられて枇杷の屋敷へ向かった。三メートルはある高《こう》麗門《らいもん》をくぐり、長い石畳の先にある唐破風《からはふ》の玄関に着いたのは夜の十時。少々遅い時間だが、則高に市にある枇杷本家の病院へ行く用件が入っていたためらしい。ただ、用件が長引いて、結局則高は遅れるようだ。

俺たちが行くと、母屋《おもや》と渡り廊下で繋《つな》がっている離れの広間に通された。部屋を仕切る襖《ふすま》を取り払った、四部屋分の広さがある和室だ。そこには町の若者が十人ほどたむろしていた。そして少し離れて叔父さんと同じくらいの三十半ばの日焼けした男が座っていた。

「牧野《まきの》さん。もう来てたんですか」

親しげに呼びかけて叔父さんは近づいていく。仕方なく俺も一緒についていった。

恐らくこの男が叔父さんが紹介した人物なのだろう。たしかに何処かおっとりした叔父さんと違い、体つきも筋骨隆々で締まって逞《たくま》しい。顔も筋肉で覆《おお》われているのかぱんぱんに張っており、その割を喰ったように目だけが小動物のように小さかった。

「なんだか枇杷さんの所も大変だな」

菱餅《ひしもち》のように平たく尖《とが》った顎《あご》をなでながら、牧野が小声で話しかける。野太いのでほとんど小声になっていないが。

「普通に過ごしていれば大病院の跡取りでいられたのにな。よもや弟に譲ることになるとはね」

叔父さんは司の美大の件までは話していないようだった。今のところ直接の関係はないので、配慮したのだろう。

「さっき連絡があったんだけど、則高さんは遅れるようだぜ。息子の件以来枇杷の旦《だん》那《な》が病院にまったく顔を出さないので、中心になって切り盛りしているらしい」

「大変ですね。それでもこうやって捕まえて警察に突き出そうとするわけですから、気の強さは残っているみたいですね」

叔父さんが本当の小声で返事をする。二人がひそひそ話をしていたとき、襖が開き、二人の男女が入ってきた。

一人は四十過ぎの小柄な男性で、頭をオールバックに撫《な》でつけ、鼻の下に立派な髭《ひげ》を生やしている。司の父親だ。尖った顎に目がつり上がり、いかにも気難しい顔をしている。則高とは兄弟だが、あまり似ていない。まあ俺の父と叔父さんもほとんど似ていないが。

その隣にいるのは後妻の葉子《ようこ》。司たちの母親は十年前に亡《な》くなっており、三年前に再婚したのがこの病院で看護師をしていた葉子だった。結婚したとき二十五歳だったので、まだ今も二十八と若い。

見た目も年相応に若々しく、二人が父娘《おやこ》だと云われても疑わないだろう。身につけている服は外出用ではなく普段着だろうが、それでもどことなく華やかで高級そうなデザインだった。庶民なら喜んでこれを着て市まで買い物に行くだろう。

ちょっとバタ臭いメリハリのある美人で、肩近くまで真っ直ぐ伸びた髪が美しい。すらっとした指には枇杷家の女主人であることを示すように、高そうな結婚指輪が輝いている。中学生になってからは司の家に来る頻度が下がったので、彼女とは何度か話しただけだが、派手な見目と裏腹に、柔かい物腰の優しそうな女性だった。後妻の上、年も近いので仕方ないのだろうが、義理の息子たち、特に兄の理にはいつも遠慮している風ではあった。

「則高に万事任せてあるのですが、あいつが遅れているようなので、とりあえず私が代わって挨拶させていただきます」

ぴしっと背を伸ばし、いつもは患者を説教するために使っている低い声で、均は云った。

「このたびは、愚息がつまらない面倒を起こして枇杷家として慚愧《ざんき》にたえません。理は自首するどころか、恥の上塗りをするかのように無心をしてきました。枇杷家としても身内の不祥事を警察任せにしておけません。ただ、バカといえど息子は息子。捕まえる際はなるべく手荒なことは控えて欲しい。みなさん、よろしく頼む」

強《こわ》ばった表情のまま均が軽く頭を下げる。とても頭を下げそうにないイメージだったので驚いた。それは叔父さんも同様だったらしく、牧野と一緒にぽかんとしている。

「それでは、申し訳ないが私はこれで失礼させてもらう」

くるっと踵《きびす》を返す。あわせるように脇《わき》に控えていた奥さんが深くおじぎをして襖を閉めた。足音が遠ざかって行くのを確認したあと、牧野が叔父さんに囁《ささや》く。

「俺たちに頭を下げるなんて、枇杷の旦那、よほど参っているんだな」

「最近病院に出ないのも、心労で体調を崩したせいだと噂《うわさ》されてますね。あんな人だから、周りに口止めしているようですけど」

「医者が倒れてたら世話ないな。とはいえ、俺の息子がゆくゆくこんな不祥事を起こしたら、人のことを云えないかもしれないな。とりあえずぶん殴ってやるために同じようにこいつらをかき集めるかもしれん」

「牧野さん。枇杷先生は手荒なことはダメだっていってたけど、相手は必死で逃げようとするから無傷でってわけにもいかないんじゃないですか」

傍らの若者が牧野に確認する。名前は知らないが、腕っ節は強そうだ。

「まあ、痕《あと》が残らない程度にってことでいいんじゃないのか。少々は仕方ないさ。やくざに捕まってなぶられるよりましだろ」

牧野はさらりと答える。若者も「そうですね」とさも当然のように頷いている。彼の言葉は他の面子《めんつ》にも聞こえていたようで、誰もがにやにやしながら鼻息を荒くしていた。確かにこういう手荒な仕切りは、叔父さんには向いていない。

その時だった。母屋のほうで「ただいま」と聞き慣れた声がした。司だ。

俺は思わず腰を浮かせ叔父さんを見る。「行ってあげれば」叔父さんの表情がそう伝えていたので、そのまま離れを出た。玄関で靴を脱いだばかりの司は、俺が屋敷にいることに驚いたようだった。

「どうしたんだい。こんな時間に」

上擦った声で尋ねかけてくる。それはこっちの台詞《せりふ》だ。優等生が帰る時間じゃない。司も気づいたのか、

「長原先生の所で絵を描かせてもらっていたんだよ。この家じゃ描けないからね」

声を潜めてそう説明した。そのときパタパタと短い歩幅で廊下を歩く音がし、葉子が姿を見せた。

「司さん。お帰りなさい。遅かったのね」

「ただいま。ご飯は結構です。食べてきましたから」

抑揚のない声で司は答えた。

「そう……お父さんは今日はもうお休みになるそうです。あと、お風呂《ふろ》は沸いていますからいつでもどうぞ」

「そうですか」

つれない返事に、「司さん……」と葉子はじっと司の顔を見ていたが、

「お父さんも色々とお考えになっているんですよ」

それだけ云い残して再び廊下の奥へと消えていく。来たときと違い重い足取りだった。

「葉子さんが一番大変なのは、僕も理解してはいるんだよ」

云い訳がましく独《ひと》り言《ご》ちたあと、ぎこちない笑顔を浮かべながら、

「……ここではなんだから、僕の部屋に行こうか」

司の部屋は二階の一番奥にある。隣が今は無人の理の部屋だ。室内はこざっぱりしていて、本やCDが綺《き》麗《れい》に整頓《せいとん》されラックに並んでいた。俺と違って、本はコミックより小説の類《たぐい》が圧倒的に多い。ベッドやタンスも小綺麗で、壁にはポスターの類は一切貼《は》られていない。余計な装飾品などもなく、必要なものだけを揃《そろ》えましたといった雰囲気だ。

この部屋だけからなら、無趣味の人間にしか見えない。おそらく司の親もずっとそう思ってきたのだろう。とはいえ、よく観察すると本の中に画集などが紛れているのが判る。

「絵は全部長原先生のところに置いてあるんですか」

「画材も全《すべ》てね。高校に入って事情を話したら、先生のアトリエを使わせて貰《もら》えることになったんだ。だから全部そこに置いてある。家に置いてたら何時《いつ》捨てられるか判らないからね」

淡々と話す司だが、台詞から父との溝が深いことが窺《うかが》い知れる。

「でもわざわざ来てくれたんだ」

「心配というか……」自分でもよく解《わか》らない感情だ。「やっぱりお父さんは大反対しているんですよね」

「まあね。さっきの義母《かあ》さんの話を聞いただろ。最近は部屋に籠《こ》もってまともに話をしようともしてくれない。今は兄のこともあるから仕方ないけどね。ただ受験まで半年以上あるしなんとか説得してみせるよ」

笑顔を浮かべる司。だが瞳は憂《うれ》いを湛《たた》えたままで、空元気のようにも感じられた。

「今度、そのアトリエを見せてくださいよ。司さんが描いた絵を見てみたいな」

あの描きかけの海の絵だけでも、吸いこまれるような魅力があった。完成品ならどれほどだろう。期待が膨らむ。

「いいけど、あとでがっかりしないでくれよ。結局僕はまだ海しか描いていないから」

照れ臭そうに、司は釘《くぎ》を刺す。

「海だけ……ですか」

「そう。この三年、ずっとあの戎《えびす》神社から見える海を描いていたんだよ。可笑《おか》しいだろ」

自嘲《じちょう》気味に笑みを浮かべる司。何と答えていいのか判らなかった。

そのとき階下が騒がしくなる。時計を見ると十時三十分。則高が帰ってきたようだった。帰ってきたといっても彼は隣の一軒家に独りで住んでいる。四年前に離婚し、今はバツ一の独身という話だ。病院を任されていることに加え理の件が重なり、以前よりも足繁《しげ》くこの屋敷に来ているらしい。

しばらくして部屋がノックされ則高が顔を見せた。

「よお、元気にしてるか。市で土産を買ってきたんだが食べるか？」

そう陽気に呼びかけたあと、すぐに隣の俺に気づくと、

「たしか斯峨の優斗君だよね。一緒だったのか。こりゃお邪魔したかな」

「そんなことないよ」

司は即座に首を横に振り、俺に説明する。

「叔父さんは僕を応援してくれているんだよ」

継母に対した時と異なり、生気に満ちた声だった。

「そうなんですか」

則高の顔を見ると、彼は太い眉をハの字に下げながら、

「まあね。意に染まないのを無理にさせてもね。人の命を扱う以上、意欲が必要だし。で、今日、本家でも相談してみたんだが。向こうでも不祥事には敏感でね。司の件は

後回しというか、早く理を何とかしろとせっつかれただけだった」

　叔父の説明に司の顔がどんより曇る。

「そう落ち込むなって。兄さんもそのうち解ってくれるよ。そうだ折角だし、今から直談判《じかだんぱん》するか。私も一緒に行くし」

　そう云って司の背中をぱんと力強く叩《たた》く。頑固な父親、寡黙《かもく》な司と異なり、叔父の則高は楽天的なタイプらしい。最初は渋っていた司だったが、「こういうのは人数や回数で攻めるしかないんだよ。誠意というのは目に見えるかたちでないと伝わらないんだ」という則高の台詞に説得され、一階にある均の書斎に向かうことになった。

　父子《おやこ》の問題に立ち会うわけにいかず、俺は司の部屋に残っていたのだが、ところがものの五分もしない内に二人は戻ってきた。司の顔は強ばったまま。尋ねかけるまでもなく、状況の予想はついた。

「てんで取り合ってくれなかったよ。口を利こうともしないんだから。疲れているからかどうかしらないけど、人を犬か何かみたいにしっしって片手で追い払って」

　憤慨しながら司がまくし立てる。よほど癇《かん》に障《さわ》ったのか、いつになく感情的だ。

　詳しく聞くと、二人がドアを開けたとき、均は奥の机に向かっていて横顔をドアの方へ向けていたらしい。厚手のガウンを纏《まと》い、物思いにふけっていたのか、部屋の照明は卓上スタンドの電球一つだった。司が呼びかけると右手を顎に当てながら顔をわずかに上向けたが、直ぐに興味なさそうに元に戻したという。

則高が間を取り持とうと部屋の中に入り、均に顔を近づけ二言三言小声で話しかけたが、左手を素早く二度ばかり振って拒絶の意を示しただけ。スタンドの光で浮き上がった顔は終始強張り、取りつく島もなかったらしい。

「私が悪かったよ。無理に連れて行って」

背を丸め、申し訳なさげに則高が謝る。

「叔父さんのせいじゃないですよ。まあ、聞く耳を持たないっていうのなら、僕もしばらくは勝手にさせてもらいます」

「簡単に諦めるなよ。いつもの兄さんと違っていたから、もしかしたら心労がかなり蓄積しているのかもしれない。状況が状況だし」

「ごめん、優斗君。折角来てくれたのに」

怒りが収まらないのか、眉間《みけん》に皺《しわ》を寄せたまま司が謝る。帰ってくれということだろう。

「俺の方こそ勝手に押しかけてごめんなさい」

気まずい空気のまま俺は則高と一緒に部屋を出た。二人で階段を降りると、離れの広間へ続く廊下から葉子が戻ってくるのに出くわした。

「広間にお酒を用意したんだけど早かったかしら」

先の一件を知らないので当然だが、あまりに普段着な口調に戸惑ってしまう。

「いえ、むしろ丁度いいです。やっぱりちゃんと働いてもらうためには、酒の席を設けなきゃね。義姉《ねえ》さん、私も運ぶのを手伝いますよ。優斗君も参加するかい？」

さすがに則高は大人だけあって、平静を装いながら尋ねてくる。

「いえ僕は先に帰ります。時間も遅くなりましたから」

それだけ伝えると、俺は逃げるように屋敷を後にした。梅雨が近づいているためか、湿っぽい空気が夜空に漂っている。

見上げても、星は一つもなかった。

3

海が見える戎神社の鳥居で、均の首吊《くびつ》り死体が発見されたのは翌日の昼のことだった。発見者は、絵を描きに訪れた司だった。

町の名士の首吊り事件の報は、夕方には町中を駆け巡っていた。理の件が漏れ始めた矢先だったので、当然のように結びつけられ騒ぎは一段と大きくなっていた。理の不祥事で心労が祟《たた》ったのだ、と。中には司の件を知っているものがいて、司が跡を継ぐことを拒否したからショックが倍増したのだと、口さがなく吹聴《ふいちょう》する者もいる。

そのせいだろう。翌日の朝にはもう、町で知らない者がいないほどになっていた。「それがさ」と、客から仕入れた情報を陽介が洩《も》らしてくる。陽介の家はスナックを営んでおり、そのため虚実問わず事件の噂話《うわさばなし》が飛び込んでくるらしい。ニキビだらけの顔を寄せて陽介は耳打ちした。

「どうも自殺じゃないらしいって話だ」

ことがことだけに、いつものように大声とはいかないようだ。

「自殺じゃない？　じゃあ、枇杷さんは殺されたってことか！」

司のことが心配だったが、枇杷家はてんやわんやでまだ会いに行けていない。

「しっ、声が大きい。驚くのは解るけどさ」

人差し指を立て陽介は俺を宥《なだ》める。きょろきょろと周囲を窺うと、

「ああ、社殿裏にどうも争ったあとが残っていたらしいんだ。それに首に残った縄目の痕が二つあったりしてな、首を絞められたあとで吊るされたんじゃないかって」

「じゃあ枇杷さんは、戎神社で殺されて鳥居にぶら下げられたのか」

司は戎神社で海の絵を描いていた。それを恐らく犯人も知っていた。もし自殺なら、息子が関わった場所で死んだということだが、他殺なら、もしかすると犯人は司に濡《ぬ》れ衣《ぎぬ》を着せるためにあの場所で殺したのかもしれない。

嫌な予感がした。

「いつもと違ってやけに積極的だな」満更でもない表情で陽介が俺を見る。「まあ、枇杷の司さんとは仲良かったもんな、お前」

若干の温度差があるのは仕方がない。それから陽介は最新情報として司の兄、理のことについて話し出した。それに関しては俺も知っていたので聞き流していたのだが、最後に陽介が、

「枇杷院長はその理さんと会ったんじゃないかという噂もあるんだ」

初耳だ。確かに逃亡中の理が舞い戻って来るかもしれないというので、叔父さんたちが駆り出されることになったわけだが。

「でも、俺は違うと睨《にら》んでいる。わざわざ、あんな不便なところで落ち合うなんて普通じゃないしな。枇杷病院からだったら車で十分以上はかかる場所だ。逢《あ》い引きでも使わないよ」

〝逢い引き〟なんて顔に似合わない古風な表現をしたあと、

「それに夜じゃ霧が濃くて相手の顔も碌《ろく》に見えないからな」

「行ったことがあるのか？」

「中学生の時にな。幽霊が出るって噂があって見に行ったんだよ。お前も誘ったはずだけど、ついてこなかっただろ」

だろ、といわれてもよく覚えていない。

「まあ、顔どころか、夜じゃ道中の足許《あしもと》すら危ないな。落ちたら岩礁《がんしょう》だし」

すると陽介は驚いたように眉を上げ、

「お前、港側からしか行ったことないのか？　反対側からだと階段の少し手前まで道が延びているんだよ。未舗装だけど車や自転車で乗りつけることが出来るぜ」

「そうなんだ。知らなかった。じゃあ枇杷さんもそっちの道を戎神社まで行ったのか？」

「だろうな。ともかく夜中にあそこまで呼び出されたのは間違いないだろう」

「でも、たとえ理さんに呼び出されたとしても、どうして理さんが枇杷さんを？」

「それは俺も解らねえよ。そもそも医者の息子で仕送りをたくさん貰っているはずなのに、詐欺《さぎ》なんかするような人間だし」

俺は司とは仲が良かったが、理とはそれほどではなかった。三つ上だとさすがに遊び相手としては歳《とし》が離れているし、家が近所というわけでもない。また理は父親に似て高圧的で命令口調が多かった。よくいる威張っている上級生の典型だった。

とはいえ、父親を殺す理由はさすがに思い当たらない。援助を断られたから発作的に殺したのだろうか？ だが均の方は端《はな》から話し合う気はなかったはずだ。

翌日、均の葬儀が行われた。離れた俺の家からも犇《ひし》めく参列者の気配が感じられる、盛大な葬儀だった。

犯人はまだ捕まっていない。単なる自殺ではなく警察が殺人事件として捜査しているのは、既に知られ始めていた。

あいにくその日は雨だった。梅雨入りしたのだ。

枇杷の家に向かう途中、港に寄り海を見ると、激しく荒れていた。大きく波立ち、わずか十センチ下も見通せないほどにどんよりとくすんでいる。司が描いていた穏やかな、そして美しい海はどこにもなかった。

白木で組み上げられた中国の城門のような立派な祭壇の脇《わき》には、司と則高、そして葉子が並んでいた。祖父母は早くに亡くなっており、兄が逃亡し父が死んだことで、枇杷家も一気に寂しくなった。彼らの周りにいる鹿爪顔《しかつめがお》の老人たちは、本家筋なのだろう。

司、則高、葉子、みな昏《くら》い表情だったが、その中でも一番憔悴《しょうすい》していたのは司だった。死体を発見した身でもあるのだから仕方がない。ずっと泣き続けていたかのように、眼は赤く、すぐ下は隈《くま》で真っ黒だった。

俺の斜め前には、長原先生の姿があった。さすがにいつもと違い、きちんとした礼服姿だ。だが着慣れていないせいか、どこかぎこちない。焼香のとき、本家の人間たちが胡散臭《うさんくさ》そうに先生を睨んでいたのが印象的だった。おそらく司を悪い道に誘い込んだ張本人と決めつけているのだろう。

読経《どきょう》の最中、俺は何度も周囲を見回したが、理の姿はなかった。当然といえば当然だが。

出棺の前に司に声を掛けようとしたが、彼は親族に囲まれながらハイヤーに乗せられ火葬場へと消えていった。ハイヤーの前には父親の遺体を乗せたきらびやかな霊柩《れいきゅう》車《しゃ》が走っている。俺が近づく隙《すき》は全くなかった。あの様子では親族たちは司を説得し、強引に医者にさせかねない。叔父の則高は司の味方だそうだが、本家の意向に一人で立ち向かうのは難しいだろう。

「司君、大丈夫かな」

俺の心情を代弁するかのように、聞き覚えのある声が背後から聞こえてくる。振り返ると叔父さんがいた。恭子の時に見た、借り物の喪服を身に纏っている。

「司さんは医者にさせられるのかな」

「本人の意思次第だね。まあ、とりあえずは副院長の則高さんがなんとかするだろうけど、あの人たち強引そうだからね」

頭をボリボリ掻《か》く叔父さんの表情は、俺と同じように不安そうだった。

＊

「僕が疑われているんだ」

ようやく司と部屋で逢えたとき、彼はぽつりと呟《つぶや》いた。葬儀のとき以上に窶《やつ》れている。元から色白だったが、いまはカビが生えたように青く濁っている。前は綺麗に整頓されていた室内も、どこかしら乱雑だ。

「司さんが？　どうして？」

寝耳に水だったので、思わず訊《き》き返すと、

「あの場所は僕がいつも絵を描いていたところだからね。まだ他殺だと決まった訳じゃないけど、もしそうなら僕が一番怪しいことになる」

「そうだけど。もし司さんが犯人なら、逆にあんな場所で殺さないんじゃないかな」

小理屈だが、説得力はある気がした。だが司は力なく首を横に振ると、

「自殺に見せかけるために、僕が愛した場所を父が選んだと思わせたかったんだけど、偽装に失敗したという解釈らしいよ」

誰がそんな強引な解釈を司に吹き込んだのか。無性に腹が立つ。

「でも、司さんが絵を描いていたのはもう知られていたわけだし。後をつければどこで描いているかも犯人には判《わか》るんじゃ」

「優斗君に云《い》っても始まらないけど、身内だと僕しか機会がなかったらしいんだ」

抑揚のない、諦《あきら》めが混じった声で司が説明する。彼の話によると、均の死亡推定時刻は夜の十時から十二時の間。現実には十時半すぎに司たちが均の部屋で門前払いを喰らっているから、それ以降となる。

ところが則高は打ち合わせもかねた酒席で、叔父さんたちとずっと一緒に居たらしい。廊下で俺と別れた足で離れに向かい、そのままお開きになる深夜一時まで、一度も席を立たなかったようだ。葉子も二度ほど母屋にビールを取りに戻った以外はずっ

と離れで男衆をもてなしていたようだ。その数分の間に均を誘い出して殺害するなんて到底不可能だし、そもそも女手で首を絞めたり——気管が潰《つぶ》れていたらしい——鳥居に吊るしたりは難しいとのこと。

酒席に参加していた牧野や若者たちは途中トイレにたったが、トイレは離れにもあり母屋とは方向が別なので、彼らが向かえばすぐに気づくという。因《ちな》みに叔父さんはお酒が弱いのに、威勢のいい若者たちにグラスが乾く間もなく注がれたせいで気分が悪くなり、十一時半頃に一足早く帰ったらしい。

そもそも枇杷家から半島の戎神社までは、歩いて三十分はかかる距離にある。車やバイクを隠し持っていたとしても、九十九折《つづらお》りの山道なので片道十分は必要だ。それだけの長い時間アリバイがないのは、枇杷家では一人しかいない。それがあのあとふてくされて風呂にも入らず寝てしまった司というわけだ。

「そんな馬鹿馬鹿《ばかばか》しい。夜にアリバイがある方が珍しいのに。それに身内が犯人と決まったわけじゃないんでしょ。外で殺されたわけだから」

俺の言葉に、司は弱々しく微笑《ほほえ》むと、

「刑事さんとかはそういうことも考えて接してくれるんだけど、周囲の人はね、噂に流されやすいから。僕が美大に行きたいがために父を殺したと」

「思考がおかしいですよ、それ。親父《おやじ》さんが死ねばますます跡を継がなきゃならなくなるって、考えればすぐ解ることなのに」

ムキになって反論したが、

「則高叔父さんたちが応援してくれているから、何とかなるだろうと考えたということらしいよ」

まるで他人事《ひとごと》のように司は答える。その考えも誰かに吹き込まれたのだろう。

「一体誰なんですか。司さんにそんなこと云った奴《やつ》。俺がぶん殴ってきます」

「いいよ……でも父とは最後にちゃんと口を利《き》いておけば良かったな」

ぽつりと洩らす。喧嘩《けんか》別れで終わったことを後悔しているのだろうが、あれが今生の別れになるとは犯人以外は夢にも思っていなかったはずだ。

「暗い上に机のスタンドの笠《かさ》が風で揺れて光が波打っていたせいもあっただろうけど、父の表情にどこか寄せつけない雰囲気があってね。僕も口が利けなかった。叔父さんもあとで、あの夜の父は怖い雰囲気があったと話していた。だから……」と司は舌で唇を湿らせたあと、「他殺とも云われているけど僕は自殺じゃないかと思っている。理由が僕なのか兄さんなのか、全く他にあったのか判らないけど、そんな気がするんだ。あんな厳しい顔の父は初めて見た」

よほど父親の表情が印象的だったのか、初めてを強調する。とはいえ陽介の情報を信じるなら、他殺なのは確かなようだ。

「司さんが発見したときは、服は部屋にいたときと同じだったんですか」

「寒かったのか、部屋では厚手のナイトガウンを羽織っていたな。猫背気味で。でも戎神社ではよく着ていた外出用のコートだった。中の服は知らないよ。書斎は暗かったから。多分、上だけ羽織ったんじゃないかな。でも、それがどうしたんだい」

俺は何となく思いついたことを説明した。

「深夜なのにコートはともかく中の服までちゃんと着替えていたら、身内じゃない人と逢っていた証明にならないかなって」

「ありがとう。父は変にきちんとしていたから」

「そうか……。で、でも、そもそも司さんと話すならお父さんの部屋ですればいいだけの話で、わざわざ神社まで行くこともないでしょ。そう考えると部外者なんじゃないんですか。それに司さんたちが出て行ったあと、誰もお父さんを見ていないでしょ。だったらその間にお父さんが神社まで誰かに会いに行ったと考えた方が」

興奮してまくし立てると、司は再び「ありがとう」と小声で礼を述べた。あまりに感情がこもっていたので逆に俺のほうが戸惑う。

「すみません、探偵のまねごとなんて」

これじゃ、まるで陽介だ。俺は恥ずかしくなり、視線を逸《そ》らした。

「いや、僕のことを真剣に心配してくれて感謝しているよ」

気まずい沈黙が流れる。そろそろ潮時なのだろう。俺は腰を浮かせた。司もあえて引き留めない。

「それで司さん。医者になるの？」

去り際《ぎわ》に尋ねてみた。ゆっくりと首を横に振る司。

しかしその瞳《ひとみ》には、以前のような力強い意志は欠片《かけら》も見られなかった。

4

翌日、兄の理が逮捕されたという報《しら》せが飛び込んできた。駅前をうろついていたところを刑事に職務質問され逮捕に至ったという。均の死で、叔父さん率いる捜索隊は理どころではなく、事実上解散していた。結局仕事としては屋敷で酒を呑《の》んだだけに終わった。

理は資金も尽き、家と連絡も碌に取れないため、観念して実家に戻ろうとしたという。ヤクザよりも警察の方がマシと考えたのだろう。事件を知らなかったらしく、父の訃報《ふほう》を聞きショックを受けていたらしい。東京をトンズラしてから二週間。女に逃げられたあとは、山を二つ越えた市のホテルでしばらく様子を窺っていたようだ。当然、警察から事件当夜のアリバイを訊かれたが、一人なので立証は出来ないという。ただ、最初に連絡を取った際に均にどやしつけられたので、昨日までは枇杷家どころか霧ヶ町にも近づいていないと主張している。

とはいえ理が霧ヶ町で逮捕されたことにより、理が犯人かどうかに拘《かか》わらず、司への風当たりが和らいだのは事実だった。美大行きを許されなくて親を殺すより、落伍《らくご》者《しゃ》が無心を断られて親を殺す方が遥《はる》かにリアリティがあったからだ。

「これで司さんが学校に来るようになればいいけど」

教室の窓から心まで浸食しそうな長雨を見つめながら俺が呟《つぶや》くと、

「しばらくは無理よ。やっぱり疑われているのは確かだし。そもそもお父さんが首を吊っているところを目にしているわけでしょ。簡単に立ち直れないわよ。枇杷さんって優しい分、芯《しん》が弱そうだし」

大仏殿の柱みたいな太い芯が通っている声で真紀が冷淡に云い切ると、まるで事実のように響いてしまう。

「冷たいな、お前」

反発からつい口にしてしまった。真紀はむっとした顔で睨みつけ、

「でも誰かが殺したのは確実なんでしょ」

「自殺かも知れないだろ」

売り言葉に買い言葉で、自分もそう信じているわけではない。案の定真紀は、脇腹《わきばら》に両手を当て嵩《かさ》にかかるように、

「でも境内には格闘の跡があったり、縄跡が二つあったりしてたんでしょ。陽介だけでなく、うちの親もそう話してたわよ。自殺じゃ無理じゃない、そんなこと」

「じゃあ、誰がやったって云うんだよ」

理屈で解っていても心で割り切れない。つい喧嘩腰になってしまう。

「そんなの私に聞かれても知らないわよ！」

「おいおい、夫婦げんかは犬も喰わないぜ。お二人さん」

声を荒らげたせいなのか、空気が読めない陽介がへらへらしながら割って入る。だが今はその無神経なニキビ面《づら》に感謝した。ここで云い争っても不毛なだけだ。

「そういえば、昨晩母ちゃんが訝《おか》しなことを聞き込んできたな」

ついでといった感じで陽介が情報を提供する。

「いまいち状況がよく判らないんだけど、枇杷院長の左手の薬指に絆創膏《ばんそうこう》が巻いてあったらしい。でも絆創膏の下に傷なんかなかったとかなんとか」

「傷もないのに絆創膏を巻いたのか。しかもその指だけ？」

俺が尋ねると、

「ああ、そうらしい。枇杷家に常備されてるのと同じメーカーのガーゼが付いた絆創膏らしいけど、どこにでも売っているやつだから出所の特定は出来ないらしい」

「自分で巻いた訳じゃなく、犯人が巻いたのかしら」

真紀もクールダウンして怪訝《けげん》そうに首を捻《ひね》る。

「医者だからな。理由もなく絆創膏を巻かないだろう。だとすれば……」

「俺が最後に見たのは十時頃だけど、そのときは確か巻いていなかったな」

自信を持って断言できるわけではない。だが陽介が喰いついたのは別の部分だった。

「え、お前事件の夜に枇杷の家にいたのかよ！」

迂闊《うかつ》さに俺は後悔した。司のことを詮索《せんさく》されたくなかったので、ずっと黙っていたのだ。

「云ってなかったっけ」

何とかとぼけようとするが、そこは永年の友人と彼女。

「一言も云ってないな」

「一言も云ってないわよ」

同時にツッコミが入る。しかもいつの間にかもうひとつ「云ってないわね」と怜悧《れいり》な声が加わっていた。明美だ。こんな時だけ束になる。

「実は叔父さんが用があってね。一緒についていったんだ。司さんの顔を見たかったし。それがあのあとあんなことになるなんて」

「……ふうん。優斗の叔父さんて何処《どこ》にでも顔を出すのね。それで優斗が見たときは、院長先生は自殺しそうな感じだったの」

珍しく積極的に明美が尋ねかけてくる。普段は聞き耳を立てていても、表向き無関心を装《よそお》っているのだが。

「いや、全然。でも若い衆に頭を下げて頼んだり、らしくなかったとみんな驚いていたよ」

仕方なく俺は、その夜のことを手短かに話した。

「相当、理さんのことがショックだったのね」

心から気遣うような明美の声。その理由を俺が尋ねようとしたとき、

「明美は理さんのことをよく知っているのか？」

いつもと違う明美の態度は、陽介も気になったらしい。彼が先に口を挟んだ。

「理さんは年が離れていてそうでもないけど、司さんとは小学校のときによく遊んでもらっていたわ。院長先生はちょっと怖かったけど」

明美はぽつりと呟いた。そういえば明美も一緒に遊んでいたなと思い出す。

「昔は引っ込み思案の私をよく構ってくれて、優しいお兄さんだったのに、戻ってきたらちょっと近寄りがたい感じになっててびっくりしたの」

「そうなんだ。明美もそう感じていたのか」

引っ込み思案という箇所は引っかかったが、俺以外に司を気にしている人がいて嬉《うれ》しくなる。

「気さくな感じなのに隠し事をしているような。絵が理由だったのね。たぶん、この地に未練を残したくなかったのよ」

「未練？」

そう、と明美は透明な目で頷《うなず》いたあと、

「戎《えびす》って異界へ繋《つな》がる。ほら海岸っていろんな物が流れ着くじゃない。海って世界と繋がっているから。逆に云うと何処にでも行けるってことね。あそこが戎神社なのもそのせいよ」

「じゃあ、この町から出ていったら帰ってこないつもりだったのかな」

俺の言葉は寂しげに教室の天井に消える。

「優しい人だからここを捨て切れないと思うわ。ある意味無器用よね」

「そうだな。無器用だな」と腕組みして陽介が同意する。「出るにしても留まるにしても、今は今で楽しめばいいのに」

彼らしい楽観論だ。羨《うらや》ましい。

明美に陽介……そこで先ほどからひとり黙り込んでいる者がいることに気づいた。司の話題を俺と明美が共有したのが気に障《さわ》ったのだろうか。ぶすっとこちらを睨みつけている。真紀は俺の視線に反応するように、

「仲が良いのね。小学校の時は明美とばかり遊んでいたし」

「なんだそれ」

隣では陽介がニヤニヤした表情でこちらを見ている。ある意味ここだけが日常だった。だが陽介はすぐに真顔に戻ると、

「なあ、さっき部屋の中は風が吹いてたって云ったよな」

二時間ドラマの探偵のような口調で尋ねかけてきた。ドラマの真似《まね》は真紀の専売特許のはずだが。

「司さんが書斎に入ったときか？　ああ、司さんはそう話してたけど」

　変なところに拘《こだわ》るな。怪訝に思いながら俺が頷くと、陽介はしわを寄せた眉間《みけん》に人差し指を当てる。これもドラマの影響なのだろうか。影響だとしても、俺が見ていないドラマだろう。

「風が吹いていたということは、窓をいくらか開けてたんだよな。まあ梅雨入り前で暑くなる時期だから涼みたかったのかもしれないけど、それならどうして枇杷院長は厚手のガウンを纏ってたんだ？　暖を取りたかったのか、涼みたかったのか。深い理由があるかもしれないぜ」

「換気していただけかもよ。あんたみたいに鈍感じゃないんだし」

　先ほどの八つ当たりか、真紀はツンケンした態度で陽介に反論する。

「そうかなあ」頭から否定され陽介は不満げだ。眉毛《まゆげ》をポリポリ掻きながら、「俺は窓が開いていたのは、誰か外から侵入したせいじゃないかって思うんだけどな」

「外から？」

「そう」陽介は力強く頷くと、「書斎は一階なんだろ。司さんたちが訪れた時、ちょうど誰かが窓から室内に忍び込んだところだった。慌《あわ》てて身を隠したけど、窓を完全に閉めるのをうっかりしていた」

「でも枇杷先生はずっと書斎にいたわけでしょ。気づかれずに部屋の中に入るなんて出来るの？」

「まさか。枇杷院長は当然知っていた。そして、とりあえず匿《かく》まったんだよ。窓から侵入してなおかつ司さんたちからも匿う相手なんて一人しかいないだろ」

　自分の推理に酔いしれるかのように、にまっと笑みを浮かべる陽介。殺されたのが赤の他人ではなく司の父親であることを忘れている。相変わらず不謹慎なやつだ。

「理さん？」

　真紀の問いに、「そういうこと」と、渋みがかった二枚目探偵気どりで陽介が人差し指を突き出した。なにがそういうこと、だ。

「司さんたちを素っ気なく追い返したのも、それで説明がつくだろ。長居されて理さんの存在に気づかれるのを厭《いや》がったんだよ」

「じゃあ、犯人は理さんだというのね？」

「多分ね。屋敷の中ではいつ気づかれるかもしれないからと、二人でこっそり戎神社まで行ったんだろう。枇杷院長も若い衆の前では厳しいことを口にしていても、実の息子にまだまだ温情があったんだよ」調子づいた陽介は、さも見てきたかのように大仰な手振りを交え、「でも、戎神社で結局口論になり殺されてしまった」そう締めくくくる。

「それならどうして鳥居なんかに吊《つる》したりしたのよ？」

「そりゃあ、どうしてもお尋ね者の自分が疑われるからだよ。万が一警察が自殺と処理してくれればラッキーという、切羽詰まった行動だったんだ」

言葉が軽いのが苛《いら》つく。しかし真紀は納得できない様子で、「それじゃあ」と甲高く声を上げると、「理さんはどうして舞い戻ってきたの？　殺してしまったんだからそのままどこかへ逃げたほうがいいじゃない」

「決まってるだろ。他に行く宛《あて》がなかったからだよ。元がおぼっちゃんなんだから、無一文で逃避行なんて出来るわけないし」

自分なら可能だとばかりに、優越感丸出しでふんぞり返る陽介。たしかに雑草からも雑草扱いされていそうな陽介なら、どこでも立派に生きて行けそうだ。この町に骨を埋《うず》める気しかない様子だが。

「ところで、二人は枇杷の家から戎神社まで歩いていったわけ？」

「そうだろうな。車だと屋敷の人間に気づかれるからな」

「まあいいわ。じゃあ、なぜ戎神社まで行ったのよ？　徒歩だと三十分くらいはかかるはずよ。もっと近場で人気《ひとけ》がない場所なんていくらでもあるんだから、話し合うだけならそこでいいじゃない」

　枇杷の家から半島までは、街中か港を抜ける必要がある。たしかに歩けば歩くほど人目につきやすくなる。

「……さあな。もしかしたら理さんは戎神社の社殿を根城にしていたのかもしれないぜ」

「どうだか。それが事実なら社殿にはっきりと痕跡《こんせき》が残っているだろうし、もっと話題になってるはずでしょ」

「それは……今思いついたばかりなのに、全部が全部説明できるわけないだろ。次から次へと難癖つけてきやがって。真紀には人情ってものがないのか」

　キレ気味に口を尖《とが》らせる。自分勝手な高校生探偵だ。もちろん勝ち気な真紀が引き下がるはずもなく、

「そんな穴だらけじゃ、誰も納得してくれないわよ。推理というのはね、みんなを納得させて初めて認められるのよ」

　売られた喧嘩は即金払い的な勢いで陽介を睨みつける。散りまくる見えない火花。三年前、市の河川敷で行われた花火大会を思い出させる。トラブル続出で、その年限りで終了してしまったが。ともかくこれでは新たな殺傷事件が起きるだけだ。

「もしかして司さんに見せたかったのかな」

ぽつりと俺が呟く。均や理の詳しい事情は知らないが、今のところはっきりと戎神社に関係があるのは絵を描いていた司のみ。陽介は真紀から俺に視線を移すと、

「どういう意味だ？」

剣呑《けんのん》な雰囲気のまま尋ねかけてくる。

「いや、わざわざ司さんに発見してほしくて戎神社を現場に選んだんじゃないかと、そんな気がしただけだよ」

もちろん俺自身がちゃんと理解できない微妙なニュアンスを陽介や真紀が理解できるはずもなく、二人ともきょとんとするだけだった。

そんな中、明美が「趣味の悪い犯人ね」と浮かない顔で溜息《ためいき》を洩《も》らした。

＊

長く降り続いた雨はその翌日に止《や》んだ。束の間《つかま》の晴天……のはずが途端に町中を霧が覆《おお》いだした。天気予報では束の間の平穏のあとまた雨がしばらく続くらしい。先月の抜けるような五月晴《さつきば》れの空の、いったいどこに多量の水分を蓄えていたのだろうか。

ともかく毎年梅雨の季節は七月半ばまではずっとこの調子。霧ヶ町で一番鬱陶《うっとう》しい季節だ。

今日は陽介や真紀、そして明美とも約束がないので、放課後は家で無為に過ごしていた。何かするわけではなく、カーテンの隙間《すきま》から垣間見《かいまみ》えるどんよりした空をぼんやりと眺める。それに飽きると、ベッドの上で横になりごろごろする。それを何度か繰り返していると、身体《からだ》だけでなく心の中までカビやキノコが生えそうな嫌悪感《けんおかん》にとらわれた。

ふと思いたち戎神社に行ってみる。いつもの道ではなく裏手からだ。初めて通る道だったが、たしかに車も乗り入れられそうだ。境内に着く頃、徐々に濃くなる霧の中、立入禁止を示す黄色いテープが突然目の前に現れた。人気が無いのを確認して中に入ると、鳥居の傍らに司がいた。司は気配を察して隠れようとしたが、闖入者《ちんにゅうしゃ》が俺と判り安心したように表情を和らげる。

「早く完成させようと思ってね」

そう説明して再び絵筆を握る。脇にはイーゼルがあり、描きかけの海の絵が載せられていた。霧のため海はほとんど見えない。樹々《きぎ》のざわめきと裏手から汽船の音が聞こえてくるだけ。

だが心の目で見通すかのように、司は絵を描き続けている。カンバスの海は九割方完成していた。

「明日——父の初七日までに完成させたいんだよ」

その言葉に不穏なものを感じた。

「もしかして医者になるんですか？」

杞《き》憂《ゆう》だった。司は即座に「違う」と首を振る。

「義母も則高叔父さんも美大に進学すればいいと応援してくれているから。ただ、本家の親戚《しんせき》は僕に女医を娶《めと》らせて継がせようとしているんだ。それなら叔父さんが再婚した方が早いだろうに。何処までも僕を縛り続けるみたいだよ」

司は今まで決して縛られるとか云わなかった。ストレスでつい本音が出てしまったのだろう。

「やっぱり縛られるのは嫌なんですか」

失言に気づいたのか一瞬口を噤《つぐ》んだが、直《す》ぐに諦めたように、「嫌だね」と頷いた。

「この海の向こうのいろんな世界を見て、このカンバスに収めたいんだ。いままでこの町から見える海の絵しか描いてこなかったからね」

「お兄さんが見つかったらしいですね」

「ああ。面会した則高叔父さんの話では、やつれてかなり形相が変わっていたそうだよ。なんでもドラッグにはまっていたとか。詐欺《さぎ》に手を染めたり、ヤクザと関係を持つようになったのもそのせいらしいね。判断力が鈍っていたんだろうな」

そこで司は何もない空を見上げると、ぽつりと問いかける。

「兄は夢がなかったのかなと不思議に思うんだ。僕が知っている兄は、医者になることを誇りに思っているようだった。まあ、ちょっと他人を見下すような所があったけどね。なのにどうしてその夢を捨ててまで……」

まだ夢がない俺には何とも答えられなかった。俺と司の間の霧が徐々に濃くなっていく。

「でもこんな所にいたら、また余計な詮索をされるかもしれないな」

司はそう自嘲《じちょう》すると、白い絵の具で海に筋を入れ、「早く犯人が捕まらないかな」とだけ云った。

＊

今日は初七日。父親は朝から枇杷家の法要に出かけていった。葬儀とは異なり親族だけで行われるらしいが、それでも普通の家と比べればかなりの規模になるようだ。俺は当然呼ばれていないので家で待機。はたして司が描いていた絵は間に合ったのか。それが気になった。

昼前に縁側から離れを覗《のぞ》くと、部屋で叔父さんが休んでいるのが見えた。疲れているのだろう。こちらに背を向けごろんと横になり、四肢を弛緩《しかん》させている。まるで気の緩んだ猫のよう。昨日までは初七日の準備のために連日駆り出されていたし、夜にはずっと例の牧野が叔父さんの離れに顔を出していた。

「やあ、優斗」

俺の気配を察したのか、叔父さんがぱっと目を開け慌てて身を起こした。目が赤いので、どうやら転寝《うたたね》をしていたらしい。

「疲れているみたいだから、お茶は自分で入れるよ」

離れに上がった俺は湯を沸かしたあと、急須《きゅうす》で茶を注ぎ座卓の前に座る。寝起き顔の叔父さんの向かいで一口すると、意を決して尋ねてみた。

「ねえ叔父さん。枇杷さんは自殺なの、殺されたの?」

予想していたのだろう。叔父さんはやっぱりという顔をしてみせる。

「今のところ殺された可能性が高いようだね。そもそも自殺するような人じゃない

「まあ、そうなんだけど」俺も苦笑いをする。不祥事を起こした長男は自分で見つけだして警察に突き出そうとし、次男には夢を諦めさせて跡を継がせようとしたくらいの男だ。

「やっぱり司さんが疑われているの?」

「どうだろうね。殺された場所から警察も少し疑っていたようだけど。均さんが自殺する以上にあり得ないと思うよ」

叔父さんはもう、理が捕まった話を聞いていると思うが、おくびにも出さない。俺が知らないと思っているのだろう。

「理さんかな?」

カマを掛けてみると、「どうだろう」とはぐらかされた。

「そういえば、陽介から聞いたんだけど」

俺は絆創膏の話をした。叔父さんは知らなかったらしく、

「そうなんだ」と真顔で驚き、そのあと少し考え込むように頷いていた。「どうしてまた、そんなことを」

「……ねえ、叔父さん」

俺が小声で呼びかけると、「ん？」と考え込みすぎて畳の目ばかりをじっと見つめていた叔父さんが、慌てて顔を上げる。

「実は俺、ずっと犯人が誰かを考えていたんだ。このまま じゃ司さんが可哀想《かわいそう》だからね」俺は叔父さんに顔を近づけると、「で、どうしても解《わか》らなかったから直接訊きに来たんだ。ねえ、叔父さん。枇杷さんも前の二つの事件と同じように、また叔父さんの仕業なんでしょ？　いったいどうやったの？」

するとと意外にも叔父さんは大きく目を見開き、

「どうして僕が？」

「だって、死亡推定時刻の間に枇杷の家を出たのは叔父さんだけだし。司さん以外の他の人は離れにいて戎神社まで行けなかったわけだから。枇杷さんと連れ立っていったとすれば叔父さんかなと……違うの？」

すると叔父さんは崩していた足を綺麗《きれい》に折り畳み正座した。そして円《つぶ》らな瞳で俺の目を真っ直ぐ見つめながら、

「優斗。無闇《むやみ》に人を疑うのは良くないな。疑い深い人間は、同じくらい他の人からも信用されなくなるからね。気を付けた方がいいよ。まあ、なんでも屋なんかやってる叔父さんが云っても説得力がないだろうけど」

叔父さんは弱々しく微笑《ほほえ》む。しかし口調は至って真面目《まじめ》だ。今まで見たことがないくらいに。

叔父さんに叱《しか》られた……。

「ごめんなさい」

しゅんとして俺は頭を下げる。すると叔父さんは、説教をしたことが照れ臭かったのだろうか、両手でもじゃもじゃ頭を掻き始めた。しばらく掻いたあと、叔父さんは黙ったままの俺の顔を見ると、

「犯人は叔父さんじゃないよ」

そうはっきり断言した。叔父さんは嘘《うそ》を云わない。だから本当なのだろう。

「でも、優斗に疑われたのは辛《つら》いな」

叔父さんは腕組みしたあとしばらく思案していたようだが、「仕方ない」とすっくと立ち上がる。

「あまり他人の家の事情に首を突っ込みたくなかったんだけどね」

そして俺の手を引くと、外に出て愛車の軽トラックの助手席に乗るように促した。

行き先は枇杷家だった。

枇杷の屋敷では、離れで法要の後の食事会が催されていた。ざっと四十人はいるだろうか。葬儀ほどではないが規模はさすがに大きい。中央に座って箸《はし》を運んでいた俺の父は、叔父さんを見るなり嫌な顔を露骨にしてみせる。

「どうしたんですか」

真っ先に動いたのは則高で、慌てて俺たちの前までやってきた。他の列席者も闖入者に戸惑っている。

「いや、何でもありませんよ。ただ甥《おい》っ子を猜疑《さいぎ》心《しん》の強い人間にしたくないだけで」

叔父さんは柔らかい口調でそう答えると、則高の許《もと》を離れ、庭にいるスーツ姿の男性に声を掛けた。見覚えがあるいかつい顔。確か鴻嘉の恭子さんが殺された事件のときに、叔父さんの離れに来ていた刑事だ。

刑事が反応すると叔父さんはつつと近づき耳打ちした。

「犯人に心当たりがあります」

刑事の顔色が変わる。みんなの視線を避けるように、叔父さんは刑事を庭の隅に引き連れ小声で説明した。あくまで刑事にだけ聞かせるつもりなのだろう。

最初は戸惑っていた列席者も、叔父さんが視界から消えたことで、存在を忘れ再び食事をし始める。父だけが見えなくなるまで叔父さんの背中を苦々しげに睨みつけていた。俺も慌てて叔父さんの所へ行く。

「で、誰が犯人なのか、伺いましょうか」叔父さんに合わせ刑事も小声で催促すると、

「そんなに肩肘《かたひじ》張らず、ちょっとした参考意見程度に聞いていただけると嬉しいのですが。ところで、均さんは神社で首を吊《つ》ってましたよね。もちろん自殺に見せかけた他殺なんですが、あれはもう一つ理由があったんです」

ゴマをするように背を丸め、上目遣いで叔父さんが説明した。そこまで下手《したて》に出なくてもいいと思うが、刑事が機嫌を損ねて、話を聞いてもらえなくなったら終わりだからだろう。実際、刑事の硬い口調は、半信半疑どころか端《はな》から信用していない感じが丸出しだった。

「首を絞めた縄の角度からして、自殺に見せかけるには無理があった。なのに敢《あ》えて手間を掛けてそれをしたのは、自殺偽装に目を惹《ひ》きつけてもうひとつの偽装を見破られなくするためだと思うんです」

「もう一つの偽装?」

刑事も少しは興味を惹かれたらしく、先を促す。

「はい。偽装が見破られる手掛かりを敢えて犯人が偽装するとは、誰も思わないですから。そうです、戎神社の社殿の裏に争った足跡があったんですよね。それも偽装だ

ったんです。つまり犯行現場は戎神社じゃなかった。恐らくこの屋敷の均さんの部屋でしょう。そして死んでから戎神社に運ばれ吊された」

「しかし」と刑事は真顔で叔父さんを見つめると、「死後硬直を考えると、おそらく殺害直後から室内で吊しておかなければならないが。それだけの手間暇を掛ける時間は司君以外にはなかった。それとも君なのか」

「違いますよ」叔父さんはぶんぶんと首を横に振る。「均さんが殺されたのは十時三十分よりも前なんです。おそらく、司君たちが書斎を覗いたときは既に死んでいたんです」

「でもあのとき父はこちらを向いて」

突然声がしたので振り返ると、真っ青な顔の司が立っていた。こっそり抜け出してきたのだろう。俺も含め三人とも話に夢中で気づいていなかった。いや、もしかしたら刑事は気づいていたかもしれないが。

「二人羽織なんだよ」立ち尽くす司に向かい、叔父さんは優しく説明する。「均さんは厚いガウンを着て机に座っていたんだよね。そして猫背だったとか。犯人が二人羽織の要領で背後から自分の手を出して生きているように見せかける。室内に風があったということは窓が開いていた。窓を開けた上で厚手のガウンを羽織っているという矛盾した状況はそのせいなんだよ。二人羽織の為《ため》のガウンと、スタンドの笠《かさ》を揺らせて光を動かすことで無表情の死体に表情を作るための風と、両方が必要だった。顔の上下は添えた手で少しはコントロールできるけど、表情のゆらぎまでは無理だったから」

「たしかに僕は入り口で見ていただけですが……でも叔父さんが近寄って父と話したはずです」

司はどうしても認められないといったように声を荒らげる。当たり前だろう。父親との最後の対面と信じて、それをずっと後悔していたのに、実は既に死んだあとのことだなんて。絶対に承服できない。

叔父さんも辛いのだろう。昏《くら》い表情で司を見つめると、もじゃもじゃ頭を掻きながら、

「だから、則高さんが……。あの夜、こっそり帰宅して均さんを殺したあと、改めて帰ってきた振りをしたのでしょう。そして司君を誘って書斎に行き生きていると思わせる。それ以降は司君や離れの僕たちと一緒にいることで、犯行時間のアリバイを成立させることが出来る」

「そんな！」

絶句した司を尻目《しりめ》に、刑事が熱を帯びた声で急《せ》かす。

「しかし彼がなぜ？」

「均さんが死んで司君が画家の道を選べば、この病院は則高さんのものになりますから」

「後妻もいるんだし、さすがにそう簡単に事を運べないだろう」

刑事はそう反論したものの、次の瞬間気づいたように大きく目を見開くと、

「つまり後妻も」

「そうです。誰が二人羽織に入って手を振ったかと考えれば、葉子さんしかいません。さっき聞いたのですが、均さんの左手の薬指に怪我《けが》もないのに絆創膏が巻かれていたらしいですね。司君が会ったときはどうだった？　覚えているかい？」

全く覚えていないと司は首を振った。

「もし、手の主に特徴的なものがあって見つかると拙《まず》いため、絆創膏で隠していたとしたら。それを司君が覚えているかもしれないと、念のため均さんの指にも同様に巻いておいたとしたら。結果的に犯人は気を回しすぎたかもしれませんね」

「薬指の付け根に特徴が……そうか結婚指輪か」

興奮気味に刑事が呟く。

「はい。ずっと嵌《は》めていたのなら抜いてもしばらくは痕《あと》が残りますから。そもそも絞《こう》殺《さつ》して死体を鳥居に吊るすという荒業にしたのは、アリバイに僅《わず》かに隙が出来る葉子さんには無理と思われる犯行方法を選んだためでしょうね。同時に、司君が少しでも疑われている方が、司君をフェードアウトさせるのに本家を説得しやすい」

「……そんな義母《かあ》さんも」

俺は慌てて司に駆け寄ると、その身体を支えた。目と口は開きっぱなしで、手を離せばすぐにでも崩れ落ちてしまいそうだ。

「二人が共犯なら則高さんが病院の経営を壟断《ろうだん》しても誰も文句を云わないでしょう」

「じゃあ、二人は病院を手に入れるために僕の応援を……」

俺の腕の中で、司は今まで聞いたことのないような声で嗚咽《おえつ》をもらし始めた。

俺には唐突すぎて情況の半分も理解できていなかったが、それでもこれから司が茨《いばら》の道を歩まなければならないと予想はついた。父も兄も義母も叔父も、家族の全《すべ》てを失ったのだ。

＊

「叔父さん。あのときはスゴかったね」

事件が一段落ついたあと、俺が離れの八畳間で賞賛の言葉を贈ると、
「全然、スゴくないよ」座卓の向いに座っていた叔父さんは少し照れたように頭を掻《か》いた。「なんだか他人の秘密を嗅《か》ぎ回って土足で踏み込んだ気がしてさ。あのあとで兄さんにきつく説教されたんだから」

その様子を再び思い出したのか、湯呑みを片手に叔父さんは身を竦《すく》め、困り果てた顔をしてみせた。

旧友

1

叔父さんの友達に柳《やな》ヶ瀬《せ》伸司《しんじ》という人がいる。

柳ヶ瀬家は過去帳を辿《たど》っていけば鴻嘉家の分家筋にあたるらしいが、それも遥《はる》か昔のこと。先代の頃には猫の額のような土地しかない、町のその他大勢となんら変わらない小さな家だった。そのため柳ヶ瀬は大阪の大学に進学したあと、故郷に戻らずそのまま在阪の企業に就職した。

それから十年近く経《た》った三年前に、柳ヶ瀬は妻を連れて地元へ戻ってきた。会社を首になり尾羽打ち枯らしたわけではない。むしろ故郷に錦《にしき》を飾ったと云《い》うべきだろう。彼は株で大儲《おおもう》けして、億万長者になっていたのだ。

帰郷と同時に家を新築。敷地は以前の五倍に膨れあがり、屋敷も平屋の民家からレンガ造りの瀟洒《しょうしゃ》な三階建ての洋館に替わっていた。

霧ヶ町はかなりの田舎なので、昔ながらの木造家屋が多く、もちろんアパートや雑居ビルなど近代的な建物もあるが、洋館と呼べるような邸宅は一つもなかった。小洒《こじゃ》落《れ》た構えの喫茶店が限度で、教会ですら和風の平屋なのだ。そのため年寄り連中が「柳ヶ瀬のハイカラ屋敷」と呼び始め、いつの間にかその呼称が広く定着していた。

ハイカラ屋敷には今は柳ヶ瀬夫婦二人しか住んでいない。去年まで柳ヶ瀬の母親もいたのだが、肺炎がもとであっさり旅立ってしまった。父親は既に五年前に亡《な》くなっており、母親の葬儀の日柳ヶ瀬は、「なんとか母にだけは親孝行が出来た」と涙を流していたという。

この霧ヶ町には四つの名家があり、それぞれ町の産業や政治に大きな影響力を持っているが、今の柳ヶ瀬家は資産だけならその四家に匹敵するだろうと囁《ささや》かれている。ただ資産の大半は株式で、収入もその配当が大部分なので、四家のように町の産業、主に雇用には何ら貢献していない。そのため大金持ちになったからといって、四家のように支配的な権力を行使できる訳ではない。また古い住人ほど昔のことを知っているので、成り上がり者には厳しく、ことさら軽く扱う傾向があった。

故郷に凱旋《がいせん》して派手な洋館を建てた柳ヶ瀬も、その辺は充分に承知しているようで、以後は特に目立つことはせず、むしろ遠い本家筋にあたる鴻嘉家の風下に立つことで、波風を立てるつもりがないと無言のアピールをしていた。

「俺も株で一儲けしたいな。いまならインターネットでFXとやらが手軽にやれるんだぜ」

ミュージシャンになって有名になる。小説の新人賞に応募してベストセラー作家になる。選挙にうって出て国会議員になる。町の外に出る気もないくせに、そんな一発逆転発想だけはちょくちょく口にする俺の友人、武嶋陽介は、当然、故郷のニューヒーロー柳ヶ瀬にも憧憬《しょうけい》の念を抱いていた。

中学で野球部に入った頃は、ドラフト一位に指名されてたんまり裏金を貰《もら》って、あっさりメジャーに移籍してやるんだ、と夢にしても阿漕《あこぎ》な妄想をよく口走っていたものだ。とはいえ、陽介は進学と同時に野球を止《や》めたうえ、未《いま》だに小説を書き始めてもいなければ、ギターを買ってもいない、マニフェストなんて美味《おい》しいのそれ？　状態。もちろん株も同様だろう。きっと基礎的な知識すらないに違いない。

対して美雲真紀は逆に柳ヶ瀬がお好みではないらしく、「一攫千金《いっかくせんきん》なんて、成功するのはごくごく一部だし、陽介には絶対無理ね。それにもし成功しても、悪銭身につかずで大抵は元の木阿弥《もくあみ》になるものなのよ。ましてや株なんて、この前も世界で大変なことになってたばかりじゃない」

と、渋い表情で陽介に釘《くぎ》を刺す。一攫千金なサクセスストーリーや白馬の王子様といった、願望剝《む》き出しのご都合主義なドラマがことのほか好きな真紀だが、意外にも領土を持たない王子様はお気に召さないようだ。

まあ、陽介に云っているのは建前で、実際は俺に向けて忠告しているのだろうけど……。しかし、今はつき合っているが、真紀とは将来の約束なんか一度もしたことがないはずだが。

それはともかく、町の連中の反応も似たり寄ったりで、陽介のように立志伝中の人と持て囃《はや》したり、真紀と同様に虚業の成金と嫌ったり、評価は両極端だ。俺自身は、もちろん羨《うらや》ましくもあったが、それ以上に、どうして出ていったはずの故郷に戻ってきたのか？　その方が気になっていた。

そんな柳ヶ瀬が、東京の大学に進学したのち、同じようにしばらくして地元に戻ってきた叔父さんと気が合うのも、当然のことかもしれなかった。ただ叔父さんは故郷に錦どころか木綿すら飾らなかったが……。

とはいえ、俺が二人の関係を知ったのはつい最近のことだ。

七月のある日、学校帰りに叔父さんの離れに寄ると、既に来客がいた。俺はすぐさま詫《わ》びてその場を立ち去ったのだが、ちらと来客の姿が見えた。叔父さんは町でなんでも屋をしていて、それなりに繁盛《はんじょう》している。毎日とはいわないが、週に何日かは依頼があって忙しく働いていた。離れはそんな叔父さんの事務所でもあった。なにぶん玄関の三和土《たたき》のすぐ奥が、寝室兼台所兼居間兼書斎兼客間の八畳間で、他に部屋はなく、当然事務所にも早変わりする。

そして中にいたのが柳ヶ瀬伸司だった。

おっとりした性格が顔に出ている叔父さんとは正反対に、柳ヶ瀬はいかにも頭の回転が速そうなシャープで知的な顔つきをしている。男前ではないが、有能さが滲《にじ》み出た、男からも女からもアテにされそうなタイプ。

柳ヶ瀬は一瞬鋭い眼光で俺を見たが、相手が無害な高校生だと判断すると、すぐさま柔和な笑みを浮かべ、あっという間に無表情になって俺から視線を外した。その間わずか一秒。叔父さんが「おや、優斗」の「おや」すら云い終えていなかった。俺にはとうてい真似《まね》が出来ないスピード。

だがそれくらいでないと、生き馬の目を抜く街で一儲けなんて出来ないのだろう。

俺が柳ヶ瀬を見たのは、これが二度目だった。俺が高校生だということを差し引いても、知名度の割には少ない。偏固者なのか、ただ目立たないよう配慮しているだけなのか、四家のように公《おおやけ》の場に出てくることがほとんどないからだ。それがまた一部の人間の癇《かん》に障《さわ》るらしいが、まあ、新興の金持ちは何をしても叩《たた》かれるものだ。

夕食後、照《あ》かりが灯《とも》っているのを確認して俺が離れを訪れると、

「叔父さん、何の話だったの？」

「いやあ」

新しい蚊取線香に火をつけた叔父さんは、荒れるに任せた休耕田のようなもじゃもじゃ頭を掻《か》きながら話してくれた。

「伸ちゃんから、仕事を頼まれてね」

「伸ちゃん？」

「叔父さんと柳ヶ瀬の伸ちゃんは小学校からの幼なじみなんだよ。僕は東京の、伸ちゃんは大阪の大学に進学したからそこで別々になってしまったけど、高校までずっと同じだったんだよ。クラスもよく一緒になったし」

懐《なつ》かしむように説明する叔父さん。

「そうなんだ！　全然知らなかった。あんな有名人と友達なんて、早く教えてくれればよかったのに」

興奮を隠さず声を上げると、叔父さんは優しい表情で、

「あまり吹聴《ふいちょう》すると伸ちゃんに悪いと思ってね、気を遣っちゃうんだよ」

「悪い？」

「この町に戻ってきたとき、心ない人から成金だ何だと陰口を叩かれたりしたんだよ。別にあくどいことをしたわけじゃないんだから、放っておけばいいのに。だから僕みたいな半端者《はんぱもの》とつき合っていることが知れたら、ほらやっぱりとますます悪口が広まってしまうと思ってね」

「なんだか叔父さんに失礼じゃない？　それ」

ドンと座卓を叩いて俺が憤《いきどお》る。しかし叔父さんはゆっくり首を横に振り、

「もちろん伸ちゃんは、そんなこと気にせずつき合ってくれてるよ。僕が勝手に気を遣っていることだし、もし伸ちゃんが知れば変な気を遣うなと叱《しか》ると思う。だからさ、こちらも自慢するように吹聴することだけは止めようと思ってね」

「親友なんだね……」

「ああ」と、叔父さんはにこにこして大きく頷《うなず》いた。自ら卑下するように、なんでも屋の叔父さんは町の人から低く見られている。兄である俺の父も、定職に就けと、ことある毎《ごと》に説教する。そのため昔なじみでも、叔父さんと距離を置く人は多いようだ。

「それで、何を頼まれたの？」

「悪いけど、それはまだ教えられないな」

穏やかな口調だが、ぴしゃりとはね除《の》けられた。叔父さんはすごく優しく、昔から俺の我儘《わがまま》もよく聞いてくれたが、仕事の内容だけは守秘義務と云って洩《も》らさない。さすがプロフェッショナルと感じ入るのだが、父たちはそんなところは見ようともしない。

「ごめん、仕事の話だったね」

「口が軽いと、誰も依頼に来なくなるからね」

叔父さんは冷えた麦茶で喉《のど》を潤《うるお》すと、話題を変えるように、

「そういえば枇杷の司君は絵を止めちゃったのかい？」

「いや、続けると云ってたよ。ただ大学は美大じゃなく医大を目指すらしいけど」

「そうか……しかたないのかもな。実家を捨てるなんてなかなか出来ないし」

力なく叔父さんが呟《つぶや》く。枇杷司は画家志望だったが、この前の事件で、実家の病院の跡を継がなければならなくなったのだ。苦渋の決断。本当は美大に行きたいことくらい俺にも判《わか》るので、見ていて辛かった。

「叔父さんもそうなの？」

叔父さんは大学を出たあと、ここに戻るまで各地を放浪していたらしい。そのせい

か、いつか叔父さんがふらっとこの町から出ていきそうに思えて仕方がない。

「結局ここに戻ってきてるから、そうなんだろうね。ただ僕には兄さんがいたから。もし僕が跡継ぎなら、どうなっていたか。さすがにこの寺を捨てられるほど芯《しん》が強い人間じゃないし」

「そうなんだ」少し安心する。「でも、俺も何か決めないといけないのかな」

兄は大学で仏教を専攻しており、将来はこの寺の住職になる予定。だが、次男の俺にまだ目標はない。このままずっと霧深いこの町で霧に包まれ一生を終えるんじゃないかと、漠然と考えている、いや諦《あきら》めているだけだ。

「焦《あせ》ることないよ。一生のことだからね。ゆっくり考えていけばいい」

にっこりと微笑《ほほえ》むが、その結果が今の叔父さんなのだろうか。憧《あこが》れるが、俺には真似できそうもない。

「それで、なんか僕に用事があったんじゃないのかい？」

一区切りついたところで叔父さんは尋ねてきた。さすが鋭い。

「あったけど……」

俺はちょっと口ごもったのち、

「また今度にするよ」

俯《うつむ》き加減でそう答えた。

「そうか。まあ最初は自分で考える方がいいよ。それでいくら考えても答えが出ないようなら、いつでも相談に乗るよ」

まるで相談内容が判っているかのように、叔父さんは頷く。もちろん、叔父さんが知るはずもないのだが。

叔父さんに相談しようと思っていたのは、昨日かかってきた電話のことだった。

「優斗。来週の日曜日空いてる？」

昨日の夕方、辰月明美から俺の携帯に着信があった。部活も塾もない超絶帰宅部なので、休日は基本的に空いている。

「どうしたんだ？」

「ちょっとね。市まで買い物につき合ってほしいの」

「買い物？」

「一昨日《おととい》、みんなで海へ行く話をしていたでしょ。水着を買わなきゃ。東京にいた頃は海やプールに行かなかったから」

「水着を買うのにつきあえってか。そんなの女同士、真紀にでも頼めばいいんじゃないか？」

「そういうこと云うんだ」

棘《とげ》を含んだ声が携帯越しに聞こえてきた。明美は小学生時代の俺の元カノだ。だが明美が東京に転居したことで、関係は終わりを告げた。高校に進学したあと、俺は真紀とつき合うことになったのだが、この春四年ぶりに明美が町に戻ってきた。その際、放火殺人の騒ぎがあったりして、焼け棒杭《やけぼっくい》が再びくすぶり始めたのだ。

「クラブの連中は？」

「まだ十日ほどなのに。そこまで仲良くなってないわよ」

七月に入って、明美は料理部に入部した。明美の母は働きに出ているので、料理が上手《うま》くなって母親の負担を少しでも減らしたいらしい。入部までは教室でも俺たちと一緒だったので、買い物をする相手は他にいないようだ。

「日曜か……」

そう口にして、俺は唐突に思い出した。日曜は真紀と映画を見に行く約束をしていたのだ。危ない危ない。〝OBになったゴルフボールが若い女性の頭に当たり、崖《がけ》から落ちて死んでしまった。そして婚約者の狂気の復讐《ふくしゅう》が幕を開ける！〟とかいう宣伝文句の、コメディなのかシリアスなのか判断がつかない洋画だ。真紀はシリアスだと夢にも疑っていないようだが。

「ごめん、今、思い出した。日曜は先約があるわ」

「先約？　誰と？」

明美のトーンが変わる。

「陽介だよ」

つい嘘《うそ》を吐《つ》いた。真紀が俺の彼女なのは、明美も承知していることだ。素直に云えば良かったかもしれない。だが最近の明美はからかうようにすぐ真紀を挑発し、明美が元カノなのを知っている真紀も、簡単に猜疑《さいぎ》の目を俺に向ける。

「本当？」

女の勘は猫の爪《つめ》並に鋭い。

「ああ、本当だ」

そう答えながら俺は、陽介と会わなければならない理由を必死で思い巡らせた。

先月までなら絶対にこんな嘘は吐かなかった。なぜなら俺と陽介、真紀と明美はいつも一緒につるんでいたからだ。日曜の予定もすぐに伝わっていたことだろう。ところが明美は料理部で忙しくなり、昼休みに少し話すくらいになってしまった。

「判ったわ」

幸いにも明美はあっさり退《ひ》いてくれた。

「じゃあ、再来週の日曜は？」

「再来週？　再来週なら空いてるけど……」

「じゃあ、決まりね。再来週の日曜日、私につきあってね」

一方的に決められたが、バッティングしていなければ断る理由もない。義父のトラブルで母娘《おやこ》ともに苦労したらしく、今でも時折、明美は脆《もろ》い表情を垣間見《かいまみ》せる。なのでもう少し落ち着くまでは邪険にするわけにも行かない。元カノ以前に友人だからだ。

ただ、それが自分に都合がいいだけの解釈であることも、なんとなく俺は気づいていた。このままでいい訳はない。それで叔父さんに相談しようと来たのだが、自らの優柔不断を晒《さら》すだけのようで、いざとなると躊躇《ためら》われた。

叔父さんの云うように、もう少し考えてみるか……離れをあとにして、俺はひとりごちた。

2

柳ヶ瀬伸司が殺されたのは、それからすぐのことだった。

「おい優斗、知っているか？」

木曜の朝、暗い顔をして陽介が尋ねかけて来た。いつものように「知らない」と答えると、隣にいた真紀が驚いたように、

「ニュースくらい見なさいよ。柳ヶ瀬さんが殺されたの」

「柳ヶ瀬ってハイカラ屋敷の？」

二日前に本人を見かけたばかりなので、さすがにびっくりした。声も裏返っていたことだろう。

「そうよ。奥さんと一緒に、ハイカラ屋敷で」

「奥さんもなのか？」

「ああ」と陽介が天を見上げる。「美人で有名なあの奥さんも一緒にだ」

司の父親の時はワイドショーのコメンテーターのように嬉々《きき》と話していた陽介だが、さすがにマイヒーローとなると話は別のようだ。

「勿体《もったい》ないよな。すごく綺麗《きれい》な人だったのに」

そちらの落胆か。

「陽介は奥さんをよく知ってるのか？」

「いや、二、三度、見かけただけだよ。すごく垢抜《あかぬ》けてて、いかにも都会の女って感じの美人だった。この町どころか市にもいないくらいの」

よほど魅せられたのだろう。これがバイクなら道交法違反になるくらいの、これ以上ないほど手放しで絶賛したあと、

「あ、でも明美は別かな」

とよせばいいのに、余計な一言をつけ加える。

「あら、そうなんだ」

案の定、真紀の機嫌が悪くなる。当の明美はまだ登校していない。弁当を自分で作り始めたとかで、いつもギリギリにやってくるのだ。

「いや、真紀も美人だよ。目つきは悪いけど。なあ、優斗」

こちらにふられても困る。意図してなら殴りつけて黙らせることもできるが、天然だから始末に負えない。

「悪かったわね。目つきが悪くて。それに云っとくけど、奥さんの聡子《さとこ》さんも都会じゃなく市の出身よ。知り合ったのは大阪でだけど」

ぷいと勢いよくそっぽを向く。

「そうなんだ。じゃあ、真紀も十年くらい東京に行けば、垢抜けた目つきが良い美人になってるかもな」

今日の陽介は地雷を踏みまくりだ。これでも本人は褒めているつもりなのだろうが。

「なに、明美は四年なのに、私は十年もかかるの？」

真紀は年寄りならペースメーカーが止まりかねない目つきで睨《にら》み付ける。だが、ぽかんとした表情の陽介には豆腐に鎹《かすがい》と諦めたらしく話を戻すと、

「でも、あの家ってまだ子供が居なくて二人暮らしだったでしょ。二人とも殺されたんじゃ、住人がいなくなっちゃうわね」

周辺事情は真紀も詳しいようだ。先を越された陽介は苦い顔で頷いたあと、名誉挽《ばん》回《かい》とばかりに、

「……それがさ、どうも脅迫されていたらしいんだよ」

「脅迫？」

思わず俺は声を上げた。それで叔父さんに依頼したのだろうか。かけがえのない親友を失った叔父さんの顔が脳裏を過《よ》ぎり、胸が痛んだ。

「それじゃあ、犯人の目星はもうついているのか？」

「どうなんだろう。二人も殺された事件なんだから、そんなに早くは解決しないんじゃないかな」

直《す》ぐに解決したら勿体ないと云わんばかりの、野次馬根性剝き出しな口振り。結局最後は、下劣な好奇心のほうが勝ったようだ。それには真紀も、

「ほんと、陽介は不謹慎よね」

ただ呆《あき》れているだけだった。

学校から帰ってすぐ離れを覗《のぞ》いてみたが、叔父さんは留守だった。古びた離れはもう何年も人が住んでいないかのように静まりかえっている。いつもと変わらないはずだが、どこか寂しげに感じる。もしかして親友を失ったショックで旅に出てしまったんじゃないか。そんな不安を覚えるほどに。

「柳ヶ瀬さんが殺されたんだって？」

夕食時、恐る恐る父に訊《き》いてみた。柳ヶ瀬はおそらく父の檀家《だんか》だ。

「ああ、二人ともかわいそうにな」

父は俺をちらと見たあと、低音で素っ気なく答える。

「犯人は捕まったの？」

「いや」

いつもなら子供は知らなくていい、と説教をされるところだが、珍しく教えてくれる。「じゃあ」脅迫されていたのかと俺が訊こうとしたとき、父は煮豆を摘《つま》む手を止め、一呼吸おいたあと、

「犯人は家で首を吊《つ》っているところを発見されたよ」

「嘘！」

俺は思わず大声をあげていた。あまりに声が大きかったせいか、母に「食事時に物騒な話はやめなさい」と注意される。知らない情報だったせいもあるが、あっさり解決したことに驚いたからだ。あるいは俺も陽介に毒され始めているのかもしれない。そして、既に終わった事件だったから父もすんなり教えてくれたことに気づいた。

ともかく自殺のことはあとで陽介に教えてあげないとな、そう思い食事を終え二階の自室に戻ると、携帯に着信があった。陽介からで、犯人が自殺していたというメールだった。

＊

すんなり事件が解決したため、さぞや陽介は落胆していることだろう。そう思いながら学校に来てみると、意外にも陽介は瞳《ひとみ》を爛々《らんらん》と輝かせていた。厭《いや》な予感がする。

理由はこちらから訊くまでもなく、陽介の方から教えてくれた。

「柳ヶ瀬さんの事件って祟《たた》りらしいぜ」

「祟り?」

「ああ、イルボラ様の祟りだとよ」

「イルボラ?　なんだそれは?」

多分俺は素《す》っ頓狂《とんきょう》な声をあげていたと思う。だが陽介は至って真顔だ。ふと周囲に耳を立ててると、陽介だけでなくクラスの至る所から〝祟り〟というキーワードが洩《も》れ聞こえてくる。

どうも祟りがこの教室の一大ブームになったようだ。おそらく、町中がそうなのだろう。まあ、坊主《ぼうず》の父が祟りなんていう無責任な噂《うわさ》まで親切に教えてくれるわけがない。

「なんか祟り、祟りって、馬鹿馬鹿《ばかばか》しいわよね。そんなのあるわけないのに」

真紀も否定しながらも怯《おび》えている。いや、怖いから否定するのだろうか。

「祟り」というオカルトワードは、他人事《ひとごと》のうちは不思議な魅力を持っている。しかも犯人が自殺したということで、安心感も生まれている。これまで殺人事件があったときは、登下校や休日の外出時になるべく一人にならないよう朝礼やＨＲ《ホームルーム》でなんども注意されていた。だがあっさり片づいたせいで、今回はそれがなかった。ある意味、みんな物足りなく感じているのかも知れない。

「祟りって科学的には存在しないけど、そう信じている人によって実在させられてしまうものなのよ。今回の犯人のように」

透き通るような肌の明美が、ぼそっと口を挟む。キャーキャー怯えず、冷徹な分析をしているのが意外だったが、たぶん少し前に祟りや呪《のろ》いに振り回されたせいだろう。

「じゃあ、イルボラ様は実際にはいないってわけか」

陽介が首を捻《ひね》りながら尋ねると、

「犯人の心の内にしかいないでしょうね。陽介君もその方が安心でしょ。もしイルボラ様が実在したら、柳ヶ瀬さんたちだけじゃ済まなかったかもしれないわよ。荒ぶる神様って簡単に収まってくれないみたいだし」

「まあ、とばっちりは絶対に厭だな」

彼女の明快な答えに、得心したらしく陽介が強く頷く。

「おい、待ってくれ。そもそもイルボラ様ってなんなんだ?」

祟りなんぞに興味はないが、蚊帳《かや》の外なのは気になる。荒神《こうじん》様やお岩様なら判るが、いつの間にイルボラ様がメジャーなワードに躍り出たのか。

「柳ヶ瀬さんのハイカラ屋敷が建つ前にあった小さな祠《ほこら》よ」

人差し指を突き出し得意気に説明しようとする陽介の機先を制して、真紀がささっと教えてくれた。

「なんでも斜面に小さな洞穴《ほらあな》があって、その入り口に犬神《いぬがみ》が祀《まつ》られていた祠があったようなの。江戸時代の頃のものらしく、犬洞《いぬぼら》様が訛《なま》ってイルボラ様と呼ばれるようになったみたいね」

「犬神？　そんなものがこの町にいたんだ」

初耳だった。いや、特にその方面に関心があるわけではないが、犬神といえば憑《つ》き物で有名な神様だ。マンガでも見たことがある。だがこの町の中で誰かが憑いたとか憑かれたとか、噂でも聞いたことがない。

「私も事件があってから聞いただけだけど、代々汐津《しおづ》家に密《ひそ》かに伝わっていたみたい。柳ヶ瀬さんがハイカラ屋敷のために汐津家から土地を買ったとき、イルボラ様の祠を汐津家に手厚く遷《うつ》したんだけど、それがひと月前に燃えたらしいの」

「祠が燃えたのか」

それはやばい。

「火の不始末なのかどうか分からないけど、そのため祟りが起こると汐津の人に脅迫されたらしいわね」

脅迫というキーワードにぴんときた。

「じゃあ……犯人は汐津の家の?」

「そうみたい」陽介より先に真紀が頷くと、「汐津の家で、主人の雅之《まさゆき》さんが縊《くび》れて死んでいたらしいの。といっても家には雅之さんしか住んでいなかったんだけど。奥さんは四年前に子供を連れて出ていったし。柳ヶ瀬さんとは対照的に、汐津家はこの十年で事業に失敗して落ちぶれたうえに、雅之さんの女癖の悪さに泣かされていたらしいから。男前で羽振りのいいときはみんなちやほやしたけど、事業に失敗した途端に潮が引くように誰もいなくなったの。それは奥さんも一緒ね。落ちぶれた挙げ句、昔は馬鹿にしていた柳ヶ瀬さんに土地を買われて、その逆恨みでイルボラ様にかこつけて雅之さんが殺したんだろうって」

本能的に女の敵と嗅《か》ぎとったのか、説明しながら真紀の口調は徐々にいきり立っていた。さらにつり上がった眼がなぜか俺に向けられる。

「でも、柳ヶ瀬さんを殺した凶器は犬の形に似た石で、噂じゃイルボラ様の御神体《ごしんたい》じゃないかって云われてるぜ。それに同じひと月前に野犬がハイカラ屋敷の門の前でのたれ死んでたって。やっぱり祟りはあるんじゃないか?」

ようやく喋《しゃべ》る機会が巡って来たと、祟り派の陽介が早口で反論する。

「そんなの余所《よそ》で殺してきて家の前に捨てればいいだけじゃない。祟りなんか全くないわよ。子供ね」

ふんと真紀が鼻であしらう。

「でも犬には殺された痕《あと》が全くなかったってきいたぜ。まるで死に際《ぎわ》の犬が何かに吸い寄せられるかのように、ふらふらとハイカラ屋敷の前に来たみたいだって」

「また、そんな自分が見てきたかのように適当なことを。それとも陽介が置いていったの？」

「まさか。そんなことしたら俺がイルボラ様に祟られるじゃないか」

すっかりイルボラ信者と化した陽介は、氷水をぶっかけられたかのように背筋をふるわせた。

「でも自殺するくらいなら、殺さなければいいのに」

ずっと黙っていた明美が、ぼそりともっともな感想を洩らす。やはり祟りには否定的だ。

「復讐心ばかりが膨らんでいって、相手を殺すまでは死にきれなかったのかも。プライドが高い人って、素直に自殺すると負けたと思うらしいわよ」

訳知り顔で真紀が推理すると、

「なるほど！　俺もゲーセンで負けたら、すぐ百円入れてしまうもんな」

陽介は単純でいい。俺は緊張しながら陽介たちの会話に耳を傾けていた。いつ叔父さんの名前が出てくるかとびくびくしていたからだ。だが結局、最後まで叔父さんのおの字すら出てこなかった。叔父さんが関わっているとなると、陽介にしつこく詮索《せんさく》されるのは火を見るよりも明らかだ。詳しく聞きだすようせがまれても、普段ならともかく、親友を亡《な》くした今の叔父さん相手では無理な話だ。

当日は関わっていなかったのか、それとも詳しい状況がまだ漏れていないだけなのか。もし関わっていたのなら、やがて広まるだろうから、帰ったらそれとなく探りを入れてみようとは思う。もちろん俺ひとりの胸の内に納めるつもりだ。

その日の帰り道、真紀と二人になった。すると真紀は機を窺《うかが》っていたらしく、

「ねえ、優斗。人殺しがあったばかりで、親に休みは家にいるように云われたの。だから映画は再来週の日曜にしない？」

「日曜？　土曜じゃダメなのか」

青天の霹靂《へきれき》。日曜は明美との約束が入っている。

「土曜は家の法事があるのよ。優斗は日曜に何か用事でもあるの？」

レーダーのような鋭い目つきで睨まれる。明美と買い物に行くと云える雰囲気ではない。というか既に知っているんじゃないかとさえ疑ってしまうほどだ。

「どうだったかな。ちょっと思い出せないから、考えておくよ」

冷や汗を悟られないようになんとか答えると、

「ホント？　優斗って後回しにしたこと直ぐ忘れてしまうでしょ」

眉《まゆ》を顰《ひそ》められた。頭から信用していないのがまる判りだ。

「いや、忘れないって。週明けにでも返事をするから」

面倒なことになったと思いながら、俺は真紀と別れ家の門をくぐった。

＊

離れに目をやると、照《あ》かりが点《つ》いていた。

「叔父さん、今日はいたんだ」

さすがにそのまま放浪の旅に出たとは思わなかったが、それでも安心しながら、駆け足で上がり込み声を掛ける。叔父さんはちょうど今帰って来たばかりらしく、頭の上にはまだよれよれの汚い帽子が載っていた。

「もう大変だったよ」

目の下に隈《くま》ができ、心底疲れた表情で叔父さんは溜息《ためいき》を吐く。よっこらしょと大儀そうに立ち上がると、冷蔵庫から冷えた麦茶をとりだし、俺にも注いでくれた。

「これから柳ヶ瀬君のお葬式の準備で、兄さんと話さなければならないし」

葬儀は町の斎場で行うが、喪主は遠方に住む従兄《いとこ》が務めるようだ。叔父さんはその橋渡しで奔走しているとか。

「ハイカラ屋敷、奥さんも殺されて誰もいなくなるんだよね」

ひと口麦茶で喉を潤したあと俺が尋ねると、

「詳しいことは判らないけど、親戚《しんせき》の人が売っちゃうんじゃないかな。験《げん》が悪いし」

「もしかして取り壊されたりするのかな。町では珍しいお洒落《しゃれ》な建物だったのに」

俺がボヤくと、叔父さんも同意するように深く頷く。

「柳ヶ瀬君が残した形見のような建物だけど、ただの殺人というだけじゃなく祟りの噂までついちゃったからね」

「やっぱり祟りなんだ」

「そう噂する人もいるけどね。イルボラ様が汐津さんに憑依《ひょうい》してやったんだと」

口ぶりから叔父さんも否定的なようだ。少し安心する。俺自身は別に祟りがあってもなくても構わないと思っているが、叔父さんには否定派でいてほしい。

「やっぱり叔父さんへの依頼の内容って、脅迫についてだったの？」

叔父さんの憔悴《しょうすい》した顔を見ると止めた方がいいと思うのだが、まったりした空気のこの離れの畳の上でくつろいでいると、つい好奇心が頭をもたげ訊いてしまう。これでは陽介のことを悪く云えない。

「まあ、そうだね。ただの脅迫じゃなく危害を加えられる恐れがあるから、警護してくれって頼まれたんだよ。それで事件の夜も寝ずの番だったんだけど、そのせいで叔父さんも少し疑われてね」

意外な言葉に、思わず「叔父さんが？」と訊き返した。

「僕だけでなく、もう一人見張りに来てくれてた木之元誠《きのもとまこと》君もね。木之元君は奥さんの聡子さんの弟で、大学生なんだ。今は夏休みで市の実家に里帰りしてたんだけど」

浮かない表情のまま、叔父さんは当時の状況を淡々と説明し始めた。それによると、ハイカラ屋敷の土地の半分ほどは元々汐津家のものだったようだ。それを他の土地と一緒に柳ヶ瀬がまとめて買って建てたのがハイカラ屋敷だという。

汐津雅之は少し離れた場所に中古の一軒家を買い移り住んだが、だらしない生活をただせず、結局土地を売って得た金も直ぐに底をつき、残ったのは家だけになったという。もともと柳ヶ瀬の父親が汐津家の小作をしていたこともあり、雅之は立場が逆転《や》したことを快く思っていなかったらしい。周囲にも「小作の息子が」と悪し様《あざま》に罵《ののし》っていたようだ。

それが決定的な逆恨みになったのは、ハイカラ屋敷の造成途中で柳ヶ瀬が見つけた犬の形に似た石だった。高さ三十センチほどのただの石塊《いしくれ》だが、何となく形が気に入って書斎に飾っていたらしい。形と見つかった場所から、イルボラ様の御神体かもと推測していたという。黙っていたのは、もともと柳ヶ瀬は宗教的な芸術品の収集が趣味だったからだ。ハイカラ屋敷の三階の展示部屋には仏像や厨子《ずし》、銅鏡など多くの収集品が飾られており、二階の書斎の中の出入り口近くにも一番お気に入りの釈迦如来《しゃかにょらい》の等身大の立像《りゅうぞう》が門番のように置かれている。石塊も書斎にこっそり飾られていたのだが、いつの間にか汐津がそれを知ったらしい。

返還を求められたのがふた月前。その時はしらを切ったのだが、ひと月前に屋敷の門前で野犬が死んでいた。同じ頃、汐津の家の庭に手厚く遷したはずのイルボラ様の祠が不審火で焼失した。そして半月前、酔って乗り込んできた汐津に「直ぐに返さないと、次の満月の日に、イルボラ様の御神体がお前に祟りをなすだろう」と、脅迫されたという。

次の満月というのは事件が起きた夜のことだ。柳ヶ瀬は祟りなど信じなかったが、野犬の件と、祠が燃え汐津がおかしくなった可能性もあることから、予告された日だけでも警護してくれるように叔父さんに相談しに来たという。

その時は柳ヶ瀬も叔父さんも、ただの嫌がらせかあるいは御神体を盗み出す程度のもので、まさか殺人にまで発展するとは考えていなかった。そのため警察に相談するのはまだ尚早だと柳ヶ瀬が嫌がったらしい。実際、妻の聡子には不安を煽《あお》るからと脅迫の件は伝えておらず、叔父さんに夜通しの話があるからと偽っていたほどだ。

その夜、ハイカラ屋敷の書斎に集まったのは叔父さんと木之元の二人だった。

木之元は大学でサッカー部に所属していて、背は高くないが締まった体つきの好青年らしい。木之元には泥棒に狙《ねら》われているとだけ話して、バイト代を弾むからと呼び寄せたという。警護を叔父さんと身内で固めたのは、原因が御神体であることが広まるのを避けたためらしい。法的にはともかく、道義的には後ろめたいからだ。

ハイカラ屋敷の二階は階段を上ると廊下が左右に分かれており、左手には寝室、その奥の突き当たりに書斎がある。右手には客室や物置が並んでいる。書斎は手前の寝室ともドアで繋《つな》がっており、普段は公衆トイレにあるような小型の閂《かんぬき》が書斎側から掛けられて、開かないようになっていた。

柳ヶ瀬の頼みで、叔父さんは隣の寝室で待機。木之元は書斎の扉の前の廊下にソファーを壁沿いに置いて、そこで寝ずの番をすることになった。屋敷を見回ったりする必要もなく、ただ起きていさえすればいいということで、彼はずっと携帯ゲームをしていたらしい。

叔父さんのほうはゲームどころか本すら読まず、隣の夫婦の寝室でどうやって時間を潰《つぶ》したものか思案ばかりしていたという。いかにも気遣いばかりしている叔父さんらしいエピソードだ。寝室を追い出された奥さんは、理由も判らず一階の客室で寝ることになった。

遅い夕食を奥さんも含め四人で摂《と》り、しばらく歓談したのち柳ヶ瀬がひとり書斎に入ったのが夜の十二時過ぎ。それを確認してから、木之元と叔父さんはそれぞれの持ち場についた。

途中、叔父さんは二度ほど寝室を出て一階のトイレに行ったが、いずれも数分で戻ってきている。木之元は膀胱《ぼうこう》が強いのか、トイレには一度も行かなかったらしい。そして三時過ぎ。突然開いたドアから首を出した叔父さんが書斎前の木之元に対し、「柳ヶ瀬君とは一時間毎《ごと》に互いにノックしあって起きているのを確認していたが、今は返事が返ってこない。寝てしまっていたらいいが、何かあったらヤバイから、木之元君、様子を見てくれないか」と不安げな表情で訴えた。どの部屋も防音がしっかりしているので、少々の異変には気づきにくいのだ。

そこで木之元はソファーから立ち上がると、書斎のドアをノックし呼びかけた。二度ほど繰り返しても反応がないのでノブを握ると、鍵《かぎ》が掛かっておらず、あっさり外に開いた。木之元も厭な予感がしたのだろう。恐る恐る中を覗き込んだ時、電気が消えた月明かりの下、書斎の一番奥の窓の下に俯《うつぶ》せで倒れている柳ヶ瀬を見つけたという。

驚いた木之元が慌《あわ》てて駆け寄り抱き起こしたが、脈は既になかった。後頭部にわずかに出血があり、傍らには血痕《けっこん》がついた御神体が転がっていたという。

さすがのスポーツマンも死体を前に狼狽《うろた》えていて、「大丈夫?」と囁《ささや》くような声で出入り口から叔父さんが尋ねたという。木之元が柳ヶ瀬の息が絶えていることを告げると、叔父さんは直ぐさま階段を駆け下り、警察に電話した。そして聡子に知らせようと客室を覗いたところ、彼女の死体を発見したらしい。柳ヶ瀬と違い聡子は縄で首を絞められていた。

その後、叔父さんから経緯を聞いた警察が朝になって汐津の家を訪れたところ、汐津は既に鴨居《かもい》で首を吊っていた。

柳ヶ瀬の死亡推定時刻が二時から三時の間で、聡子も同様。発見が遅かった汐津の死亡時刻も、前後に三十分ほど広がるがおおよそ同じくらい。ハイカラ屋敷から汐津の家までは一キロほどの近さなので、汐津が二人を殺して家に戻ったあとすぐに首を縊《くく》ったのだろうということになった。

当初、書斎の窓のロックが開いていたので、犯人はそこから逃走したのだろうと思われたが、夜が明け屋敷の周囲が明るくなってみると、真下は花壇で、軟らかい土の上に足跡が一つも残っていないことが明らかになった。花壇は広く、窓から飛び降りるにしてもロープで伝い降りるにしても、足跡を残さずに去るのは不可能だった。

「それで、叔父さんと義弟《おとうと》さんが疑われたの？」

うん、と叔父さんは背を丸めて頷く。

「書斎の出入り口は窓を入れて三つ。窓は今話したように無理だから、残るのは木之元君が見張っていた廊下に出るドアか、叔父さんがいた寝室に通じるドアしかないんだよ。だからどちらかが嘘をついているんじゃないかってね。ただ叔父さんのほうは、書斎の側から閂が掛けられていたからすぐに疑いは晴れたけど、大変なのは木之元君で、出入りした人は絶対にいないと主張し続けているせいで、結構疑われてるらしい。真面目《まじめ》な学生なんだね。汐津さんが首を吊っていなければ、容疑者になっていた可能性もあったんだよ」

「じゃあ汐津さんはどうやって書斎から抜け出したのか、まだ判明していないんだ」

「抜け出しただけでなく、入った方法もね」

小声で叔父さんは補足する。長い説明で喉が渇いたのか、叔父さんの湯呑《ゆの》みは空っぽだった。

「そうか。これって、密室とかいうやつだよね」

陽介がこれを知ったらエビで釣られる鯛《たい》のように、勢いよく喰らいついてくるだろう。山城公園の時も、足跡がない雪の状況に、犯人は誰か必死であれこれ珍推理を並べていた。

「そうだね。でも密室ならまだましな方で、町の人の中には一足飛びに祟りのせいにしている人も大勢いるんだよ。実際柳ヶ瀬君の命を奪ったのは、イルボラ様の御神体といわれている石なわけだし」

「叔父さんはイルボラ様のことは前から知ってたの？」

叔父さんは静かに首を横に振ると、

「柳ヶ瀬君が越してきたときに祠を移した話は小耳に挟んだけど、その程度だよ。町の歴史や伝承にも詳しいわけじゃないし。柳ヶ瀬君に相談されて初めて名前を聞いたくらいなんだ。まあ、僕らにとっては馴染《なじ》みがない神様でも、汐津さんには大切な神様だったんだろうね」

「でも野犬を殺して嫌がらせするなんて、逆にイルボラ様に祟られるんじゃないのかな」

「僕もそう思うんだけど」

叔父さんは溜息を吐《つ》きながら頭を掻《か》いた。ふけがはらはらと座卓に舞い落ちる。

「野犬は役場の生活課に引き取ってもらったらしいんだけど、職員の話では外傷はなく自然死だったらしい。汐津さんの仕業じゃなく偶然だったかもしれない。そして祠の焼失というもう一つの偶然が起こった。それが汐津さんの頭にイルボラ様の祟りという考えを起こさせたって、警察は見ているようだね」

「どういうこと？」

「祟りは存在したんだけど、超自然的なものではなく、汐津さんの心の闇《やみ》が生みだして、それを汐津さん自身が信じ込んじゃったんだろうね」

明美と似た解釈を叔父さんはしているようだ。

「厭な話だね。奥さんまで巻き添えにして」

柳ヶ瀬はともかく、聡子は何も知らないまま縊り殺されたことになる。

「どうしてみんな簡単に人を殺せるんだろうね……」

疲れ切った表情のまま叔父さんは、自分の湯呑みに新たな麦茶を注ぎ口をつける。

虚無感と呼んでもいいような、やるせない口調だった。叔父さんは基本的に覇気がなく、しょぼくれた見た目ではあるが、これほどまでマイナスな空気を醸《かも》し出すことはなかった。それほど柳ヶ瀬の死は心の痛手だったのだろう。

俺のつまらない相談どころではない澱《よど》んだ雰囲気。仕方なく俺はそのまま離れを後にした。

自室に置きっぱなしだった携帯には、また陽介からメールが来ていた。現場は密室だったらしい、と。

3

さて、どちらを選ぶべきか。

憂鬱《ゆううつ》な月曜日が容赦なくやってくる。だが俺はまだ迷っていた。

本来なら真紀を選ぶのが筋だ。真紀が彼女なのだから。だが約束は明美のほうが早かった。しかも一旦《いったん》断り一週間延ばしてもらった上での日程だ。とはいえ明美には真紀との約束があるからと断れるが、真紀には明美との約束があるからと断りにくい。ヒステリックな甲高い声で俺を詰問《きつもん》する姿が目に浮かぶ。

やはり叔父さんに相談したほうがよかったかもしれないが、心痛を隠し忙しく駆けずり回っている叔父さんを見ると、これ以上余計な相談事を持ち込みたくもない。梅雨が明けたからといって、夏休みが近づいたからといって、この町を覆《おお》う霧が消えることも、じめじめした空気が一掃されることもない。むしろ霧は濃くなる一方。霧ヶ町では真夏が来るまで、これがずっと続く。山の霧と海の霧が入り交じるせいだと、前に叔父さんが教えてくれた。

それもあってか、登校中真紀は静かだった。いきなり訊かれたらどうしようと内心焦《あせ》っていたので、助かったと云《い》える。その代わり、教室に入るなり、陽介が大声で、

「事件の夜、優斗の叔父さんがハイカラ屋敷にいたんだってな。どうして教えてくれなかったんだよ！」

嬉《うれ》しそうに詰《にじ》り寄ってきた。まあ現場が密室なのを知っているなら、聞き及んでいても不思議ではないので、覚悟はしていたが。

「もしかして、叔父さんが犯人だったりするんじゃないのか？」

「声が大きいぞ」

俺はいつもより強く窘《たしな》めた。状況が状況だけに叔父さんが疑われるのは仕方ないが、教室でクラスメイトに喧伝《けんでん》するものでもない。ましてや叔父さんと柳ヶ瀬は旧友だ。

変な尾鰭《おひれ》がついた噂《うわさ》が町に広まれば、一番悲しむのは叔父さんだ。

「叔父さんのいた寝室と現場の書斎の間にはドアがあるけど、柳ヶ瀬さんの死体が発見されたとき、書斎の側から閂がかかっていたんだよ」

誤解のないように、丁寧に状況を説明してやると、

「閂なんか、死体を発見した義弟さんがびっくりしている隙《すき》に、こっそり掛けたらいいんじゃないの?」

口を挟んできたのは真紀だった。以前から真紀は叔父さんのことを快く思っていない。人生の落伍者《らくごしゃ》にしか見えないようだ。実際悪しざまに口に出したこともある。もちろん俺は叱《しか》りつけたが。

そのためか半分くらいは本気で、叔父さんが犯人だと疑っているようだ。

「いや、残念だけどそれはないみたいだ」

即座に否定したのは陽介。何が残念なんだ?

「聞いた話だと、優斗の叔父さんは義弟さん、木之元さんというらしいけど、彼が死体に駆け寄ったときには出入り口にいて、奥まで入らずにすぐ一階へ下りて一一〇番通報したらしい。そのあと奥さんの死体を発見して泡を食って、警察が来るまで腰を抜かしたままずっと下にいたんだって。閂がかかっていたドアは書斎の奥の方にある

から、木之元さんに気づかれずにこっそり閂を掛けるのは無理なんだってよ」

「すごく詳しいけど、誰が云ってたの？」

「それは秘密だ。情報源を明かさないのが掟《おきて》だからな」

陽介はもったいぶるが、おそらくスナックに呑みに来た警察かマスコミの関係者から、家族が聞いたのだろう。スナックは陽介の母親と姉が店に出て切り盛りしている。偶《たま》に陽介も手伝うみたいだが。その意味では情報の信憑性は高いともいえる。

「何が掟よ。じゃあ、針や糸で寝室側からうまく閂を掛けたんじゃないの？」

「それもないな」陽介は再び否定した。相変わらずドラマの探偵を意識しているのか、少々自分に酔った口調で、「警察もそれくらい調べてるよ。三年前に建てたばかりだけあって、ドアと枠はぴったり合っていて、細工できるような隙間はなかったってさ」

「つまり叔父さんは容疑者じゃないのか？」

胸を撫《な》で下ろしながら俺が尋ねると、

「ああ、圏外のようだ」

ならば大声で叔父さんが犯人であるかのように話すな。そう俺がつっこもうとするより先に、

「そうなの？　なーんだ」

真紀が肩を落とし露骨にがっかりした表情を見せる。叔父さんを尊敬する身としては、いつか真紀にお仕置きしなければ。

「それに叔父さんには歴《れっき》としたアリバイがあるんだよ」

意外なことを陽介は口にした。

「アリバイ？」

「ああ、もし叔父さんが犯人なら、汐津さんの首吊《くびつ》りも殺人の偽装工作って事になるだろ。ハイカラ屋敷から汐津の家までは歩いて十分以上はかかる。車なら数分だけど、往復して首吊りの偽装までしていたら、これも確実に十分以上はかかる。ところが優斗の叔父さんは、二時と三時前の二度、階下へトイレに行っただけで、それ以外はずっと寝室に籠《こ》もっていたらしい。寝室の扉は外開きで、木之元さんの背後にはなるが開けば音と気配で確実に判《わか》ると証言しているんだ。その木之元さんが二回しか叔父さんは出入りしていないと断言していて。二回とも、ドアの陰から顔を覗《のぞ》かせた叔父さんが労《ねぎら》いの言葉を木之元さんに掛け、少し話をしたあと、寝室の隣にある階段を下りていったらしい。トイレに行って戻ってくる間は五分もなかったそうだ。だから万が一、一階の奥さんを殺すことは出来ても、汐津さんを殺すのまでは絶対に無理だよ」

勉強もこれくらい暗記できれば追試なんか受けなくて済むのに。そう思わざるを得ないほど流暢《りゅうちょう》に陽介が説明する。

「でも寝室にも窓はあるんでしょ。そこからこっそり抜け出したとか」

諦《あきら》めきれない口振りで真紀が粘る。

「もちろん寝室にも窓はついているが、書斎と同じ側で下は花壇になっている。そして花壇に足跡はなかったってよ」

「ちょっと待って！　窓が同じ側と云うことは、上手《うま》くやれば寝室の窓から書斎の窓まで、花壇に降りずに伝っていけるんじゃない？」

真紀はどうしても叔父さんを犯人にしたいようだ。恋人の身内から殺人犯が出るのを望むなんて、どんな彼女だ。これって別れる理由としては十分なんじゃないだろうか？

「いや、その手の綱渡りは警察も考えていたみたいだけど、ロープなりを張った痕跡はどちらの窓にも全くなかったんだって。新しい家だから、不自然な傷があれば相当目立つみたいだ。それに二つの窓がある側は周囲から見えやすい目立った場所にあるから、いくら深夜とはいえ満月の明るい夜に綱渡りするなんて、リスクが大きすぎるんだとさ」

「じゃあ、書斎の件は置いといて。アリバイの方だけど、警察に連絡してからは？警察が来るまでに夜陰に乗じて汐津さんの家まで行って」

「無理だよ。三時二分に通報を受けた警察がハイカラ屋敷に来たのが三時十分。叔父さんが木之元さんに話しかけたのが、廊下の柱時計が三時の鐘を鳴らしたすぐあと。柱時計が正確だったのは、時報がずっと木之元さんの携帯ゲーム機の時刻表示とずれてなかったから間違いない。だから優斗の叔父さんに犯行は無理なんだよ」

「解《わか》ったわ」ここまで力説されたら、さすがの真紀も受け入れざるを得なかったようだ。よく頑張った、陽介。

「じゃあ、犯人は義弟の木之元さんなの？」

「二人の内のどちらかだとしたら、木之元さんのほうが濃厚らしい。優斗の叔父さんのアリバイは木之元さんが証言しているけど、逆に木之元さんのアリバイは誰も証言していないからね。ただ柳ヶ瀬さんだけならともかく、実の姉さんまで殺す理由はないし、そもそも木之元さんは二日前にバイトを持ちかけられて、当日に市の実家からやってきただけだからね。しかも十日前までは遠くの大学にいたわけだし」

「でも」今度は俺が疑問を投げかけた。「もし木之元さんが犯人なら、どうしてずっと見張ってたと証言したんだろう。居眠りしてました、といえば密室にならなかったのに」

「いや、最初に証言したときはまだ花壇のことは警察も知らなかったらしいんだ。当然本人も。だから犯人は窓から侵入したと思っていたんだろう。それに物堅いというか、こんな状況でもサボっていたと疑われることは我慢ならない気質らしい」

「実際は窓から出入り出来なかったわけでしょ。じゃあ、どうやって犯人は抜け出せたのよ。まさか本当に祟《たた》りでしたって云うんじゃないでしょうね」

ヒステリックに真紀が睨《にら》みつける。陽介が少しでも頷《うなず》く素振りを見せれば、即殴り倒しかねない気迫だ。そんな真紀をいなすように、

「それが判れば苦労しないよ。俺も色々と考えてみたが全部駄目だった」

おそらく客相手に真紀と同じような推理を披露して、ことごとく否定されたのだろう。陽介にしては反論が的確だったのも、そのためかもしれない。

「でもあんたの所の客って相当口が軽いのね。一体誰が飲みに来てんのよ。警戒しなきゃ」

「それは云えないな。客の口は軽いが、店の口は重いんだよ。それが客商売の基本だからな」

陽介がふんと鼻であしらう。

「学校でペラペラ喋《しゃべ》るのはいいわけ?」

目を細めて厭味《いやみ》めいた口調で尋ねる真紀に対し、

「誰か判らなきゃいいんだよ。テレビだってそうやっていろいろ振りまいてるだろ」

まるで自分がマスコミの一員にでもなったかのように、平然と陽介は胸を張った。

*

そんなふうに朝はいつもの陽介だと思っていたのだが、どうも実は違っていたようだ。昼休みに人気《ひとけ》のない校舎の裏手に、告白でもするんじゃないかという勢いで呼ばれ連れてこられた。

「俺はヘテロだから」

日陰と霧のせいでどうにも湿っぽい校舎裏。俺は釘《くぎ》を刺したつもりだったが、陽介はぽかんとしている。だがすぐに気弱な表情になり、

「お前を親友と見込んで話があるんだ」

およそ似つかわしくない真剣な声で云うものだから、俺もつい耳を傾けた。だが次いで出てきたのは、

「真由梨《まゆり》、知っているだろ」

「なんだ、真由梨ちゃん絡《がら》みか」

俺は露骨に落胆した。武嶋真由梨は陽介の又従妹《またいとこ》の中学生。二つ下だから今年で中三になる。

小柄で人形のようなあどけない表情が印象的な女の子だが、陽介はこの又従妹を実の妹のように可愛《かわい》がっている。紆余曲折《うよきょくせつ》あってこの町に流れ着いた陽介にとっては、唯一《ゆいいつ》の歳《とし》が近い親類でもある。陽介の姉が勝ち気なタイプでいつも陽介を顎《あご》でこき使っていたせいか、幼い頃から「お兄ちゃん、お兄ちゃん」と慕ってくれる真由梨を猫かわいがりしていた。一種のシスコンなんだろう。真由梨自慢は、今まで耳が腐るほど何度も聞かされていた。

「なんだとはなんだ。俺は本気なんだ！」

凄《すご》い剣幕で睨まれる。喧嘩《けんか》っ早そうな見かけと違って温厚な陽介だが、こと真由梨のことになると豹変《ひょうへん》する。小学生の頃、真由梨のスカートを軽く捲《まく》った上級生を一秒とおかずに殴り飛ばしていた。

「で、真由梨ちゃんがどうしたんだ」

仕方なく先を促すと、

「それがさ」途端に情けない顔に戻る。「昨日真由梨から電話があってさ。週末に市まで行くけど、親には俺と遊んでいることにしてくれって頼まれたんだよ」

「ほう、彼氏が出来たのか？ 良かったじゃないか」

「全然良くない」

竜巻を起こしかねない勢いで、陽介は激しく首を振る。

「真由梨は女友達とショッピングすると説明したけど、それなら親に内緒にしないよな」

「まあな」

「そうだよな……」

迂闊《うかつ》に俺が同意してしまったのがとどめになったのか、更にどんよりと落ち込む。

これでは一人低気圧前線だ。

「でも今中三なんだろ。彼氏の一人や二人はいるだろうよ。真由梨ちゃん可愛いし性格もいいからモテるだろうし」

「何だ、お前も真由梨に気があるのか。お前なんかに真由梨はやらんぞ！」

兄というより父親の顔になって怒鳴ってきた。冗談ではなく、本気だから扱いに困る。

「で、本題はなんだ。真由梨ちゃんを俺にやらない事を宣言するためにここまで連れてきたのか？」

さすがにうんざりしてきたので目的を尋ねると、陽介は顔を赤くして少しもじもじしたあと、

「本当に女友達なのか確かめたいんだ。それに真由梨は純真だから、もし彼氏だったらそいつが変なところに連れ込まないか不安だし。兄である俺がちゃんと見張ってないと。で、俺一人だと見失うおそれがあるから、お前も一緒についてきてくれないか」

「ガキかよ。過保護にも程がある」

即座にはね除《の》けたが、陽介は執拗《しつよう》に、

「そんなこと云わずにさ。親友だろ。こんなこと頼めるのはお前くらいしかいないんだよ」

「それは間違ってる。誰もいない、が正しいはずだ。で、そのデートはいつなんだよ」

今にも目や鼻が零《こぼ》れ落ちそうな顔に同情して、つい甘いところを見せると、

「デートじゃない。まだ決まったわけじゃない。……それで買い物に行くのは週末の

日曜日なんだ」

「日曜だと！　無理だ。これ以上、俺の悩みを増やさないでくれ」

俺は肩を怒らせながら、腰砕けな陽介をその場に残してひとり教室へと戻った。

4

「ったく、陽介のやつ。そんなつまんないことをいちいち頼みにきて。ほんと、あいつのシスコンって筋金入りなんだから。いい歳《とし》だし彼氏がいる方が健全だよ」

柳ヶ瀬の葬儀は密《ひそ》やかにそして恙《つつが》なく終わり、叔父さんは今日も離れにいた。この二日間、仕事を受けていないらしい。依頼はあるが全《すべ》て断っているとか。叔父さんなりに喪に服しているようだ。

で、これ幸いと煎餅《せんべい》を齧《かじ》りながら陽介への愚痴を叔父さんに並べ立てていると、

「優斗、それは違うよ」

今までにこにこと耳を傾けていた叔父さんは、顔を少し引き締めると背筋をピンと伸ばした。

「なあ優斗」

真剣な声に、俺も思わず姿勢を正す。

「優斗は陽介君とは友達なんだろう」

うん、と素直に頷くと、

「じゃあ、友達は大事にしないと。でないと手遅れになってしまうこともあるんだよ」

いつの間にか叔父さんの目は真っ赤になっていた。

「どうしたの叔父さん？」

思わず膝立《ひざだ》ちで叔父さんに近付くと、

「いや、ゴメン、ゴメン。最近叔父さん、ちょっと涙もろくなってしまってね」

懐《ふところ》のハンカチで目尻《めじり》をぬぐう。親友を失ったばかりだから当然だが……。

「柳ヶ瀬さんのこと？」

「ああ、そうだよ。僕がもっと早く気づいていれば……」

「何かあったの？」

強《こわ》ばった声で俺は尋ねた。叔父さんの様子が訝《おか》しい。叔父さんは小動物のような落ち着きのなさそうな外見だが、いつも摑《つか》み所なくにこにこしている癒《い》やし系なのだ。

それが今はいつになく情緒が不安定だった。まるでどこかで衝突して、中身だけ別人と入れ替わったかのように。

　叔父さんは十秒ほど俯《うつむ》いて呼吸を整えたあと、ぽつりぽつりと、

「優斗に事件の夜に警護を頼まれたのは話しただろ？　それで僕はずっと寝室に控えていたんだけど、夜の二時頃に書斎からのドアが開いて柳ヶ瀬君が入ってきたんだ。何か起きたのかと驚いて尋ねると、実は汐津さんと腹を割って話したいから、これから汐津さんのところへ行くって云いだしたんだよ。脅されてただ待ってるのは性に合わないって」

「そうだったんだ」びっくりしながら先を促すと、

「でも義弟さんに知られたら、危険だと反対されるかもしれないから、こっそり部屋を抜け出すのを手伝ってくれって頼まれてね」

「手伝う？　でも、花壇があって窓から外へは出てないんでしょ」

　陽介が絶対に無理だと太鼓判を押していたはずだ。俺が首を捻《ひね》ると、叔父さんはぼそぼそっと、

「叔父さんがトイレに行くふりをして、寝室のドアを開けたまま木之元君に話しかけたんだよ。そうすると出入り口はもちろん階段まで木之元君からはドアの陰になって見えなくなるんだよ。その隙に、柳ヶ瀬君が寝室から階段まで行って一階へ降りたん

だ。それで一時間後に連絡があって、再び同じようにして今度は迎え入れたんだ」

　そう打ち明けた。

「じゃあ、汐津さんがハイカラ屋敷に来たんじゃなく、柳ヶ瀬さんが向こうに行ったんだ」

「ああ、まさかあんな事をするつもりだったとは思わなかった。僕がもっと早く気づいていれば……」

　叔父さんの目が再び赤く潤《うる》み始める。こんな弱々しい表情の叔父さんを見たのは初めてかもしれない。

「もしかして柳ヶ瀬さんが汐津さんを？」

　俺の言葉に叔父さんは無言で頷いたあと、

「話し合いなんて嘘《うそ》だったんだよ。柳ヶ瀬君は最初から汐津さんを殺すつもりだったんだ。自殺に見せかけてね。僕がそれに気づいたのは、寝室から書斎に抜けていこうとするとき、彼の顔が尋常じゃないほどに強張っていたからなんだ。僕が引き留めて問い質《ただ》すと、あとで話すつもりだったと、舞台裏を全て打ち明けたんだよ」

「舞台裏？」

　叔父さんは云いづらそうに一瞬口をもぞもぞさせる。

「……実はイルボラ様の祟《たた》りなんて最初からなかったんだ。全部、柳ヶ瀬君のでっち上げだったんだよ。もちろんイルボラ様の祠《ほこら》は実在するが、犬の石塊《いしくれ》は御神体とは無関係で、そもそも汐津さんが祟りだと脅した訳じゃなかったんだ」

話が唐突すぎて、最初は叔父さんの言葉が理解できなかった。きっと狐《きつね》に摘《つ》まれた顔をしていたに違いない。叔父さんは黙って俺が消化するのを待ってくれている。

「イルボラ様の祟りは全部柳ヶ瀬さんのでっち上げだったってこと？　でも、野犬とかは？」

ようやく呑み込めた俺が尋ねると、

「散歩の途中、裏山で自然死していた野犬を見つけたとき、今回のことが閃《ひらめ》いたらしい。こっそり自分の家の前に捨てて置いて、その夜、イルボラ様の祠に火をつける。そして山で御神体になりそうな手頃な石を拾ってきたあとは、汐津さんに脅迫されたたと僕に偽《にせ》の相談をする。そして僕と木之元君を見張りにつけ、屋敷を抜け出し凶行に及ぶ。それで何も知らない木之元君が柳ヶ瀬君は夜通し書斎にいたと証言すると、彼は完璧《かんぺき》なアリバイを手に入れたことになる。叔父さんだけならともかく、姉を殺された木之元君の証言は誰も疑わないだろうからね。……柳ヶ瀬君は僕を事後承諾で最初から巻き込むつもりだったんだ」

絞り出すような叔父さんの声。そういえば柳ヶ瀬のことを最初は伸ちゃんと呼んでいたはずだが、事件の後には柳ヶ瀬君に変わっていた。不思議だったのだが、こんな理由があったのか。

「汐津さんが、没落した逆恨みで復讐《ふくしゅう》しようとしたのは事実だよ。だけどそれは犬神の祟りなんかじゃなく、もっと現実的な方法だったんだ。彼は奥さんの聡子さんを寝取ったんだよ。元々女たらしだったからそんなに難しくなかっただろう。それを知った柳ヶ瀬君は、今度は自分が復讐の鬼になって、二人を殺したんだ。汐津さんが一階の奥さんを殺したあと柳ヶ瀬君も殺そうとするが、僕たちに警護されていることを知り手を出せずに家に帰って、後悔して自殺する——そういうプランだったんだよ」

おぞましい内容に圧倒されながらも、俺はなんとか頭の中で整理すると、

「じゃあ、どうして柳ヶ瀬さんまで殺されてたの？　誰が柳ヶ瀬さんを？」

「………」叔父さんは暫《しばら》く唇を噛《か》んでいたが、「柳ヶ瀬君に打ち明けられたとき、僕は殺人の片棒を担《かつ》ぐことは出来ない、すぐに警察に知らせるべきと自首を勧めたんだ。すると彼は、親友だろ協力してくれ、お金ならいくらでも払うからと訴え始めて。……悲しかったよ。親友に買収を提案されるなんて。柳ヶ瀬君にとって友情は金で買えるものだったんだとね。それでも僕が頑《かたく》なに首を横に振っていたら彼がいきなりつ

かみかかってきて、書斎でもみ合っているうちに足を滑らせた柳ヶ瀬君が後頭部をイルボラ様の石に打ち付けて絶命してしまったんだ」

叔父さんは片手で目を覆《おお》った。

「そうなんだ……」

本当に叔父さんはとことん運がない。

「もっと早く相談してくれれば、殺人なんか犯さずに平和裏に解決できる方法を一緒に考えられたのに。僕は気づかなかった。柳ヶ瀬君の苦悩にも、策謀にも。そのせいで奥さんや汐津さんだけでなく、柳ヶ瀬君自身も死なせることになってしまったんだ」

慚愧《ざんき》の台詞《せりふ》が次々と口をついてくる。俺は思わず視線を背けた。

「書斎で柳ヶ瀬君が死んだあと、僕は警察にありのままを知らせようかとも思ったけど、浮気された柳ヶ瀬君も可哀想《かわいそう》だし、何より聡子さんが殺された上に姦婦《かんぷ》の汚名まで着せられることになる。だから最後だけ柳ヶ瀬君の意を汲《く》んで、シナリオ通りに事を運ぶことにしたんだよ」

たとえ殺人犯であっても、友達を思う心を優先させたのだろう。いかにも叔父さんらしい優しさだ。

「でも、閂《かんぬき》は書斎の方から掛けてあって、叔父さんには無理だったんでしょ。やっぱり糸とか使ったの？」

真紀が必死で考え陽介がことごとく反論していた、教室の光景が思い出される。

「針と糸なんて、他人の家なんだから、どこに何が置いてあるのかなんて判らないよ。別にそんな難しいことはしていないんだ。まず寝室のドアを開け木之元君に顔を見せて、書斎の様子が訝しいって伝えたんだよ。それで木之元君が書斎の部屋を開けるまでに、寝室から書斎に入り内側から閂をかけたんだ。たぶん木之元君は義兄の部屋を問答無用で開けるなんてことはせず、最初は声を掛けたりノックをしたりするだろうから、それくらいの余裕はあると思ったんだよ。そしてドアを開けた木之元君が柳ヶ瀬君のもとに駆け寄っている隙に、出入り口近くの釈迦如来《しゃかにょらい》の立像《りゅうぞう》の陰からドアの前に出て、たったいま廊下から来た風に装《よそお》っただけなんだよ。月明りだけでは立像の陰に小柄な僕がいても気づきにくいし、木之元君は倒れている柳ヶ瀬君にばかり注意が行っていたから。予想通り木之元君は僕を、廊下からやって来たと勘違いしたんだ。ただ通報したあと、書斎に戻ってしまうと、警察が来るまでに隙を見て僕が閂を掛けたと誤解されそうだから、そのまま一階で待機していたんだよ」

「そうだったんだ」

説明されてみると簡単な原理だ。最初に叔父さんが寝室から顔を覗《のぞ》かせているので、書斎に隠れていたとは思いつきにくいのだろう。

「ただ、窓のロックを開けておいて汐津さんがそこから出入りしたと見せかけたんだけど、花壇のことは知らなくて密室事件になっちゃったけどね。もし僕がしたことで木之元君が疑われるようなら、将来ある若者のためにも正直に打ち明けるつもりだったんだけど。さっき聞いたところだと、どうも木之元君もずっと見張ってたと主張し続けることが自分に不利になると理解したのか、それともあまりに云われるので本気で錯覚し始めているのかは判らないけど、ゲームをしながらうとうとしていたかもと証言を翻《ひるがえ》したらしいんだ。それで犯人は汐津さんに絞られることになった。汐津さんには悪いけど、汐津さんが逆恨みで不倫を仕掛けなければこんな事にならなかったわけだし」

あまり他人を悪く云わない叔父さんにしては珍しい攻撃的な口調だ。それほど柳ヶ瀬と強い絆《きずな》を感じていたのだろう。

「……でもね。一昨日《おととい》の柳ヶ瀬君の葬儀の時に笑顔の遺影を見ていたらね、突然思い出したんだ。ひと月前に叔父さんが一度相談されていたことを」

「相談?」

「その時は他の仕事が忙しくて、内容を聞かず後回しにしてしまったんだけど、それがちょうど野犬が死んでたという日なんだ。もしかすると柳ヶ瀬君もその時はまだ迷っていたのかもしれない。もしあの日、僕が彼の話を聞けていたらと思うとね。きっとこんな不幸なことにはならなかったはずなんだよ」

最後の方は、叔父さんは明らかに泣いていた。鼻声になり、涙が両頰を経て顎《あご》にまで伝っていた。

「優斗。友達は財産だから大事にしなければいけない。真剣な相談をつまらないと笑っちゃいけない。そして友達が道を誤らないようにするのも、友達の役目なんだよ」

涙を溢《あふ》れさせながらも強い眼差《まなざ》しで俺に訴える。俺も黙って叔父さんを見返していた。少し泣いていたかもしれない。

「ありがとう、叔父さん」

俺は叔父さんの涙で湿った離れを出ると、すぐ陽介に電話をした。

あかずの扉

1

霧ヶ町では秋分の日とその前日、二日にわたり〝秋えびす〟という名の秋祭りが行われる。浜にある恵比寿神社の例祭で、正式には〝えびす祭〟というらしいが、年初の初えびすと区別するためか、町のほとんどの人間は秋えびすと呼んでいた。しょっちゅう更新が滞ることで有名な町役場のウェブサイトの観光のページにも〝霧ヶ町の秋えびす〟と明記されている。

霧ヶ町にはもう一つ大きな祭りがあり、それが十一月に行われる天神祭。こちらは同じく山側にある菅原《すがわら》神社の祭事で、どちらも江戸時代には既に行われていた伝統的な祭りである。

ただ、昔は秋えびすのほうが天神祭より盛大だったらしい。それは霧ヶ町が古くからの漁村で、恵比寿神社は豊漁の神様でもあるので重要視されていたからだ。

対して天神祭は水産加工場の従業員の増加やそれに伴う商業地の拡大などで、市街地が今のように山側に広がっていった時期に、規模が大きくなったらしい。恵比寿神社は商売繁盛《はんじょう》の神様でもあるので、山側の住人も秋えびすに参加すればいいのだが、昔から町内が浜地区と山地区で分かれていたのと、それぞれの有力者が祭りのスポンサーになっているため、地域の面子《めんつ》をかけ互いに競い合う情況になったようだ。

もちろん山側の住人も水産加工場で働き、逆に商業地の客には漁業関係者も多くいるので表だって双方がいがみ合うことはない。それに多くの住人、特に子供にとっては、面子など関係なしに、祭りの数は多い方がいいに決まっているし、盛大に催されることは願ったり叶《かな》ったり。なによりどちらも祭りの最終日は学校が休みになる。秋えびすは二日目が秋分の日なので元から休日だが、浜地区の子供たちで祭りの参加者は一日目から休みをもらえるのだ。子供にとって臨時の休みに勝る良薬はない。

だが以前、浜の人間に公式に学校を休めるのを羨《うらや》ましがると、学校に行くほうが楽だという答えが返ってきたことがある。秋えびすでは子供も囃子《はやし》や踊りに参加しなければならないらしい。たった一日の休みより、半月前から放課後に集められその練習をさせられるほうが苦痛だとか。たしかにそうかもしれない。

そもそも俺は寺の息子で神社の祭りとは縁がないし、浜と山のどちらの地区にも檀《だん》家《か》がいる。その意味では、今までのように観客気分で気楽に祭りを楽しめるはずだった。

「ちょっと頼まれてくれないか」

祭りの一週間ほど前。声を掛けてきたのは、同じクラスの尾谷勝久《おだにかつひさ》だった。一八〇センチ以上ある長身のバスケ部員。細長い手足に前歯が出た面長の顔から、オダホースとあだ名がついている。俺は普通に尾谷と呼んでいるが。中学が違ったので、校外で一緒につるんだりすることはないが、教室では普通に世間話をするタイプの友人だ。

その尾谷が頼み事をしてきたので、ノートでも見せろ程度のことかと思ったら、

「祭りの準備を手伝ってほしいんだ」

と、いきなり切り出してきた。尾谷の家は浜沿いで〝おだに旅館〟という宿屋を営んでおり、秋えびすの参加地区にあたる。なので尾谷が秋えびすの準備に忙しいのは判《わか》るが、

「でも、どうして俺に？」

先ほど云《い》ったように、尾谷とは中学も違い校外でのつきあいはない。彼は彼で浜の連中とよくつるんでいるからだ。

「いや、それがさ」

ちりちりとした短毛天然パーマの尾谷は、ちょっとばかり声を潜めて説明する。人形焼き
「この前、テレビでここの秋えびすが奇祭として紹介されたらしいんだよ。人形焼きは全国的に珍しいからな」

「そうなのか？」

逆に俺が驚かされる。秋えびすでは祭りの締めとして、夕方に地域ごとの船に棒を立て、それに人形を串刺《くしざ》しにして燃やしながら海岸沿いを競走する、人形焼きと呼ばれる行事が行われる。室町か戦国時代の海賊退治の故事に由来するものらしいが、似たような祭りは近隣でも行われていたので、ありふれたものとずっと思い込んでいたのだ。

「この地方だけの風習で、しかもその中ではここのが一番規模が大きいんだよ」

尾谷は前から知っていたようだ。彼が云うには、人形焼きのことは数年に一度の頻度で雑誌やテレビで紹介されるが、その年だけ、観光客が押し寄せるらしい。前回は八年前だったとのこと。つまり俺たちがまだ八、九歳の時だ。いつもより人が多かった気もしなくはないが、正直覚えていない。

「それでテレビのおかげで、予約で全《すべ》ての部屋が埋まってしまったんだよ」

嬉《うれ》しさを堪《こら》えるような笑みを湛《たた》え、尾谷は話す。

おだに旅館は、霧ヶ町にめぼしい観光地もないため、普段は少数の釣り客くらいで、大広間を宴会場やカルチャー教室として地元民に貸すのがメインになっていたらしい。それでも利用者は限られるので、いくつかの客室が物置状態のまま放置され、あかずの部屋になっていたようだ。

しかし、せっかく到来したバブルをみすみす逃すのはもったいないと、一念発起、あかずの部屋も開放することになった。その片付けのために人手がいるらしい。長年物置になっていたなら畳も相当傷《いた》んでいるだろうし、逆に出費が嵩《かさ》むだけじゃないかと尋ねたら、どうせ祭りの間だけだから、い草シートを敷いて誤魔化すらしい。とんだ悪徳旅館だ。

「でも、どうして俺に？」

「この大事な時期に親父《おやじ》がぎっくり腰になってしまってな。俺は囃子の練習があるし」

顔が長いせいか、少々もごもごした声で尾谷が答える。いや、違う。どうして俺を指名したのか訊《き》くと、

「斯峨の叔父さんの紹介だよ」

これでようやく話の筋が通った。おだに旅館では毎年、館内の中広間で人形焼きに

使う人形を作っているのだが、尾谷の父親がぎっくり腰になったこともあり人手が足りず、なんでも屋の叔父さんが祭りの手伝いに雇われたらしい。近隣の知り合いはみな祭りの準備で忙しく困っていたところ、叔父さんが俺の名前を出したという。

悪徳旅館のおだにのことだ。日雇いより高校生に頼んだほうが安上がりとふんで、飛びついたのだろう。

「頼むよ、バイト代ははずむからさ。放課後に二日来て、一日五千円でどうだ？」

浪花《なにわ》の商人《あきんど》のように、尾谷は勢いよく開いた右手を突き出した。

「五千！」二日で一万、魅力的な金額だ。「……まあ、俺も金欠だからバイト代には惹《ひ》かれるけど、何部屋もあるんだろ。たった二日でできるのか」

ブラック企業並みにこき使われるんじゃないか、それが心配だ。い草シートの件で、おだに旅館のイメージはそれほどに墜《お》ちていた。

「いや、さすがにもう一人くらい頼むつもりだけど。だれかいいやついないかな。俺の友達はみんな囃子に駆り出されてるし」

「誰か俺を呼んだかな？」

いつから聞き耳を立てていたのか、悪友の武嶋陽介が颯爽《さっそう》と割り込んできた。そして得意満面の笑みで、

「この前も店のお得意さんの引っ越しの手伝いをしてきたばかりだ。頼りになると思うぜ」

中学時代野球部だった陽介は、カッターシャツの半袖《はんそで》を肩までまくり上げ、これ見よがしに力こぶを見せる。

「おお、引き受けてくれるか。じゃあ、頼むよ二人とも」

「おい！」俺はまだ引き受けるとは云っていない。そもそも俺の家はバイト禁止なのだ。

「了解、了解。それでいつ行けばいいんだ」

陽介が俺の声をかき消しながら安請け合いする。

「明後日《あさって》と明明後日《しあさって》でどうだ？」

「大丈夫だよ。なあ、優斗」

リーダー気取りでぽんと肩を叩《たた》かれる。ここまで来ては今更渋るわけにはいかない。賃上げ交渉と誤解されるのは不本意だ。もともとバイトに心が傾いていたのは事実だし、俺も仕方なく「ああ」と頷《うなず》いた。

クラスメイトから頭を下げて頼まれた（ことにする）話だし、叔父さんの紹介でもあるから父も認めてくれるだろう。そういう計算が働いたというのもある。

ともかく今年の秋えびすは例年と異なり、末席ながら能動的に関わることとなった。

2

おだに旅館は海岸沿いの道に面したいわゆる海が見える宿で、四階建ての鉄筋コンクリート製の建物の二階と三階が客室、最上階は展望温泉風呂《ぶろ》になっていた。昔は、木造二階建ての宿屋だったが、二十数年前に新しく建てたらしい。当初は、ひなびた町に似合わない豪華な展望温泉が話題になり、けっこう繁盛したようだ。展望温泉といえばおだに旅館と、県内全域で知られるほどに。まだバブル真最中だったこともある。ただ、長引く不況と少子化があいまって近年は客足も全く揮《ふる》わなくなったらしい。それはおだに旅館だけではなく霧ヶ町全体に当てはまることなのだが。

不況ぶりを象徴するかのように、目の前に建っているビルは海風にやられ、壁も屋上の看板も見るからに傷んでいた。改装するにも元手がないのだろう。これも町ではよく目にする光景だ。

約束の日の放課後、陽介と旅館のロビーに入ると、既に尾谷が待ち構えていた。隣には同じく面長で天パーの四十代の男が立っている。尾谷の父親だった。父子《おやこ》そろって馬面《うまづら》だ。

「今日は、わざわざありがとうね」

仙人が持つような味のある杖《つえ》をつきながら、腰が曲がった尾谷父は笑顔を浮かべて出迎えてくれた。

「せっかくのかき入れ時に、本当に人手が足りなくて困ってたんだ。かといってよく知らない人に頼むのもね。その点、勝久の友達なら安心して任せられるよ」

「大船に乗った気持ちで任せてください」

褒められたことに気をよくしたのか、陽介が鼻を飛び越え額から抜けるような声で請け合う。なるほど、それでは俺も大船に乗ったつもりで、作業の大半を陽介に任せることにしよう。

「これは頼もしい」尾谷父はますますヒヒンと破顔すると、「それじゃあ、早速頼むとするかな。場所は今から案内するから」

「よろしく頼むよ。詳しいことは母さんが説明してくれるから。俺はこれから集会所に練習しに行かなきゃならないんだ」

集合時刻が過ぎてしまったのに、俺たちが来るまで待ってくれていたのだろう。尾谷は「じゃあ」と片手を上げて背を向けるやいなや、足早に廊下の奥へ消えていった。

「着いた途端、ばたばたして悪いね。おーい、由貴《ゆき》。勝久の友達が来られたぞ」

するとパタパタと廊下を駆ける音とともに、奥から和服に身を包んだ、小柄な中年女性が現れた。尾谷の母親らしい。丸顔で彫りが浅く、包容力がありそうなおっとりとした顔つき。つまり尾谷は父親似のようだ。

尾谷母は「ごめんなさいね。勝久が急に頼んじゃって」容貌《ようぼう》とは対照的に、しゃきしゃき切れのいい口調で頭を下げる。背筋がピンとしているのがいかにも旅館の女将《おかみ》っぽかった。

「肝心なときにこの宿六がぎっくり腰になっちゃって。お客様が少ないから普段は私たち二人で切り盛りしてるんですよ。おまけにこの人が欲をかいてい草シートを発注しちゃったあとだったから、元を取らなきゃいけなくなって。祭りの当日には手伝いが来てくれるんだけど、今はどこも忙しくて」

思いの外のマシンガントーク。俺たちが面喰らっていると、尾谷父は苦笑いを浮かべながら、

「おいおい、それくらいでいいだろう。あまり帰りが夜遅くなると二人の親御さんにも悪いし、そろそろ片付けに取りかかってもらわなきゃな。説明は女将がしてくれるよ」

よろしく頼むねと軽く頭を下げたあと、よたよたと杖をつきながら尾谷父はホール横のフロントカウンターに戻っていく。予約を締め切ったあとも電話が鳴り続け、断るのに忙しいのだとか。食材の注文なども含め、電話番が尾谷父の役割らしい。ちなみに当日は、尾谷父がぎっくり腰を押して料理を作るのだとか。

「それじゃあ、二階に案内するわね、ええと……」

「武嶋です。そしてこちらが斯峨です」

陽介が代表して俺たちの紹介をする。

「斯峨って、ああ、あんたがお寺さんの」

「はい。次男ですけど」

尾谷は檀家《だんか》ではない。ただどこでも寺を嗣《つ》ぐのか修行はしているのかと訊かれるので、先手を打って次男だと自己紹介するようにしている。

「ほんと、あんたたちを紹介してくれて助かったわ。人形作りの合間に旅館の手伝いもしてくれるから本当に斯峨さんには感謝してるのよ」

「それはよかったです。そう云《い》っていただけて、叔父さんも喜んでいると思います。人の笑顔を見るのが一番嬉しいと常々話してますから」

俺は今までが嘘《うそ》のように饒舌《じょうぜつ》に答えた。叔父さんが褒められるのは、自分が褒められるより嬉しかったからだ。

「いい叔父さんね。正直今まではなんでも屋ってちょっと胡散臭《うさんくさ》い気がしてたのよ。ごめんなさいね。でもこれからは手が足りないときにはいろいろ頼むことにするわ」

「それはありがとうございます」

叔父さんに代わり俺は頭を下げた。なんでも屋が胡散臭いと思われているのは事実だが——なにより兄である俺の親がいまだにそうなのだ——叔父さんは誠実な仕事ぶりで着実に顧客の数を増やしてきている。これでまた一人お得意さまが増えたことに、俺は鼻高々だった。

「それじゃあ、私の後についてきてね」

尾谷母はぺたぺたとスリッパを鳴らしながら二階の奥まった部屋に俺たちを案内した。端から四部屋が、今日明日で俺たちが片付けなければならないあかずの間らしい。三階ではなく二階なのは、見晴らしを考えて下の階から潰《つぶ》していったとのこと。あかずの間の荷物を別棟の納屋《なや》まで運ばなければならない上に、エレヴェーターがないので、二階なのは俺たちとしても願ったり叶ったりだった。

入り口の戸を開けると狭い靴脱ぎ場があり、襖戸《ふすまど》で奥の居室と仕切られている。襖を開けると十二畳はある和室が現れた。立派な床の間や海が望める広縁もある。今は、埃《ほこり》っぽい上に火鉢や扇風機、コタツなど、本来なら納屋に入っていなければならないものが、部屋に押し込められていた。自分も、聴いたあとのCDや読んだ本を机の上に無造作に重ねていつの間にか山積みになっていることがあるが、それのスケールアップ版といった感じだ。いわば横着の集積場。俺も自室が何部屋もある大尽だったならば一部屋くらいあかずの間になっていたかもしれない。

「幸か不幸か、この二日はお客さんがひとりもいないのよ。平日だし、祭りの準備で釣り船も休んでいるからね。だから人の目を気にせずに荷物を運び出してくれていいわよ」

手短かに作業の指示をしたあと、尾谷母はそう補足する。

「了解しました」

尾谷母と波長が合ったのか、もとから調子に乗りやすい陽介は、敬礼をしながら力強く答える。そのうち唾《つば》を飛ばしながらイエスマムとでも口走りかねない。

ともかく、女将が去り、俺たちの二日間の荷運びバイトが始まったのだった。

＊

一日一部屋、二日で二部屋。二人いれば合わせて四部屋。実際は二人がかりで運び出した荷物もあったが、とりあえず初日は順調に進み七時半に作業は終了。迎えた二日目も恙《つつが》なく終えられそうだった。

「よお、優斗。がんばってるか」

錆《さ》びた金庫を納屋に放り込んだ帰り、ホールの前で叔父さんに出会った。叔父さんは他の人と一緒に一階の中広間に籠《こ》もって人形作りの作業をしているので、仕事中はほとんど顔を合わす機会がない。とはいえ同じ建物にいるので、今のようにすれ違うことは何度かある。

俺たちは夜になると仕事は終わりだが、叔父さんは夕食後にまた仕事を続けるらしい。特に追い込みのためか、旅館に泊まり込みで、あかずの部屋の隣の部屋が叔父さんの宿泊場所に当てられていた。作業は布に綿を詰めた人形を作るだけなのだが、外見だけでなく、すぐに燃え尽きたり船の上に燃え墜ちたりしないように、いろいろ細かい作業が必要らしい。仕上げに人形の表面に薄い泥を塗るらしく、特にそれが一番大変だとか。泥塗りに失敗すると、スタートと共に燃え尽きる羽目になるとか。

作業しているのは、叔父さんの他には、女将の尾谷母。尾谷母の妹で手伝いに来ている観音寺《かんのんじ》礼子《れいこ》。彼女は三十前で、山地区の人間らしい。姉に似た優しそうな表情の持ち主で、言葉遣いは姉と違い見かけ通りのおっとりしたものだった。姉妹のギャップに「私もここに嫁ぐまではこんな感じだったのよ。旦那《だんな》の甲斐性《かいしょう》が無いせいで」と尾谷母は強弁していたが、隣の尾谷父は苦笑いしながらもこっそり首を横に振り否定していた。

そしてもう一人は、奥実《おうみ》秀夫《ひでお》という三十半ばの男だった。奥実家は浜の名士で、秋えびすの大スポンサーでもある。秀夫は傍系の入り婿《むこ》なのでそれほど偉い立場ではないが、奥実の系列会社の役員に名を連ねている。彼の家はここから二区域ほど離れた所だが、祭りを盛大に執り行いたい奥実本家が、おだに旅館の窮状を聞きヘルプにと寄越したらしい。そのため尾谷たちとはほとんど面識がないようだった。

そのうえ寡黙《かもく》でまじめな人間らしく、昨日一緒に差し入れを食べたときも、ぼそっとした声で簡潔な受け答えをしただけで、自分からはほとんど喋《しゃべ》っていなかった。とはいえ、叔父さんの話では、作業は手を抜くことなくきっちりするそうである。

「秀夫さんのところは奥さんが怖いから」

と、冗談ともつかない表情で、叔父さんは耳打ちしてくれた。同じ役員でも、奥さんのほうが役が上で、典型的なかかあ天下らしい。そもそも真面目《まじめ》で従順なところを見込まれて入り婿になったとか。

「奥実の中でもいろいろ争いがあるからね。強くないと冷や飯を食わされるんだよ。まあ、ここの女将がたくましいのと同じ理由だよね。女はどこでも逞《たくま》しいんだよ。優斗も覚えておいたほうがいい」

いまだ独身を貫いている叔父さんがいくら訳知り顔で云っても、なんの説得力もなかったが。まあ、それはともかく、

「もうへとへとだよ」

叔父さんについ愚痴ると、いつもと同じよれよれの書生姿の叔父さんは、

「あと少しだから、最後の一踏ん張りだよ。若いんだし。それにバイト代がたんまりもらえるんだろ」

叔父さんの紹介なんだから、金額も知っているのだろう。

「まあね。叔父さんには感謝してるよ。親父《おやじ》も叔父さんの口添えがあったから認めてくれたようなものだし。実は、ちょっと入り用があって困ってたんだ」

「それはよかった。入り用って何に使うんだい？」

「それは秘密かな」

俺がはぐらかすと、叔父さんもそれ以上詮索《せんさく》することなく、

「ところで、それはなんだい？　えらくハイカラだけど」

俺の尻《しり》ポケットから突き出ている手帖《てちょう》に視線を向けながら尋ねてきた。叔父さんが気にするのも当然で、それはピンクとレモン色を基調としたパステル調の手帖で、俺が愛用するような代物《しろもの》ではなかったからだ。

「いや、さっき納屋の前で拾ったんだよ。誰かが落としていったんだろうけど」

手帖は表紙が淡いレモン柄の厚手の合皮製で、裏から表紙にかけてピンクの帯が伸び、ロックできるようになっていた。といっても鍵《かぎ》がかかるわけではなく、金属のつまみでただ閉じられているだけだ。それでも普通の手帖に比べればかなり堅牢《けんろう》な印象だ。

中を確認しようと俺がつまみを開けようとすると、

「開けるのは止《や》めたほうがいいな」

慌《あわ》てて叔父さんが制止する。

「でも、中を見ないと誰のものだか判らないし」

「他人の手帖の中を見るのはあまりよくないな。特に女物だしなおさらだよ。たとえこちらに悪気がなくても、見られて気持ちが良いものじゃないからね。落ちていたのが納屋の前なら落とし主も限られるし……たぶん礼子さんのものじゃないかな。女将さんのものにしてはちょっと若いしね」

気遣うような口調で、叔父さんがそう推理する。たしかに尾谷母には似合わないかもしれない。もちろん尾谷や尾谷父、奥実秀夫もだ。となると叔父さんの言葉通り礼子のものなのだろう。

「礼子さんは今日はもう帰っちゃったけど、明日また来るから、代わりに叔父さんが渡しておくよ。優斗は明日は来ないいんだろ」

「それじゃ、お願いするよ。叔父さん」

叔父さんが掌《てのひら》を出したので、俺はその上に手帖を載せた。

「任せなさい。叔父さんはなんでも屋だからね。もちろん優斗相手に料金はとらないよ」

「当たり前だよ。落とし物を拾った側なのに、手数料まで取られたら割に合わない」

「そりゃあ、そうだな。優斗の拾い損だ」

ツボにはまったらしく、叔父さんはハハハと大笑いしながら手帖を懐《ふところ》に入れた。

「それで、叔父さんのほうはどうなの。何とか出来上がりそう？」

「まあ、祭りには間に合いそうかな。その代わり今日明日は突貫作業になりそうだけどね」軽く溜息《ためいき》が洩《も》れる。「何しろ僕たちの中で一番詳しい尾谷さんがぎっくり腰でリタイアしちゃったからね。奥実さんのヘルプがなければ、本当に間に合わなかったかもしれないよ」

口調こそ軽いが、叔父さんの目の下にはうっすらと隈《くま》が出来ている。トレードマークのぼさぼさ頭もいつもよりかは萎《な》えている気がする。そのままぺたんと頭皮につきそうなほどに。

「あと二日だし、がんばってね」

さっきとは逆に俺が応援すると、

「そうだな。幸い、尾谷さんのご厚意で展望温泉はいつでも入れるようになっているから、合間合間にリフレッシュさせてもらってるよ。今日も昼休みに一度入ったし。

優斗は昨日は入ったのか？」

温泉好きの叔父さんは途端ににこにこ顔になる。この辺も可愛《かわい》い。

「もちろんだよ。今日も作業が終わったら入る予定だし。でももったいないね。あれだけいい眺めなのに普段はお客さんが来ないなんて」

とはいえ、地元民の俺にしても入るのは初めてだ。地元だからというのもあるかもしれないが、このバイトがなければ一生縁がなかった可能性もある。

「こういう小さな町の情報は、それこそメディアで紹介されない限り、誰も知ることはないからね。今年の秋えびすはテレビのおかげでかなり賑《にぎ》わいそうだから、これを契機に活気づくといいんだけど」

「そうすると、結果的に叔父さんの仕事も増えるもんね」

「そういうことになるかな」

輝かしい未来を想像したのか、ほくほくしながら叔父さんは踵《きびす》を返して中広間へと戻っていった。

さあ、ラストスパートだ。叔父さんの後ろ姿を見送りながら、俺は自分の両頬を張り、気合いを入れた。

*

作業は昨日と同じ夜の七時三十分に終わりを告げた。汚れた畳の上にい草シートをピン留めしリフォーム完了。あかずの四部屋も、一応他の客室同様のレヴェルにまではなったが、やっぱりシートが安っぽいので、客がリピーターになってくれるかは微妙なところだ。そもそもテレビによる秋えびすのにわか景気が、来年以降も続いてくれる保証はどこにもないが。

「二人ともありがとうね。本当に助かったよ。あとはお風呂に入って汗を流していってよ。旅館のバイトなのに汗だくのまま帰したとなったら、親御さんに恥ずかしいからね」

二日分のバイト代が入った封筒を手渡ししながら尾谷母はそう云った。

「云われなくても喜んで入らせてもらいますよ。俺、ここの温泉のファンになりましたから」

陽介が隣で調子よく返事をしているが、あながち間違いではない。

「嬉しいこと云ってくれるね。展望温泉はうちの自慢だから。心ゆくまで浸《つか》って、あとでみんなに宣伝しておいてね。昼は日帰り湯もやってるし」

ちゃっかりしてるなと思いながらも、気分がよかったのは事実だ。

「もちろんクラスの連中や家の客にもきっちり話しときますよ」

陽介が安請け合いすると、

「それは頼もしいわ。ともかく二日間ありがとうね。本当に助かったわ。中広間にお菓子が置いてあるから、昨日みたいに湯上がりに食べていけばいいわ。でも全部ポケットに入れちゃダメよ」

冗談混じりに再び礼を述べて、尾谷母は一階に戻っていった。後ろ姿が見えなくなると、俺たちは我先に封筒に入っていた一万円札を取り出した。自然と顔がほころぶ。

「これで一万円はラッキーだよな」

ほくほく顔の陽介。俺とて例外ではない。二日にわたる荷物運びといえども、放課後五時からなので、実質五時間、時給二千円のバイトだ。本来ならこの町の高校生では、丸一日かけてもなかなか稼げない額だ。その上仕事の疲れも展望温泉で癒《い》やせばほとんどチャラだ。むしろおつりがくるくらい。

「温泉に行こうぜ」

しばらく諭吉先生を眺めていた俺たちだったが、やがて大事に財布に仕舞うと四階の展望温泉へと向かった。


展望温泉はワンフロアのほとんどを男風呂と女風呂で分けあっているので、旅館の規模と比べてかなり広々としている。古びた戸を開けると、目の前に目隠しの竹垣が現れ、その竹垣で仕切られた小道が五メートルほど右手に続き、竹垣の切れ目、その緩いスロープを左に折れた先に浴場が広がっていた。

浴場は大小二つの湯船で構成されており、右手前には浴場の三分の一ほどを占める大きな湯船、左奥には小さな湯船がある。大きな湯船の向かい、左手の壁に沿ってカランが並んでいる。また浴場の奥一面はガラス張りになって、特に小さな湯船から海が望めるようになっている。残念ながら日が既に暮れているので、今は灯台と遠くの工場のライトくらいしか見えないが、夕方なら右手から迫る岬が夕陽に映えるため、ひとかどの絶景になるだろう。

二つの湯船はどちらも白濁した掛け流しの温泉で、ごつごつした石組みの浴槽には温泉らしく湯ノ花がこびりついている。右手前の大きな湯船は普通の浴槽だが、左奥の展望窓に面した小さいほうには左壁面から高さ二メートルほどの滝が流れ落ちていて、打たせ湯になっている。昨日は陽介と二人交互にこの打たせ湯で、滝修行遊びを飽きるまで繰り返していた。

これら二つの湯船に囲まれるように右奥の窓際《まどぎわ》には、小綺麗《こぎれい》な方形の庭が中島のように設《しつら》えられており、背の低い松の木が枝を伸ばしていた。松のすぐ前には子供位の大きさの焦茶色《こげちゃいろ》をした庭石が石碑のごとく置かれている。

勢いよく大浴槽に飛び込み「疲れた〜」とおっさん臭い大声を上げながらくつろいでいた陽介だが、やがてにんまりした表情になると、

「これでゲーム機が買えるぜ」

と呟《つぶや》いた。バイトの話が来る前から陽介は新しく出た携帯ゲーム機が欲しい欲しいと口走っており、昨日もこれで買えると嬉しそうにしていたが、バイト代が支給され

た直後とあってその言葉には昨日までとは違う実感がこもっていた。

「お前は本当にゲームが好きだな」

陽介の向かいに腰を下ろしそう尋ねると、

「ほっとけ。こんな町じゃそれくらいしか楽しみはないんだよ。優斗と違って彼女もいないしな」

陽介は今までの純朴な笑みとは違う、いやらしさを含んだ笑顔でにやりとすると、

「お前はバイト代を真紀へのプレゼントに使うんだろ？」

「なんだよそれ」

図星を指されたので、つい感情が表立って、声が荒っぽくなった。

「だって真紀の誕生日って十月の頭だろ」

対照的に陽介は落ち着いた口調。名探偵にでもなったつもりなのだろう。

「お前って、その手のは鋭いのな。普段は何も考えてなさそうなのに」

「誰がだ。それより何にするのかはもう決めたのか？」

「余計なお節介だよ」そう口に仕掛けたが、思い直すと、「何がいいと思う？」

逆に陽介に尋ねてみた。実際のところ、何を買おうか迷っていたのだ。

「俺に訊くのかよ。……まあ、真紀はサプライズが好きそうだからな。本人に訊くわ

けにもいかないか」

　陽介はざばっと両手を湯から出し、頭の後ろで組む。そして中学の時、部活で鍛えまくった胸を見せびらかす。実際、陽介には筋肉に対してフェチ的な部分が多分にある。きっと脳みそも筋肉製のはずだ。

「ネックレスとかどうだ。誕生石とか入っているとプレゼントっぽくなるだろう？」

「ネックレスか。悪くないな。……で、十月の誕生石ってなんだ？」

「たしかオパールじゃなかったか」

最初は覚束《おぼつか》なげに答えていたが、すぐに「オパールに間違いない」と断言する。

「オパールか。お前、妙なモノに詳しいな」

「当たり前だ。いつ彼女が出来てもいいようにいろいろ努力してるんだよ」

どうだとばかりに、陽介が再び胸を張る。男の胸を見ても何のときめきもないので俺は目の前の湯を掌《て》で掬《すく》い、陽介にぶっかけた。

「とはいえ、俺にはデザインの善《よ》し悪《あ》しまでは判らないからな。男の俺より、明美に訊けばいいんじゃないか？　東京で暮らしてたからセンスもその辺の女子よりいいだろうし」

　何の気なしに陽介が口にする。だがすぐに気づいたように、

「いや、だめか」

と取り消した。その口調があまりに訳知り顔だったので、

「どういう意味だ？」

「いや……お前、明美ともデキてるんだろ」

「な、なにを」

思わず俺は立ち上がった。

「やっぱりそうだったか」

湯気の向こうで苦虫をかみつぶしたような表情の陽介。

「カマを掛けたのか？」

「まあ、カマといえばカマだが、お前らを見ていればなんとなくな。お前は気づかれてないと思っているのかもしれないが、端から見れば丸わかりだ」余裕の態度で高説を垂れたあと、「もちろん真紀も勘づいているんじゃないのか」

恐ろしいことを口にした。

「まさか……」

「俺と真紀、どちらの方が鋭いと思う」

「真紀……だな」

力なく俺は湯船に身を埋《うず》めた。熱いはずの湯が急に冷たく感じる。

「まあ、余計なお節介かもしれんが、どちらを選ぶにせよ早くしたほうがいいと思うぜ。三角関係が縺《もつ》れてお前が殺されたりしたら、泣くに泣けないからな。悲しすぎて逆に笑ってしまうかもしれん」

「物騒なことを口走るなよ」

笑えない冗談だ。俺の顔も引きつっていたに違いない。ついこの前も不倫が原因で殺人事件が起きたばかり。不況のせいか、この町も昔に比べると殺伐としている。

「しかし羨《うらや》ましいぜ。俺も彼女が出来ないかな。両手に花とか贅沢《ぜいたく》云わないから」

浴場の天井に向かってぼやく陽介。エコーがかかりなおさら厭味《いやみ》に聞こえる。とはいえ事実なので仕方ない。

「ゲームばかりしてるからオタクと思われてんじゃないのか?」

「マジか!」

心底厭そうな顔をする。陽介はゲーム好きではあるがアニメには興味がない。なので一般的な意味でのオタクではないが、女子から見ればゲームオタクもオタクと一緒くたにカテゴライズされる可能性がある。

「ゲームを捨てればモテるかもしれないぜ」

意趣返しに追い打ちを掛けてやると、

「いや、俺には無理だ。ゲームを失ったら、このつまらない町でどうやって生きていけば良いんだよ」

「大げさだな。でも、やっぱりお前もずっとこの町に身を埋めるつもりなのか？」

「埋めるって言葉は好きじゃないな。……まあ、大学に行く金もないし。それより、その口ぶりだと優斗も大学へ行かずに町で働くのか？」

初耳とばかりに驚いた表情をしてみせている。

「何を今さら。俺は別に他に行く宛《あて》もないし。きっと、その他大勢と同じようにこの町で地味に就職してそのままだよ」

「どうだか。俺には、優斗のほうがふらっと町から飛び出して行きそうに見えるけどな」

「俺が？ まさか」

生まれてこの方、この霧深い町に縛りつけられて生きてきた俺が？

「行く宛もないと云うことは、留まる宛もないってことだよ。お前の叔父さんみたいにな、ふらっと」

最後に陽介は余計な一言を足した。

「確かに叔父さんは好きだけど、俺にはあんな自由な生き方は出来ないよ」

「凄《すご》いリスペクトだな。お前くらいだぜ、あの叔父さんをそこまで称賛してるのは」

湯気が充満する浴場に、陽介の呆《あき》れ声が綺麗に響く。

「みんな叔父さんの良さを知らないだけだよ」

「そうなのか？」

陽介は納得がいかない様子だったが、無理に反論はしてこなかった。俺が叔父さんを大好きなことは陽介もよく知っていたからだ。

「話が戻るけど、俺も真紀や明美とは友達だからな。みんな仲良くしてほしいんだよ」

よっこらせ、と年寄り臭いかけ声とともに陽介は湯船から出ると、シャワーに向かい身体《からだ》を洗う。

「今日は滝修行はしないのか？」

「止めとくよ。昨日楽しんだし。それに結構疲れてるんだ」

たしかに二日連続ということもあり、俺の身体も疲労が蓄積している。騒がずにのんびり浸かるのが吉だろう。実際体力で勝る陽介は俺よりたくさんの荷物を運んでくれていた。

「それに俺は元々烏《からす》の行水だしな。昨日はちょっとはしゃぎ過ぎたくらいだ」

周囲に泡をまき散らしながら頭を洗った陽介は、俺と入れ違いに湯に軽く浸かったあと、そのまま竹垣の裏にある脱衣場へと向かっていく。

「下の休憩所で待ってるよ」

「ああ」

シャワーの前で身体を洗い終えた俺は、そう応《こた》え湯船に戻る。ガラガラ、ピシャンと入り口の扉が開け閉めされた音が聞こえてくる。

途端に静かになった浴場で、俺は足を伸ばしながら陽介の忠告について考えていた。叔父さんのことではなく、三角関係のほう。鼻唄《はなうた》一つ歌う気にはなれない。とはいえ急に突きつけられた刃《やいば》に対して、まともに思考が働くはずもない。楽観的な予測はまさに独りよがりの願望に過ぎなかったことを知らされたのだ。もちろん全《すべ》ての責任は俺にある。

五分ほど悩んでいただろうか。大きく溜息を吐《つ》き、湯から上がる。悪酔いしたように、足許《あしもと》が一瞬ふらついた。俺は竹垣の小道を片手で伝いながら抜け、脱衣場に戻った。脱衣場には既に陽介の姿はない。有線の音楽だけが静かに流れている。言葉通り休憩所に下りて行ったのだろう。

おだに旅館の四階は展望温泉で男女の入り口が隣り合っているが、階段を降りた三階には二部屋分ほどの広さの休憩所があった。そこは男女共用で、湯上がりに涼んだり休息できるようになっている。壁際にはジュースの自販機やマッサージチェアがいくつも並んでおり、俺たちが展望温泉に来るときも、尾谷父が痛めた腰を癒やすためマッサージチェアの番人と化していた。

木造のロッカーから下着を取り出し、シャツとパンツをはいたところで、タオルを中に忘れてきたことに気づいた。借りたものなので放っておいても片付けてくれるだろうが、立つ鳥跡を濁さず。取りに戻ろうと浴場のドアをガラガラと開けたとき、ぼしゃんと何かが湯船に落ちる音が聞こえた。重量感のある結構はっきりとした水音だった。

誰かいるのか？

しかし俺は浴場で一人だったはず。他に入り口はないので、入って来ようがない。女風呂かとも思ったが、分厚い壁で区切られているので音がこうはっきりと聞こえてくるはずもない。

侵入者？　それとも幽霊？

とりあえず中腰で空手の構えのまま、スロープを降り中を覗《のぞ》く。もちろん空手など習ったことはない。見よう見まねだが水音はあの一回だけで、その後は聞こえてこなかった。ただ打たせ湯の滝の音だけが浴場内に響いている。

湯気が籠もっているので見通しは悪い。ちょうど霧ヶ町に霧が降りたときのように。のぼせ気味だったので幻聴だったのかも。そう思いながら、ちらと滝のほうに目を向けたとき、白濁した水面に何かが浮かんでいるのが確認できた。

恐る恐る近づくと、それは服を着た大人の男だった。薄い水色の半袖《はんそで》のシャツにスラックス。靴下は穿《は》いていない。服はびしょ濡《ぬ》れで、うつぶせになって浮かんでいるので顔は判らなかった。服に見覚えがあるのだが、誰のだっただろう。陽介や叔父さんでないことは確かだ。身体の周囲には細かい土粒が浮かんでいる。

悲鳴を上げたいのをこらえ更に近づいたとき、男の身体は吸い寄せられるようにすっと滝に近づき、落ちてくる水の反動でくるっと半回転し身体が上向きになった。そして顔を、俺のほうに向ける。

奥実秀夫だった。

まじか……。腰が抜け尻餅《しりもち》をつきそうになったが、何とかこらえるとにかく外に出た。下着姿のまま這々《ほうほう》の体《てい》で脱衣場を飛び出すと、階段を降りる。降りた先は休憩所だが、そこのマッサージチェアには陽介が呑気《のんき》にくつろいでいた。

「どうしたんだ、そんなに血相変えて」

俺の顔つきにさすがに尋常ならざるものを感じたのだろう。瞬時にマッサージチェアから身を起こす。

「人が死んでるんだ。一緒に来てくれ！」

「お……おう」

生返事で陽介が立ち上がる。まだ、様子が呑《の》み込めていないようだ。当然だ。俺だって訳がわからないのだから。ただ本能的に、一人より二人のほうが安心できると判断しただけだ。

ともかく二人で脱衣場まで戻ると、浴場の扉を開け放って来たためか、湯気が侵入していた。

「本当に人が死んでいるのか？」

少しばかり落ち着きをとりもどした陽介が確認する。声が震えているが、震えたいのは実際に死体を目にした俺のほうだ。

「ああ。間違いない」

スロープを降り中を覗く。小浴槽に近づくと、先ほどと同じ姿で奥実の死体が浮かんでいた。

「死んでるじゃないか！」

「だからそう云っただろ！」

だだっ広い浴場に俺たちの声が反響する。傍からだとコントにしか見えなかったかもしれないが、

「一一〇番しないと」

陽介が携帯を取り出そうとする。

「あ、携帯は休憩所に忘れてきた！」

「俺の携帯ならロッカーに入ってる」

「その前に尾谷さんに知らせないと」

「そうか。でもこの死体をこのまま放っておくのか？」

「どう見ても死んでるし、お前これに触れるか？」

「そうだな……」

俺たちは顔を見合わせると、ひとつ唾《つば》を呑み込んだあと慌てて一階まで駆け下りた。まさに脱兎《だっと》のごとく。

3

警察に電話をかけたのは受付にいた尾谷の父親だった。当然ながら最初は信じようとしなかったが、ぎっくり腰をおしてなんとか四階まで上って俺たちの言葉が正しいことを確認すると、泡を喰って通報した。そのショックで腰が治ればよかったのだが、案の定悪化したらしい。

俺は死体を見たのは初めてだった。おそらく陽介もそうだろう。今まで陽介が聞き込んでくる話や、叔父さんが体験した話から耳では知っていたが、やはり目にするのとでは全く違う。なにより、ほんの少し前まで生きて動いているところを見ていたのだ。それが魂が抜けた骸《むくろ》となって浮いている。もはや人間ではない。一生目にしなくてもよかったくらいだ。

そのあとに続いた警察の事情聴取も、一生体験せずに済むならそうしたかったものだった。

威圧感がある刑事たちが淡々と事情を訊《き》いてくるのが妙に怖かった。感情を全く顔に表さず、質問をし、時に言葉尻《ことばじり》を捉《とら》えてこれまた静かな口調で尋ねてくる。一応口では、事件に遭遇してしまった哀れな目撃者のように気遣ってくれているが、隠しきれない鋭い目つきが、やはり俺を疑っているんじゃないかと、身に覚えもないのにもかかわらず不安になる。

ところが陽介は「やっぱ刑事はスゲーな」と、褒めているのか嫌がっているのか判《わか》らない、変な感想を述べていた。


「なあ、俺たち疑われてるのか？」

朝の教室で先に登校していた陽介に耳打ちしてみた。陽介もさすがに気づいていたらしく、「だよな」と神妙な顔で頷《うなず》く。

「だってお前が脱衣場に戻った隙《すき》に、いきなり奥実さんの死体が現れたんだろ。それも服を着たままで。聞いた話だと、あの展望温泉、脱衣場以外から中に入ることは無理らしいぜ」

陽介の家はスナックをやっているので、この手の情報が早いのだ。地元の人間はもとより県都から来た記者なども、ほろ酔い気分で陽介の母親や姉にネタを落としていってくれる。まさに人の口に戸は立てられない。

「それじゃあ、どうやって殺されたんだ？」

「さあな。頭を殴られて死んだらしい。後頭部に鈍器で殴られた痕《あと》が一つ残っていたってよ。凶器は見つかっていないようだけど」

「いや、そういうことじゃなく、どうやって死体がいきなり目の前に現れたのかってことだよ」

とはいうものの、刑事には訊かれるばかりで何も教えてもらえなかったので、撲殺されたというのも実は初耳だった。

「さあな。だから俺たちが疑われてるんだろ。場所が後頭部だから、被害者が浴場で足を滑らせて湯船の縁に頭をぶつけた可能性も警察は考えているらしいんだが、状況がどうみても事故じゃないからな。万が一頭を打った勢いで小さいほうの湯船に入ってしまったとしても、俺たちが風呂《ふろ》に入っている時間、ずっと沈んだままとは考えられないし。ただ警察が事故を考慮に入れているのには理由があって、俺たちが展望温泉に入ろうと休憩所を通ったとき、尾谷の親父《おやじ》さんがマッサージチェアで横になっていたじゃないか」

「挨拶《あいさつ》したから覚えているよ」

「尾谷の親父さん、腰があれだから七時十五分からずっとマッサージチェアのお世話になってたらしいんだ。そして俺たちが通ったのがだいたい八時前。で、その五分ほど前に奥実さんが階段を上っていったって云《い》うんだ。そして俺が湯から上がって戻ってくるまで、そのあいだ誰も通らなかったって」

陽介の話では、先に着替えを済ませた彼が休憩所に下りて行ったとき、気を利《き》かせたのか、入れ替わるように尾谷父はマッサージチェアから離れ下に降りていったらしい。それが午後八時二十分頃。そして代わりにマッサージチェアに身を沈めた陽介の元に、俺が血相変えて飛び込んで来たのが八時三十分少し前。

また休憩所から展望温泉へ向かう階段は一つしかなく、浴場へ行くには必ず休憩所を通らなければならない構造らしい。つまり七時十五分から八時三十分までの約一時間は、俺と陽介、そして被害者の奥実以外は出入りしなかったことになる。そのため警察は、自分で足を滑らせ、その後三十分あまり、何か特殊な事情で浴槽に沈んだままになっていたと考えてもいるようだ。

「でも、仮に事故だったとしても、服を着たままで浴場に入ったのか？」

「靴下を脱いでいたから、入浴とは別の作業をするつもりだったのかもしれない。失《う》せ物を捜すとか。靴下はズボンのポケットにねじ込んであったらしいよ」

「でも、ずっと沈んでいるなんて芸当ができるものなのか？　そりゃあ、事故のほうが俺も変に疑われずにすむからありがたいけどさ」

「警察もまだどっちつかずみたいだしな。でももし殺人だとしても同じ問題が生じるんだよ」

家族の身に降りかかったことなので、陽介一家もよほど根掘り葉掘り聞き出したのだろう。今回陽介がもたらした情報はいつも以上に詳細だった。

「たとえば、尾谷の親父さんが休憩所に来る前に誰かが先に浴場に入ってて後から来た奥実さんを殺し、俺たちが入っているあいだ、どこかに隠れてたってのは？」

脱衣場の木製のロッカーは壊れたままのあかずのロッカーもあるため、誰かが先に使っていても正直、俺たちは気づかない。

「あの浴場には隠れるところはないんだよ」陽介が断言する。「掃除道具なんかは脱衣場においてあるから、浴場に小部屋はないし、それに誰かが隠れていられるだけの死角もない。いくら湯気でぼんやりしていたからといって、人が潜んでいたらさすがに判る。隠れられるとすれば松の木か庭石の陰だが、松はそこまで太くないし、庭石も子供くらいの大きさしかないし、そもそも松のすぐ前に置いてあるから隠れられるスペースがない。そりゃあ温泉の湯は白く濁ってるから小さな浴槽の底にイモリのようにへばりついていたら気づかないかもしれないが、俺たちが二十分以上入っていたあいだ、ずっと息を止めているわけにもいかないだろ」

「本当にあなたたちがやったわけじゃないのね」

突然割り込んだ声に振り返ると、いつの間にか背後に真紀が立っていた。隣には明美もいる。熱中するあまり、知らず知らず声が大きくなっていたようだ。教室を見回すと、誰もがこちらに聞き耳を立てている。

いつもと違い、今回は俺たちも事件の関係者だ。しかも死んだのが傍系とはいえ霧ヶ町の名士、奥実家の一族なのだ。気にするなというほうが無理だろう。

「当たり前だろ」

ひそひそ話のほうが余計に興味をかき立てそうなので、大きな咳払《せきばら》いのあと、俺はやじ馬たちにも聞こえる声で、はっきりと云った。

「そもそも奥実さんとはほとんど話したこともないのに。人を殺人狂かなにかみたいに云うなよ」

「悪かったわね」

むしろ声を掛けてきた真紀のほうが、周囲を気にするように小声になる。

「じゃあ、やっぱり優斗の叔父さんじゃないの。あのなんでも屋の」

失礼にも真紀は何かというとすぐ叔父さんを疑う。叔父さんを庇《かば》おうと声を上げかけた俺だったが、実際「ところがさ」と落ち着いた声で説明したのは陽介だった。

「ところがさ。俺、仕事が終わる前に叔父さんと喋《しゃべ》ってるんだよ」

「お前が？」

「ああ、あれは最後の荷物を運んだ帰りだったけど。お前の叔父さんてあかずの部屋の隣で寝泊まりしてるだろ。それで運び終えて叔父さんの部屋の前を通ったとき、どすんて何かが落ちる音がしたんだ。で、中を覗いて叔父さん大丈夫ですかって声を掛けたら『大丈夫、大丈夫』って。どうも部屋に持ち込んでいた人形のパーツが崩れたらしい。それが七時二十分だったな。ラストスパートだったからよく時計を見てたんだ」

　陽介は、高校入学祝いに姉から貰《もら》ったという自慢の腕時計をかざしてみせた。

「じゃあ、七時二十分に部屋にいた叔父さんは展望温泉に行けないことになるな」

　なにせ、七時十五分から、尾谷父が休憩所に居座っていたわけだから。

「なんだ、そうなの」

　真紀が残念そうな声を上げる。本当に失礼だ。彼女じゃなければぶん殴っていたかもしれない。彼女じゃなければ……つい隣の明美に視線が移った。明美は薄く微笑《ほほえ》んでいるだけで表情からは何も読み取れない。もとからクールビューティではあったが、無表情すれすれ。そういえば最近明美のこんな表情をよく見ることに気づく。

とはいえ、あまりまんじりとも見ていられない。俺は慌《あわ》てて視線を陽介に移すと、

「あとは尾谷と尾谷のお母さんだけか」

「尾谷は俺たちが死体を発見した八時半にちょうど囃子《はやし》の練習から戻ってきた。友達の居残り練習につきあって、いつもより三十分ほど遅くなったらしい」

その尾谷は学校を休んでいる。そもそも学校どころではないだろう。展望温泉で殺人事件が起きたため、おだに旅館は予約のキャンセルが相次いでいるのだ。事件が起こるまでは嬉《うれ》しい悲鳴だったのが、今は正真正銘の悲鳴を上げている真っ最中だ。

「それで尾谷のお母さんは八時前に俺たちにバイト代を渡してくれたわけだし、妹さんのほうは七時から家で親と一緒に食事をしていたらしい。だから誰にも殺人なんて無理だったんだよ。尾谷さんは店の常連だから、俺の母親も気にしてるんだ。殺人じゃなく事故だって警察が早く発表してくれれば、キャンセル客もいくらか戻ってくるんじゃないかって」

「たしかにな。それにせっかくあかずの部屋を綺麗にしたのに、いくらバイト代は貰ってるとはいえ無駄骨に終わるのはちょっとな」

まあ、あのい草シートはやめて、きちんと畳を替えたほうがいいとは思うが。

「じゃあ、やっぱり事故なのかな」

願望も込めてそう呟《つぶや》くと、

「でも、沈んだまま三十分も浮いてこないってことがあるの？」

馬鹿《ばか》にするように真紀は俺を見た。最近は『キアニア』というアメリカの刑事ドラマに嵌《は》まっているらしく、右親指の腹を唇に当ててまねをしている。赤ん坊みたいでとうてい知的にも格好よくも見えないのだが、よく云われるイケメンならOKというやつだろう。

「でも、それは殺人だった場合も同じだしな。万が一親父さんが犯人だったり居眠りしていたとしても、優斗が脱衣場にいるあいだに服を着た死体が現れたのは間違いないんだから。……それでさ、考えたんだけどさ」

陽介は目をらんらんと輝かせながら、

「犯人は袋に土を詰めて土嚢《どのう》にしてそれを死体に括《くく》りつけたんじゃないかな」

「土嚢？　土嚢が発見されたのか？」

「いや、小浴槽の底から土が少し見つかっただけだよ。庭の土らしい。俺たちが見たときも少し浮いていたけど、かけ流しだからほとんどが排水口に流れたみたいで、最初、どれだけあったのかは判らないようなんだ。だからもしかすると、死体を沈めておけるだけの土が袋詰めになっていたのかと思ってな」

「で、その袋はどこに行ったの？　わかる？」

　真紀がイケメン刑事の物まねで睨《ね》めつける。もしかして今まで探偵の物まねで陽介に先を越されてたのが悔しかったのか？　そう勘繰りたくなるほどの連発ぶりだ。

「オブラートみたいな溶ける袋か、そうそう、トイレに流せる厚手の紙布巾《かみふきん》があるじゃないか、あれで袋を作ったんだよ。犯人はずっと女湯に潜んでいて、俺たちが尾谷の親父さんを呼びに行った隙に抜け出したんだよ」

「どうしてそんなものをわざわざ用意しているわけ？　犯人は優斗たちをびっくりさせたかっただけなの？　それに優斗が忘れ物を取りに戻らなかったら無人の浴場でひっそり浮かんでいたわけでしょ。意味が無いじゃない」

　真紀がこてんぱんに論駁《ろんばく》する。伝聞情報を喋っていたときは優秀な記者だったが、推理を述べ始めた途端、ポンコツになってしまった。その辺りいかにも陽介らしい。

「そうだ。俺は浴場のドアを開けたとき、何かが水に落ちるような音を聞いたんだ。あれは絶対に死体が浮かび上がるような音ではないはずだ。それはどう説明するんだ？」

「なんだよ、優斗まで。知らないよ、そんなもの」

　陽介はあっさり音を上げた。そればかりか、

「じゃあ、犯人はどうしたんだよ」

逆ギレ気味に声を荒らげるが、当然答えは誰も持っていない。みんなが口を閉ざしたとき、始業のチャイムが教室に鳴り始めた。

明美は終始無言だった。

4

祭りの二日目、俺は人の流れに逆らってローカル線で市へと向かった。

昨日の帰り際《ぎわ》、陽介にアクセサリーの手頃な店を教えられたのだ。もちろん陽介が行きつけなわけもなく、姉から聞いたという。持つべきものは親友だ。

真紀の誕生日までは一週間以上あるので、買い出しは今週末でもよかったのだが、なんだか祭りに行く気分にはなれなかった。それならむしろ市まで出て気晴らししたほうがいい。去年は真紀が祭りに誘ってきたのだが、展望温泉でのことがあって、今年は気を遣ってくれたようだ。ありがたい。

行きがけに離れを覗くと、せっかく夜鍋《よなべ》で作っていた人形が騒動の影響で間に合わなかったせいで、叔父さんは激しくしょんぼりしていた。可哀想《かわいそう》な叔父さん。いつもなら励ましに行くのだが、今回は俺も余裕がない。

ぐわんぐわんとエンジン音をがなり立て、各駅列車で小一時間揺られた先の三セクの終点。ＪＲとの乗換駅である市駅で降り、駅前の繁華街へと向かう。霧ヶ町に比べると遥《はる》かに賑《にぎ》わっているが、県内では三番手くらいの地方都市にあたるので、不況の余波で以前に比べれば活気がなくなっている。行く行くはここも霧ヶ町のように沈下するのだろうか。となると大きな買物は県都まで行かなければならなくなるが、県都は市からですら電車で二時間近くかかる。優斗にとっては人生でまだ一度しか行ったことがない、未知の沃野《よくや》だ。

地図を片手にアクセサリーショップの前に立つ。大人の宝飾店ではなく、いかにも女子高生や女子中学生が入りそうな、ピンク色をした賑々しい構えの店だった。女子向けのファンシーなキャラクターグッズもやたら目につく。

「こんな所に入るのか……」

念のため商店街をしばらく歩き回ったが、あるのは高級宝石店とこのファンシーショップだけで、中間のちょうどいい店はないようだ。

真紀のためだ。意を決して店の中に入る。休日とあって客は多く、ほとんど若い女ばかり。男もいるがみな女連れで、ひとりで来ているのは俺だけだった。

今さら気にしても仕方がない。表情を無にしてオパールのネックレスを探す。ショーケースに目を滑らせながらようやく目当てのものを見つけたとき、明美も似たようなものをよくつけていることを思い出した。そういえば明美も十月生まれだ。しかも明美のは親からもらったのか、今日の前にある俺が買える額のネックレス群よりワンランク以上高級そうだった。プレゼントなんて最終的には気持ちだが、同じオパール同士だとその差が目立ってしまう。さすがの俺でも、それはヤバいと脳内のセンサーが警鐘を鳴らす。

ショーケースの前で躊躇《ためら》っていると、「優斗」と声を掛けられる。顔を上げると、すぐ隣に白地のシャツに蜜柑色《みかんいろ》のカーディガンを羽織った明美が立っていた。水色のスカートに右手にはクリーム色のバッグを手にしている。

「どうしたんだ?」

俺が目を白黒させていると、

「優斗こそ、こんなところでどうしたのよ」

と、質問で返された。思わず「いや」と口ごもる。客観的に見れば、ネックレスの前でひとり考え込んでいる俺のほうが変だ。

「そういえば、もうすぐ私の誕生日だけど、もしかしてそれを選ぶために」

明美が目を輝かせる。唇の隙間からきらっと白い歯がこぼれた。俺は視線を下に向けると、

「ごめん……真紀のなんだ。十月頭が誕生日で」

その瞬間、背中から大量の汗が流れ出る。

「知ってたわよ」

抑揚のない声で明美は表情を元に戻すと、強引に俺の腕を摑《つか》んだ。

「選ぶのを手伝ってあげる」

「いや」と俺は足で制動をかけた。さすがに俺もそこまで能天気じゃない。

「意地っ張りね。……じゃあ、一緒にお茶しましょ。そうしたら今日は許してあげる」

耳許《みみもと》で明美が囁《ささや》く。猫の肉球で頬を撫《な》でられたような蠱惑《こわく》的な声だった。他に選択肢はない。仕方なく俺は一旦《いったん》店を出て近くのファミレスに入った。明美は不満そうだが気づかないふりをする。間接照明の落ち着いた喫茶店より、賑やかなところのほうがベターだと思ったからだ。

俺はアイスコーヒー、明美はミルクティーを頼んだ。あまりの偶然に最初は明美に尾行されたのかと疑ったが、数人しかいないローカル線の車内に明美の姿はなかった

はずなので、本当に偶然なのだろう。しかしとんだ偶然だ。

「優斗は選ぶの?」

クレイダーマンが細々と流れる明るい店内で、注文したあとも俺は明美の視線から逃げながらずっと黙っていた。年輩のウェイトレスがドリンクを運んできたのを機に、明美が口を開く。

「そうだな」

「煮え切らない返事ね」

顔を上げると、明美がじっと見つめていた。怜悧《れいり》な瞳《ひとみ》だった。怖くて、奥までは覗き込めない。

「私ね。転校してきたとき、優斗に再会できて嬉しかったわよ」そう云ってミルクティーに口をつける。「真紀とつきあっているという噂《うわさ》を聞いたけど、実際見て、すぐに違うなと思ったの。だから私にも脈があるかなと」

「違う? というか真紀とつきあっていることを知って俺に?」

「だから云ったでしょ。違うって。真紀は優斗の彼女じゃないし、優斗は真紀の彼氏じゃない」

謎《なぞ》めいた言葉を明美は投げかける。

「優斗はさすらい人なのよ」

「なんだよいきなり。何のことだか、俺には全然解《わか》らない」

俺は激しく首を振った。彼女の言葉は咎《とが》めるふうでも決めつけるふうでもない。むしろ優しく包み込む。それがなおさら苛立《いらだ》たせる。

「私には解るわ。似ているもの。優斗はまだどこにも居場所を作りたくないの。いずれ優斗も気づくはずよ」

明美は言葉を重ねるが、それは逆に理解を遠ざけるだけだった。

「俺が町に埋もれたくないから真紀とは釣り合わないと云うのか。……もし俺が真紀を選んだら、明美はどうするんだ？」

「卑怯《ひきょう》な質問ね。二股《ふたまた》をかけたのは優斗のくせに」

「ごめん」

「まだ謝らなくてもいいわ」明美は空のカップをソーサーに置くと、「約束通り今日は解放してあげる。あと一つだけアドヴァイスしてあげるわ。トルマリンがいいんじゃない」

「トルマリン？」

「トルマリンも十月の誕生石よ」

「そうなのか？」

明美はそれには答えず、ただ薄い笑みを浮かべてすっと席を立った。自分で確認しろということだろう。

数分おいてファミレスを出た俺は、再び店に戻りネックレスのコーナーに向かった。確かにオパールの横にトルマリンのコーナーがある。十月の誕生石はオパールだけだと思い込んでいたので気づかなかった。

神秘的で落ち着いたオパールと違い、トルマリンは小粒でガラスっぽいがきらきらと輝いている。二十分ほど吟味したあげく、俺は一つのネックレスを選んだ。シンプルだが、中央に行くに従い輝きが強くなるデザインのものだ。真紀の趣味とは合わないかもしれない、ダサいとボロカスに云われるかも知れないが、俺が真紀に似合うと思い、それを選びたかったのだ。

ネックレスを手に家へ戻るころには日が暮れかけていた。入れ違いにちょうど叔父さんが軽トラで出かけるところだった。エンジンがぶるんぶるるんと不安定に唸《うな》っているが、いつものことなので これが常態なのだろう。訊くと、おだに旅館のヘルプだとか。

朝早くに警察が事故死と発表し、そのおかげで今日のキャンセル客がいくらか戻ってきたらしい。

「人形は無理だったけど、お客さんが戻って来て本当に良かったよ」

運転席から顔を出した叔父さんは、他人事《ひとごと》なのに心からの笑顔を浮かべて喜んでいる。こういう所が叔父さんのいいところだ。

「優斗はもう秋えびすから帰ってきたのかい。これからが人形焼きの本番なのに」

「いや市まで行ってきたんだよ」

「市まで？」

「ああトルマリンを買いにね」

「オパールじゃなくトルマリンのネックレスにしたんだ。まあどちらも十月だしね」

市の高校に通っていただけあって、さすが叔父さんは誕生石にも詳しい。

「うん、俺にはこちらの方が真紀に似合うと思えたから」

「いいんじゃないか。優斗がそう思うのなら。優斗が決めるのが一番大事だからね」

そう云い残して叔父さんは、ぶるぶるるるんと調子外れな音を響かせて旅館へ車を走らせた。

5

夕食後、気になることがあり俺は陽介に電話をかけた。

「どうしたんだ?」

携帯の向こうからは、怪訝《けげん》そうな陽介の声が聞こえてくる。普段遊ぶ約束は学校でするので、こんな時間に連絡することは少ないからだ。スナックはもう開店していて、陽介はひとり二階で夕食をとっていたらしい。

「手短に頼むよ。俺も手伝わなければならないから」

祭りはみんなの心や懐《ふところ》を緩めるので、陽介の店も大漁になる。一本釣りが、二晩だけ地引き網で客を掬《すく》い獲《と》るようなものだ。そのためもうすぐ陽介も厨房《ちゅうぼう》に入るらしい。

「奥実さんの事件、事故ってことになったんだってな」

「ああ、そうらしいな。俺たちが入る前に転んで頭を打って即死して、湯船に落ちたらしいぜ。なんでも滝に打たれて死体がくるくる回転していると、下方向に推進力がついて真下に沈み込むことがあるらしい。流体の何とかの原理なんだそうだ。普通はすぐにバランスがずれて浮上するんだが、たまたま安定状態にはまり込むと水中に沈み込んだまま回転し続けることがあるらしいんだってよ。実際、山ではそれが原因で溺死《できし》する人もいるとか。それがたまたま俺たちが入っている時に起こり気づかれなかったんだってさ。偉い先生がそう結論づけたらしい。俺は文系だから、その辺の理屈はよくわからないけどな。まあ、たまたまなんだってさ」

「じゃあ、湯船の土は？　俺が聞いた水音は？」

「知らないよ。水音は聞き間違いじゃないのか。のぼせてたんだろ、お前。土のほうは、尾谷の親父《おやじ》さんがぎっくり腰で数日間掃除がおざなりになってたから、庭の土が風で流れ込んだままになってたんじゃないかって。朝方は一度上部の窓を開け換気するみたいだから。まあ、俺もどうかと思うところはあるけど、ともかく事件はこれで決着がついたらしいよ」

陽介は電話越しにも拘《かか》わらず声を潜めると、

「なんだか奥実の本家から事故死にしてくれと要望があったらしいんだ。死んだのが脇筋《わきすじ》の婿《むこ》養子だし、殺人事件で変なスキャンダルに発展するよりも、不幸な事故ってことで穏便に済ませたかったみたいだぜ。祭りを台無しにするのも奥実の面子《めんつ》に関わるしさ。ほら、警察って名士や議員に弱いだろ。だから早急に事故の発表をしたらしい」

「そういうことか」

なんとなく合点がいった。

「まあ、それで尾谷んところの客も戻ったみたいだし、みんな良かったんじゃないか」

他人事のように陽介は締める。これにて一件落着。まあ俺にしても死体を発見した縁があるだけで、死んだ奥実秀夫とはほとんど面識がない赤の他人なのだが。

「そういや、事件、いや事故以来叔父さんに会った？」

「なんだそりゃ？」意外な質問に面食らっているのが、声だけでも伝わった。「俺は会ってないぜ。あれからおだに旅館にも一度も行ってないし」

「……いや、何でもないんだ。悪かったな、夕食の邪魔をして」

携帯電話を切りかけて、俺はもう一つ訊きたいことが増えたのを思い出した。

「あと一つだけ」

「なんだ？」

「事故の日、バイトが終わる前にお前、叔父さんに声を掛けたって云ったよな」

「ああ、叔父さんの部屋を覗《のぞ》いたときのことか」

陽介の呑気《のんき》な声が帰ってくる。

「あの部屋って入り口の戸を開けると靴脱ぎ場があって日本間との間が襖戸《ふすまど》で仕切られてるよな。その中まで覗いたのか。それとも襖が開いていたのか」

「いや、襖は閉じてたよ」

「じゃあ、叔父さんの姿は見なかったんだな。それは本当に叔父さんの声だったのか？」

「ん？　お前の叔父さんとは花見以来だから断言はできないけど、叔父さん以外に誰があの部屋で返事をするんだ？」

「それはそうだな。長々と済まなかったな」

今度こそ電話を切ると、俺はベッドに横になった。頭を整理したかったが、全然落ち着かない。やがて表門の方から聞き慣れたエンジン音が聞こえてきた。部屋の窓から顔を出すと、叔父さんの軽トラだった。軽トラは離れの裏に消え、すぐに離れに照《あ》かりが点《とも》った。

＊

「ねえ叔父さん」

早速押しかけると、仕事の直後だろうに、叔父さんは快く俺を迎え入れてくれた。はやる心を抑えながら俺が尋ねる。

帰ってすぐに寝るつもりだったらしく、座卓は隅に立てられ、部屋の中央には煎餅《せんべい》布団《ぶとん》が敷かれていた。まだ服の着替えまでは至っていなかったようで、いつもの書生姿のままだった。

「どうしたんだい、優斗」

普段より間延びしていて、ちょっと眠そうな口調だ。まだ九時過ぎだがそれだけ仕事がハードだったのだろう。

「ごめん。寝るところだったら、また明日にするよ」

「いいよ、いいよ。気を遣わなくて。子供は大人に余計な気遣いなんかするもんじゃない。それにこんな時間に来たということは、優斗にとってよほど大切なことなんだろ」

包容力に満ちた笑みで、叔父さんはそう云ってくれた。布団を二つに折り、座卓を真ん中に置く。

「……うん、一つだけどうしても訊きたいことがあったんだ」

「お茶、呑《の》むかい」

「ありがとう。……ねえ、叔父さん」

「ん？」

お湯を急須《きゅうす》に注ぎながら、叔父さんが顔を上げる。

「どうして叔父さんはオパールのネックレスのことを知ってたの？　あれは陽介にしか話さなかったんだよ。陽介は事件以降叔父さんに会ってないっていうし。それに陽介に相談したのは事件のあった日の展望温泉でだけなんだ」

俺は覚悟を決めて尋ねた。すると叔父さんは照れたように頭をかきながら、

「そうか……ばれちゃったか。いや、盗み聞きするつもりは全然なかったんだけど。悪かったね。でも安心して、もちろん誰にも話さないよ。商売柄、僕は口が堅いから」

叔父さんはぽんと自分の胸を叩《たた》く。

「まあ、それはいいんだけど」

既に明美には知られているし、誕生日には公然と真紀の手に渡っているものだ。吹《ふい》聴《ちょう》されて困る人はいない。

「叔父さんがどこにいたのかなと思ってね。陽介が説明してくれたけど、あの浴場には隠れる場所がないらしいから」

「なんだ、そのことか」叔父さんはほっと胸をなで下ろす仕草をすると、「それなら簡単だよ。石になってたんだよ」

「石？」

「そう、浴場の庭には松の木の前に茶色い庭石が一つあっただろ。子供くらいの大きさの。叔父さんは濡《ぬ》れた身体《からだ》のまま背中いっぱいに庭の土をつけて石のふりをしていたんだよ。湯煙もあって、運良く優斗たちには気づかれなかったようだけど」

「全然気づかなかったよ。叔父さん、凄《すご》いね。三十分近くも石みたいにじっとしていられるなんて。でもそれで俺らの話が筒抜けだったのか」

俺が褒めると、いやあ、と叔父さんは恥ずかしそうに照れる。可愛《かわい》い。

「なんでも屋の依頼の中には、ずっとじっとしていなきゃいけない仕事もあるからね。詳しくは話せないけど。それに比べれば湯煙と滝の音で多少は誤魔化せるから、だいぶ楽だったよ」

「でもどうして石なんかに。やっぱり奥実さんの件と関係があるの？」

すると叔父さんは小さな溜息《ためいき》をひとつ吐《つ》いた。

「ああ。それがいろいろ間の悪いことが重なってさ」

「間の悪いこと？」

「どこから話せばいいかな」

　叔父さんはしばらく思案したあと、押入の下段をごそごそしだした。與五の旅行カバンを脇にどけ、奥からパステル調の手帖《てちょう》を取り出す。

「これ、覚えているかい」

「俺が拾ったやつだよね。まだ返してなかったの？」

「それがさ。どうもこの手帖が原因らしいんだ。刑事さんに訊かれたんだけど、あの夜、七時二十分頃かな、僕の部屋で物音がして、陽介君が声を掛けてきたことは知ってるかい」

「うん、さっき電話で確認した。陽介は叔父さんの姿を見てなかったって」

「そう、実は秀夫さんがこの手帖を捜していたんだよ。僕が風呂《ふろ》に入っている隙《すき》を狙《ねら》って。おそらく優斗が僕に手帖を渡すところを目撃したんだろうね。目立つ柄だし、誰もが持っているものではないからね。それで襖の内でとっさに僕のふりをしたようなんだ」

「じゃあ、この手帖は奥実さんのなの」

　真面目《まじめ》そうな人物だったので、このカラフルな手帖はかなりのミスマッチだ。

「いや、違うだろうな。それなら家捜しなんかせず直接僕に返してくれと云えばいいわけだから。ともかく手帖は部屋になかったんだ。間が悪いことに僕が懐に入れたまま脱衣場まで持ってきちゃったから。で」と叔父さんはいったん言葉を切って、注いだお茶で喉《のど》を潤《うるお》したあと、「部屋を捜し回った挙げ句にその可能性に気づいた秀夫さんは、優斗たちが温泉に入るちょっと前に四階まで来たんだ。それを尾谷さんが見ていたんだろうけど。だけど脱衣場のロッカーの錠は下りてて、鍵《かぎ》は僕の左手にあるわけだから、手帖を取り戻せない。それで秀夫さんは靴下を脱いで浴場の叔父さんのところに怒鳴り込んできたんだよ。手帖を返せってね」

「叔父さんは手帖を返したの？」

「いや、凄い剣幕でそれどころじゃなかったよ。秀夫さんのかと訊いたら違うらしいし、中を見ずに礼子さんに返すといっても信用してくれないし。こちらも持ち主以外に手帖を渡すわけにもいかないから押し問答で困っていたら、埒《らち》が明かないと踏んだのか、秀夫さんが僕の左手の鍵を奪い取ろうとしたんだよ。とっさに避《よ》けたんだけど、その瞬間秀夫さんが足を滑らせて、ごつごつした湯船の縁に後頭部を激しくぶつけたんだ」

痛ましい過去を振り返るように、叔父さんの表情が哀《かな》しみ一色になる。

「本当に間が悪い事故だったんだね」

俺は心から同情したあと、

「でも、どうしてそれが石になることに?」

「最初は、どうせ事故だし秀夫さんを放っておいてそのまま逃げだそうかと思ったんだよ。でもやっぱり警察に通報したほうがいいのか少し迷っているうちに、優斗たちが喋りながら脱衣場に入って来たのが聞こえたんだ。あの状況で、優斗は事故と信じてくれるだろうけど、世間はどうだろう。特に秀夫さんは奥実家の人間で真面目で知られている人だ。なんでも屋の僕は分が悪いなと気づいたんだ」

たしかに、浴場に他に誰もおらず、裸の叔父さんと服を着た奥実の死体だけなら、町の人間は動機はともかく叔父さんが殺したと決めてかかるに違いない。なにより面子を重んじる奥実の本家が、叔父さんを無理矢理にでもしょっ引かせるだろう。

「それにね」と叔父さんはしんみりした口調になると、「僕が疑われるだけならまだいいんだけど、そうなると身の証《あかし》を立てるためにこの手帖のことを話さなければならなくなる。僕は中を見ていないから単なる想像なんだけど、おそらくこの中には秀夫さんと礼子さんの関係が書かれているんじゃないかな」

「不倫ってこと?」

「たぶんね」と叔父さんは静かに頷《うなず》く。「二人とは何日も一緒に働いていたから。二人を見ていたらなんとなく判《わか》ったんだよ。全くの他人じゃないなって。本人たちは上手《うま》く隠しているつもりだったんだろうけど、ちょっとした視線のやりとりに親密さが感じられたりして」

似た台詞《せりふ》をついこの前、当の温泉で陽介から告げられた気がする。

「でも秀夫さんは入り婿で恐妻家だからね。浮気がばれたら奥実どころかこの町、いやこの地方一帯からたたき出されかねない。秀夫さんの両親や兄弟もいろいろ口さがなく云われるだろうし、礼子さんのほうも後ろ指を指されてしまう。だから奥実さんは必死になって取り戻そうとしたんだろうけど。もし僕が事情を説明するために手帖を警察に渡してそれらを全《すべ》て明るみに出したら、秀夫さんの名誉はもとより、生きている礼子さんにまで累《るい》が及ぶのが目に見えていたからね」

やっぱり叔父さんはすごい。そんな時すら他人のことに気遣いできるなんて。

「それで石のふりをして俺たちをやり過ごそうとしたんだ」

「他にやりようがなかったから。結果的に上手くいってよかったけど」

ぼりぼりと叔父さんは頭を掻《か》く。

「でも俺たちが入っていた間、奥実さんの死体はどこに隠しておいたの？」

ずっと俺たちの頭を悩ませていた問題だ。いや、俺たちだけでなく警察もそうだ。

結果、謎の原理で滝の下でくるくるしていたことになった。

「庭石を上から載せて滝の下に沈めておいたんだよ。で、庭石があった場所で叔父さんが庭石のふりをしたんだ。見た目より軽い石で助かったよ」

「そうなんだ」

説明されてみれば、簡単すぎてあっけなかった。湯が白濁しているから、たしかに近づかない限り気づかないだろう。

「じゃあ俺が戻ってきたときに聞いた水音は？」

「優斗が脱衣場に行ったから安心して、秀夫さんに載せていた石を元に戻し、滝で背中の土を落として、さて脱衣場の様子を窺《うかが》おうと思ったら、いきなりガラッと戸が開いたから、慌《あわ》てて手近な大きな湯船のほうに潜ったんだよ。その音だろうね。幸い優斗はすぐに出て行ってくれたけど、もう少し長くいられたら僕は我慢できなくて顔を水面から出してたかもしれないな。海女《あま》の訓練は受けてなかったし。ともかく優斗が陽介君を呼びに降りている隙に、ロッカーのカゴごと抱えて女湯の脱衣場に飛び込んだんだよ。すぐに優斗たちが戻ってきたから間一髪だったね。それで慌てて着替えて、優斗達が一階の尾谷さんに知らせに行っている間に自分の部屋に戻ったんだ。尾谷さんはぎっくり腰ですぐに上がってこれないから時間に余裕があったしね。もしこれが女将《おかみ》さんなら、途中で優斗たちと鉢合わせになったかもしれなかったよ。あと、まだ風呂に入っていないことにしなきゃいけないから、髪を乾かすのが大変だったな」

「なんか、いろいろぎりぎりだったんだね」

話を聞いているだけでも、叔父さんの慌てぶりが目に浮かぶ。苦笑しながら俺が労《ねぎら》うと、

「優斗たちが打たせ湯に来てたら、すぐにバレちゃってたからね。万事が奇跡的にうまくいったけど、きっと礼子さんや秀夫さんをこれ以上不幸にしてはいけないと、神様も手を貸してくれたんだよ」

「仏様じゃないんだ」

「あ、しまった。兄さんに叱《しか》られるな。そうそう、仏様が手を貸してくれたんだよ」

弱々しく嗤《わら》いながらも、叔父さんの視線は目の前の手帖に注がれている。ピンクのバンドで閉じられた淡いレモン色の手帖。

「この手帖は礼子さんに返さないの？」

すると叔父さんは、無言で頷き、丁寧に押入の奥に戻した。そして俺のほうに向き直ると、

「どうやって返しても、礼子さんは秀夫さんとの関係を知る人間が存在することを知

ってしまうだろうからね。それならずっとロックをしたまま、僕が責任を持って保管しておこうと思ってね……あかずの扉は開けないほうがいいんだよ」

叔父さんの寂しげな呟きが、古びた木目の天井に小さく消えていった。

藁《わら》をも摑《つか》む

1

鬱々《うつうつ》とした霧が今日も町を覆《おお》っている。

冬の霧は手先に顔に首筋にと、露出した皮膚に執拗《しつよう》にまとわりつき身体《からだ》を冷やす。嫌がらせ以外のなにものでもない。例年より早い初雪から三日後。路上の雪が溶けきる前に、二度目の雪が霧ヶ町に降り積もった。そのため真新しい雪を踏み込むと、その下の凍った初雪に足をとられそうになる。すぐ脇《わき》をチェーンを巻いた車が激しく行き交っているので、車道側に転べばそのまま昇天しかねない。まさに命がけの雪中行軍。

通学路沿いでは早朝から玄関の雪かきをしている年寄りも何人か見かけた。雪がひどくなると屋根の雪下ろしもしなければならなくなるが、幸い霧ヶ町では五年前を最後に死人は出ていない。

「知ってるか、霧ヶ町鉄道が廃線になるかもしれないってよ」

教室の窓際《まどぎわ》のヒーターに素足をかざし暖を取っていると、既に靴下を乾燥し終えた陽介が話しかけてきた。

「鉄道が？」

霧ヶ町鉄道は市から霧ヶ町まで延びるローカル線で、元は国鉄の赤字路線だったが、三セク化されて三十年近く経《た》つ。市へ通学する朝夕の高校生以外は乗客もまばらだ。日中は車内に運転士以外に人がいない事も多い。終点の霧ヶ町駅も朝夕しか駅員がいない。駅前も街の中心部から少し外れているため、簡素なロータリーと個人商店が二軒ほど並んでいるだけ。うらぶれた駅舎同様にサビや傷《いた》みが目立つ店舗だった。それゆえいつ潰《つぶ》れても訝《おか》しくない状況ではあったが。

「じゃあ、市の高校へ通学している連中はどうするんだ？」

「バスを増発するらしい。なんでも駅舎を潰してバスターミナルにするらしいぜ」

俺は市へ遊びに行くときは主に鉄道を使っていた。バスの方が少し安い上に所要時間も短いが、海沿いをトコトコ走るディーゼル車の方が広々として乗り心地が良かったからだ。もちろん乗客が増えればその限りではない。

「バス通学か……面倒臭そうだな」

市の進学校に行く学力も気力もなかったが、霧高を選んで正解だったと俺は安堵《あんど》した。そもそも市まで通学するには、今より一時間以上早く起きなければならない。

「結局、乗って残そうとかいう運動は実らなかったわけね」

背後から真紀が割って入った。真紀は一緒に登校してきたが、臭いからと〝乾燥会〞には参加せず自分の席に避難していたのだ。用意周到に小洒落《こじゃれ》た長靴を履いているので、足も濡《ぬ》れてはいないのだろう。

「そりゃあそうだよ。発起人の議員ですら車で県庁まで陳情に行ってたからな。どこまで本気だったか」

まるで自分が目にしたかのように陽介がぼやく。きっと店の客の愚痴をそのまま口にしているだけだろう。

「大人は車に乗るもんな。鉄道がなくなるのか……」

この町と市を繋《つな》いでいた大動脈が消える。今ひとつ実感が湧《わ》いてこないが、一本の線路で繋がっていた道が途切れることに、またひとつ出口を塞《ふさ》がれたような重苦しさを感じる。

もちろんまだバスがあるが、そのバスさえこれからどうなることか。昔は霧ヶ町から山間部の村落にバス路線が伸びていたが、今は曜日毎《ごと》に振り分けられた福祉バスや予約制のジャンボタクシーが走っているだけだ。

「何をそんなにショックを受けているんだ。車に乗ればいいだけだろ」

さも当たり前のように陽介が口にする。そういう問題ではないのだが。

「お前、免許持ってるのか？」

「もちろん今はないけどさ。でも、市には半月でとれる免許合宿があるしな。卒業前にちょろっととるつもりだよ」

「あの、卒業生が事故ばっかり起こすことで有名なところ？」真紀が苦虫を嚙《か》み潰したような顔を向ける。「あそこの卒業生は運転が荒いって、伯父さんが怒ってたわ」

「安くて早いんだからいいじゃないか」

「ちゃんと任意保険には入っとけよ」

俺が釘《くぎ》を刺すと、「当たり前だ」と胸を張る。まあ、陽介は意外ときちんとしているから大丈夫だと思うが。

「それよりお前はとらないのかよ。免許」

「どうなんだろう」

俺は言葉に詰まった。免許のことなど考えたことがない。車に興味があるわけでもない。とると云《い》えば、親は金を出してくれるだろうが……。

「呑気《のんき》なもんだな。卒業まであと一年ちょっとなのに。あっという間だぜ」

まるで自動車学校のセールスマンのように陽介が斡旋《あっせん》してくる。

「それにこの町じゃ、自動車がないと結構不便だろ。それとも優斗は都会の大学に行くからまだ必要ないのか」

「俺が外へ？　それはないよ」

何も考えていない……漸《ようや》く気づかされた。選択肢の準備すらしていないことに。自分はどうしたいのか？

そんなとき事件は起こった。といっても俺のぐずぐずした悩みとは全く無縁の事件だったが。

＊

空を分厚い雲がずっと覆っていたため、朝に降りやんだ雪がほとんど溶けることなく放課後まで残っていた。暖房が効いた教室は暖かかったが一歩外に出ると冷蔵庫の中に放り込まれたかのように冷え切っていた。いや、もしかすると冷蔵庫に避難した方が暖かいかもしれない。冷蔵庫は五度くらいで安定していて、決して氷点下にはならないはずだから。

「優斗。ちょっと図書倉庫まで一緒に来てくれないかな」

明美に声を掛けられたのは最後の授業が終わってすぐだった。日直で、担任に頼まれて図書倉庫にある本が必要になったとのこと。図書倉庫は十数年前まで図書館だった建物で、今は書庫代わりになっている。そこには傷んだ本や閲覧数が少ない本など、廃棄と保存の境界線上の図書が並べられているらしい。俺は図書館の利用すら年に数回程度なので、図書倉庫にはもちろん入ったことがない。

しかも場所が校舎や体育館の裏手のどん詰まりにあるため、建物の前を通ったことすらなかった。理科室や視聴覚室などが入った特別棟と体育館の側壁に挟まれた細い道の先に図書倉庫がぽつんと建っている。特別棟の教室の窓はカーテンが閉じられ、隣の体育館は黄土色の側壁が四階分の高さまで直立している。陽もろくに当たらないため朝の雪がセメントの道の上にほぼそのまま残っていた。もちろん人気《ひとけ》は全くなく、まるでシャッター商店街を歩くような気分だった。その上いつもの霧。不審者がいつ現れても訝しくない雰囲気に、明美がひとりで行くのが厭《いや》だった気持ちも理解できる。

「ねえ、優斗は卒業したらどうするの？」

無音の図書倉庫で資料を探しながら明美が尋ねかけてくる。

「考えてないけど。このまま町に残るんじゃないかな」

書架にもたれて俺は答えた。おそらく今朝の話を聞いていたのだろう。最初は手伝おうと云ったのだが、余計に手間が増えるからという失礼な理由で拒絶され、いまは用心棒のように手持ち無沙汰《ぶさた》に立っているだけだった。エアコンは動いていないので、床から薄いサンダルを隔てた足の裏へ寒気が襲ってくる。

「そう？　それで何をするの」

「いや、ちゃんと働くよ」

するとを心見透かすように明美は微笑《ほほえ》む。

「本当に。優斗が？」

「そりゃあ、そうだろう。就職もせず、寺の次男坊はいつもぶらぶらしているニートらしいわよとか、近所に後ろ指を指されてたまるか」

「わりと具体的ね。優斗はそういう所だけ想像力が逞《たくま》しいのね」

明美は感心するが、逞しいもなにも、実際隣の地区に一人いるのだ。三十過ぎて働きもせずぶらぶらパチンコばかりしている男が。場所も歳《とし》も離れているためどんな奴《やつ》か詳しくは知らないが、「あそこの息子さん、なにか問題起こさなきゃいいけど」と母親はたまに眉根《まゆね》を寄せている。住職の父はそのたび「絶対に外では云うな」ときつく口止めする。寺の信用問題に関わるからだろう。ともかくこのような会話が俺のところだけでなく、近隣の大半の家庭で交わされていることは容易に想像がつく。恐ろしい話だ。

まあ俺の場合はぶらぶらしようにも、父親に首根っこを掴《つか》まれどこぞのヨットスクールのような矯正用の修行寺に放り込まれるのがオチだろうが。

「私は大学に行きたいな」

「大学？　そんなに頭が良かったっけ」

この高校から大学に進むのはわずかだ。司のような一握りの優秀な生徒のみ。進学希望の連中はそもそも市の高校に通っている。卒業後に町を出る者のほとんどは、大学ではなく就職先が町外にあるためだった。

「都会にはそれほど頭が良くなくても行ける大学が沢山あるのよ」

「なあ、この町が厭なのか？　前は都会なんてとか愚痴ってなかったか」

「厭じゃないわ。むしろ好きよ」

さらりと答える明美の言葉に、嘘《うそ》偽りはないように思われた。

「でもちょっと窮屈に思えるときがあるの。また戻ってくるかもしれないけど、もう一度外に出てみたくなったの」

「一度都会の空気を吸ったら忘れられないってか」

皮肉めかしたつもりだったが、意外にもそうと素直に頷《うなず》かれた。

「悪いことじゃないと思うわよ。チャンスがもらえるならそうすべきよ」

「俺にもそうしろと？」

すると明美は、俺の眼を見つめすっと白い手をさし伸べてくる。

「一緒に外に出てみない？」

俺が行きたいと強く願えば、陽介とは違って、親は認めてくれるかもしれない。とはいっても……。

「早く決めないと選ぶことすら出来なくなってしまうわよ」

明美はゆっくりと手を戻す。自惚《うぬぼ》れだろうか、空を摑むような細い指先の動きが名残り惜しげに見えた。

「……なあ、前に俺のことをさすらい人とか云ってたよな。あれはどういう意味なんだ？」

「そのままの意味よ。優斗はずっとこの町で暮らすことに不安があるんでしょ。どこかに自分に合った場所があるかもしれないと考えてる」

頭から決めつける態度に少し苛立《いらだ》つ。

「いや、俺はずっとこの町にいるつもりだけど」

つい反発するが、柳に風で、

「そうかしら。私にはそうは見えないけど。単に選択を先延ばしにしているだけ」

「むかつく云い方だな。それに俺がさすらい人なら、たとえ一緒に町を出てもそのうち明美から離れていくかもしれないんだぜ」

「そうかもね。それも選択のひとつよね」

悟ったような口調で頷くと、明美は何事もなかったかのように再び本を探し続けた。俺が自分に合う場所を求めていると断言する明美がいったい何を求めているのか、見当もつかない。

かつて図書館だった図書倉庫はさすがに広く、結局三十分以上目当ての本を探し回ることになった。そのため十冊あまりの本を両手で抱えた俺が図書倉庫を出たのは四時を過ぎた頃だった。明美は少し持とうとしたのだが、まあそこは男なので丁重に断った。しかし担任はこの大量の本を女子ひとりに運ばせようとしたのだろうか。すると明美は、担任はもうひとりの日直である多村《たむら》にも頼んだのだが、忘れたのか面倒だったのか授業が終わってすぐ消えたと説明した。

「多村の野郎。明日、缶コーヒーをおごらせてやる」

雪と本の重さのバランスに苦労しながら俺がぼやくと、明美はくすっと笑う。

「でも優斗に手伝ってもらえて逆によかったわよ」

その時、足許《あしもと》を猫が横切った。黒猫だった。一瞬のことなのでどんな種類かまでは判《わか》らない。もしかすると猫ではなく、猫くらいのサイズの黒い毛並みをした別の哺乳《ほにゅう》類《るい》だったのかもしれない。ただ赤い首輪があった気がした。

ともかく不意を突かれ思わず本を落としそうになり、慌《あわ》てて身をかがめて両足を踏ん張ろうとしたとき、前方からドスンという鈍く潰れる音が聞こえてきた。同時に明美の悲鳴。両側を建物に挟まれた狭い場所なので、切り裂くような甲高い明美の声は長く通路に残っていた。

「どうしたんだ？」

こぼれそうな本を何とか押さえて明美を見る。口を開け顔を硬直させた彼女の視線は正面に釘付けだ。俺もそちらを見る。すると霧の中、五メートルほど先に制服姿の女子生徒が横たわっていた。それも二人。凍りかけたコンクリートの通路上に腕を互いの胴体に絡《から》ませ、抱き合うように倒れている。頭部の辺りには血だまりが広がり始めていた。

「おい！」

両手の本を放り出し、思わず俺は二人に駆け寄った。かがみ込んでもう一度「おい！」と呼びかける。どちらも知らない顔だ。ひとりはショートカットの黒髪でもうひとりは肩にかかる長さの茶髪だった。襟のラインから見て、二人とも三年生のようだ。

俺の声が届いたのか、抱き合った二人のうち茶髪の方がわずかに反応する。

「おい、大丈夫か！」

俺は茶髪の方の肩を持ち抱き起こし、身体を揺らし返答を求めた。あとで考えれば正しい対応だったか疑問だが、その時はとっさに身体が動いてしまっていた。茶髪の生徒は薄く目を開き、一瞬俺と視線が合った気がしたが、そのあとまぶたは力なく閉じられ何の反応もなくなってしまった。

同時に再び明美の悲鳴が隘路《あいろ》に響き渡る。

振り返ると、その場に崩れ落ちる明美が目に入った。茶髪を放し慌てて明美に近寄る。ゴンと背後で鈍い音がしたが、それどころではない。

「大丈夫か」

今度は明美を抱き起こし呼びかけた。まるで無機物のように顔から表情が消え去っていた茶髪たちとは違い、応答こそないが、明美の顔には生命反応を示す呼吸が感じられた。どうやらショックで失神してしまったようだ。

そのころには明美の悲鳴や俺の呼び声を聞きつけた生徒が、通路に何人も集まってきていた。生徒たちはみな二人の無残な姿に気づくと、その場に立ち尽くし絶句している。

「誰か救急車を！」

明美を抱きかかえたまま、俺はそんな彼らに向かって叫んでいた。

結局、誰がどこへ通報したのか、俺は知らない。ずっと明美を抱いていたからだ。ほどなく駆けつけた体育教師に事情を説明すると、とりあえず明美を保健室に運んでいくことになった。ただそれは遅れて現れた女性教師が行い、俺は一緒に保健室へ行けなかった。体育教師に引き留められ事情を尋ねられたのだ。

とはいえ俺自身も事情が呑《の》み込めていない。図書倉庫から本を運んでいると猫が飛び出し、気がついたら二人が倒れていた。たったそれだけ。その上、二人とも名前も知らない女子生徒。

「じゃあ、本を落としそうになって身を屈《かが》めたときに何かが起きたんだな。そして前を向いたら既にこの二人が」

体育大出身の屈強な体育教師が何度も確認する。彼は俺たちの学年の担当なので、同様に彼女たちの名前までは知らないようだった。日頃は優しい体育教師もさすがに緊急事態で口調が厳しい。

「じゃあ、全《すべ》てを見ていたのは辰月のほうか……まあ、たぶん」

と教師は身を反らし、校舎の遥《はる》か上を眺めた。つられて俺も見る。その時俺は初めて屋上を見た。もしかしたら最初から彼女たちがどこから現れたのか、気づいていたのかもしれない。そして確認するのが怖かっただけなのかもしれない。今まで俺はずっと視線を下にばかり向けていた。

霧の上方、四階建ての校舎の上には、屋上と竹色の柵状《さくじょう》の手すりが見えた。手すりの上には雪がまだ被《かぶ》っていたが、ちょうど二人が倒れている真上の部分だけは一メートルほどの幅で雪が積もっていなかった。そこだけはらったように綺麗《きれい》に除かれている。

「転落か……」

体育教師が複雑な表情で呟《つぶや》く。生徒の事を考えたのか、これから生じる面倒についてなのか、それとも二人揃《そろ》っての転落という異常事態を受け入れたくないのか。やがて救急車とパトカーの音が同時に聞こえてきた。

二人の女子生徒は救急車で運ばれ、遅れて追加で来た救急車に明美が運ばれていった。もちろん俺もついていきたかったが、現れた刑事たちに教師と同じ説明をしなければならなかった。刑事の一人が枇杷家の事件の時と同じ人だったので、比較的落ち着いて喋《しゃべ》れた気がする。

「大変だったな。今日はもう帰っていいよ」

労《ねぎら》いの言葉と共に解放されたのは、七時を回った頃だった。とうに日は暮れている。とはいえ警察の車が何台も停まっていて鑑識などが動いているので、校舎の周りだけはナイター営業をしているバッティングセンターのように明るかった。

下駄《げ た》箱《ばこ》で再び靴に履き替えて出たとき、校舎の前に母親が待っていた。学校が連絡したのだろう。母は心配そうに駆け寄ると、「優斗、大丈夫だった？」と尋ねかけてくる。

「俺はなんとかね。明美は倒れちゃったけど」

半分強がりだった。本音は今すぐベッドで横になりたい。

「明美さん、大変だったわね。夕方、お母さんが慌てて病院に向かっていったわ。でもさっき聞いたところだと、少し休めば大丈夫だという話らしいわよ」

「それはよかった。……でもショックだろうな」

「女の子だしね」母は同情するように静かに頷いた。「今年は不幸が続くわね」

怯《おび》えるように口にする母に対し、「そうだね……」と、俺は言葉少なに答えた。

母はそれで俺の気持ちを察したらしく、帰りの車の中でも刑事たちのように事情を訊《き》かれることがなかった。ありがたいことだ。家に着いた俺は、とりあえず湯船に浸《つ》かって小一時間放心していた。

浴室の小さな窓の外には、夜霧が音もなく忍び寄っていた。

2

翌日、明美は学校を休んだ。携帯の反応が昨日からないので、まだ病院から帰っていないのかもしれない。朝のショートＨＲ《ホームルーム》では、明美は問題ないが大事を取って入院していると担任から説明があった。同時に二人の女子生徒が手当の甲斐《かい》なく死んだことも知らされた。救急車で運ばれたときにはまだ息はあったのか、それとも既に絶命していたのか、そこまでは説明してくれなかった。

「お前、呪《のろ》われてるんじゃないのか」

朝は気を遣っていたみたいだが、とうとう我慢が出来なくなったようだ。弁当をぱくつきながら陽介がいたぶるように話しかけてくる。しかもご飯粒がついた箸《はし》の先端を俺に突きつけながら。

人の命をなんだと思っているのか。しかもよりによって死神扱い。俺は少々呆《あき》れながら、

「この前はお前も一緒だっただろ。お前も呪われてるんだよ」

二人の女子生徒の無残な姿を目の前にしながら明美のように失神しなかったのは、もしかすると前回で少し耐性がついたからかもしれない。何の自慢にもならないし、二度と活用したくない耐性だが。

「いやいや、俺はこの前だけだからな。しかも正真正銘の第一発見者はお前だし。ほら雨男っているじゃん。最初は誰か判らないけど、いろんな状況を整理すると徐々に排除されていって最後は一人に絞られるっていう。ベン図の真ん中の真っ赤な部分みたいに。それと同じだよ。しかもどちらの被害者もお前と関係がないのがポイントだな」

「何だ。すると俺は死体発見男かよ。不謹慎だな。遺族に殴られろ」

眉を上げ怒ってみせたものの、陽介の明るさが正直ありがたかった。昨日から気が滅入《めい》る一方だったからだ。

「それで、あの二人は誰だったんだ？」

陽介なら知っているだろうと尋ねてみる。結局誰も教えてくれなかったし、俺自身も気を遣ってあの場では訊かなかった。とはいえ二人の身許《みもと》をずっと知らないままというわけにもいかない。葬式には出るつもりだし。

「ああ、まだ聞いてなかったのか」

意外そうに目を見開いた陽介は、齧《かじ》りかけの磯辺揚《いそべあ》げをまるまる呑み込んだあと、

「三年の永岡沙友理《ながおかさゆり》さんと樫原彩夏《かしはらあやか》さんていうらしい」

名前を聞いてもぴんとこない。まあ、顔を知らないのに名前だけ知っているような有名人は、良くも悪くもこの学校にはいない。昨夜の父の様子では、檀家《だんか》でもなさそうだ。

「まあ、そうだろうな。俺も近所の先輩に訊いたけど誰なのか知らなかったし」

俺の顔を見て、陽介もふむと頷く。

「それで、結局なんだったんだ？　二人はやっぱり屋上から落ちたのか？」

「本当に何も知らないんだな。第一発見者なのに。刑事や先生に何も訊かなかったのか」

おだに旅館の時は、事情聴取の際に陽介が根掘り葉掘り刑事に尋ねていた事を思い

出した。あまりにしつこいので叩《たた》き出されたほどだ。そのおかげで当時の状況が把握できたのだが、俺には陽介ほどの厚かましさはない。

「特別棟の屋上から転落したらしいけどな」

「心中なのか？」

女同士ではあるが、がっしり抱きついた姿を思い出してつい想像してしまっていた。

「どうだろう。遺書もなくて、まだそこまでは判ってないらしいけど」

歯切れが悪い。単なる事故のせいか、それとも校内で起こったせいなのか、陽介のスナック情報も今回はあまり冴《さ》えないようだ。

「それより、その先輩から厭な話を聞いてさ……」

お茶を流し込んだあと、陽介は渋面で眉を掻《か》きながら、

「昔、同じように特別棟の屋上から転落死した生徒がいるらしいんだ」

「まじか！」

「まじまじ」と陽介は何度も頷き、「ここの七不思議のひとつになってるらしい」

「七不思議？」

その手の話題には興味はなかったので知らないが、途端に隣の真紀が「聞いたことある」と勢いよく割って入ってきた。無責任に目を輝かせたその様子を見ると、わり

と有名な話のようだ。

「屋上の少女よね。なんでも、特別棟の屋上から飛び降り自殺した女子がいて、それ以来彼女が飛び降りた場所に幽霊が出るんですって」

流暢《りゅうちょう》に説明してくる。

「心中なのか」

「ううん、ひとりよ。三角関係の縺《もつ》れによる自殺なんだって。彼氏を相手に奪われたのが原因だとか。ちゃんと遺書も残されていたって聞いたわ」

「じゃあ、今回と状況が全く違うじゃないか」

「だけどさ……同じ場所で起こるなんて不思議だろ。案外二人とも幽霊に誘われて落ちたのかもしれないぜ」

薄ら笑いを浮かべながら、オカルト好きの陽介がゆっくり手招きする。本人は幽霊のつもりなのだろうが、ただの招きゴリラだ。

「でもこの学校にも七不思議なんてものがあったんだな。残りのは?」

「たしか無人音楽室で鳴り響くピアノ。これは嫉妬《しっと》でカミソリの刃を鍵盤《けんばん》に仕込まれて指の筋を切った女生徒の怨念《おんねん》と云われてるわね。次は理科室で動き回る人体標本。夕方になると髪がわさっと伸びて内臓もはみ出してくるんですって。あまり想像したくないわね。そして最後は、なぜか一段多くなる特別棟の非常階段。一段多いことに気づいた生徒は絶対に転げ落ちると云われてるわ」

　真紀が早口でまくし立てる。さすがに女子はこの手の話題に詳しい。イルボラ様の祟《たた》りには怯えまくって激しく拒否反応を示していたのに、学校の七不思議は別腹なのだろうか。

「最後って……まだ四つだけど」

「それだけよ。四つしかないのに七不思議なのが最大の不思議なんだって」

　ありがちなパターンだがそれでも数が少なすぎる気がした。最大の不思議を入れても五つしかない。人数不足で対外試合が出来ないうちのハンドボール部みたいだ。しかも全て特別棟が舞台。七不思議を編み上げたOBOG諸氏には、もう少し頑張ってほしかった。

　もちろんこれから今回の事件が七不思議に加わるのは確実だろう。ただ五つ目となるか、飛び降り自殺の話に上書きされるかは判らない。

「やっぱり昔自殺した女子の幽霊が、あの二人を屋上までおびき寄せたんだよ」

　陽介が先ほどと同じように手招きしながら図に乗った妄言を垂れ流すと、

「そう、それ。幽霊に憑《つ》かれてしまったのかもね。専門家の話では、何かの拍子にいきなり波長が合って幽霊に取り込まれてしまうんだって。そうなるともうあなたの知らない世界になるって聞いたわ」

真紀が怪しげな知識を惜しみなく披露する。息のあったユニゾンに思わず溜息《ためいき》が洩《も》れた。

ともかくこの場に明美がいなくて本当に良かったと思った。実際現場を目《ま》の当たりにした人間として、どうしても死者に感情移入してしまうからだ。もちろん陽介たちも明美がいれば配慮してこんな不謹慎な話題を続けてはいないだろうが。ということは俺には配慮しなくてもいい？

それはそれで腹が立つ。

＊

帰り道、明美が入院している枇杷病院に寄ってみた。一人で見舞いに行くつもりだったのだが、聞きつけた真紀も強引についてきた。半年ほど前に大事件があったばかりだが、院内の様子は今までと変わっていなかった。

「軽く貧血を起こしただけで、もう大丈夫だから。大事を取って休んでいるだけだし」

少しだけ顔色が冴えないのを除けば、いつもの明美だ。

「本当は家に帰って自分の部屋で休みたいんだけど、お母さんとお祖父《じい》ちゃんが検査の結果が全部出るまで入院してなさいって、無理やり。心配性なのよ」

「それならよかった。まあ家の方が落ち着くしな」

元気そうなのでほっとすると、明美もつられるように口許を緩め、

「そうなのよ。夜の病室でひとりでいるほうが気が滅入るわよ」

「それだけ軽口が叩けるんだったら大丈夫ね」

背後の真紀が声を掛けた。病室の無機質な雰囲気に調和した冷やかな声だった。なぜか俺の背筋に電流が走る。

「真紀にも心配をかけたみたいね。ありがとう。私はもう、大丈夫だから」

そう答える明美の声も少し冷淡に感じられた。

「それはよかったわ。明美が来ないと優斗が元気がなくて」

「なんだそれ」

そう云って振り返った俺の腕を、真紀は摑もうとする。思わず俺は腕を退《の》けた。くす、と微笑む明美。真紀はムキになったのか、素早い所作で力強く俺の腕を引っ張っ

た。

「ねえ、優斗は卒業したらどうするの」

病院からの帰り道、真紀が顔を近づけて尋ねてきた。

「俺？」

見るといつになく真剣な表情だ。腕も病室からずっと摑まれたまま。

「たぶんこの町で就職すると思うけどな。別に他にしたいこともないし」

最後の方は云い訳がましくなってしまった。まるで図書倉庫で明美に釈明しているかのようだ。

「ホントかな」

疑わしげに真紀は細い目を更に細める。

「優斗は本当は外に出て行きたいんじゃないの？」

また決めつけだ。どいつもこいつも。

「なんだよそれ。みんな俺が町に残るのがそんなに厭なのかよ」

声を荒らげ強めに云ったつもりだが、真紀は怯《ひる》むことなく、

「やっぱり、明美にもそう云われたんだ」

「どうして明美なんだ？」

「だって明美に云われたんでしょ」

「……」

俺が黙り込むと、真紀は静かに腕を放した。そしてぽつりと、

「私、知ってるんだから」

絞り出すようにそう口にした。紅潮した頰がぷるぷると震えている。

「あの日のこと、優斗が何をしたか、私、ずっと知ってるんだから」

云いたいだけ云って、そのまま真紀はひとり駆けていった。

わけが判らず、そのカモシカのような後ろ姿を俺は呆然《ぼうぜん》と見送るしかなかった。


翌日、俺は二人の葬儀に参列した。学生服姿で親から預かった香典を渡して焼香しただけだったが、葬式のハシゴは予想以上に疲れるものだった。遺族や参列者のすすり泣く声を聞き続けたせいもある。明るい笑顔の遺影を見て、こんな娘《こ》だったのかと改めて思わされた。あの時はゆっくりと見る余裕などなかったからだ。茶髪の永岡のほうが一瞬目を開けたのだけはっきり覚えている。瞼《まぶた》の茶色いほくろが小刻みに揺れていた。

同級生の参列者が多く顔見知りがいなかったため、俺が第一発見者だと気づかれることもなかった。たぶん。もしかすると親族は知っていたが話しかけてこなかっただけかもしれない。ともかく同じ学校といえども全くの面識のない他人の葬式なので、哀《かな》しさよりいたたまれない気持ちの方が強かった。しめやかな空間で周りの人たちのように素直に嘆ければよかったのだが、どこか冷静で客観的な自分がずっといた。そしてその冷静な自分が、哀しまなければいけないのに哀しまない俺を終始観察していた。

その翌日、雪もすっかり溶け、全ての禊《みそぎ》を終えて平常運転に戻ろうと登校すると、

「訝《おか》しいんだよな」

と教室で陽介がぼやいている。顔を見るなりこれなので、誘っているのがまる判りだ。

「何が訝しいんだよ」

椅子《いす》の向きを変え陽介の要望通りに尋ねてやると、

「あれからさ、いろいろと情報を仕入れたんだよ」

葬儀の参列で俺が休んでいる間もまめに収集していたらしい。

「それがさ。死んだ二人の先輩たち。百合《ゆり》カップルどころか恋敵だったそうだ」

「恋敵？」

「そう。同じ三年の男を巡って争っていたんだ。そして先月、永岡さんが樫原さんから彼氏を奪いとったんだよ。三角関係ってやつ。寝取り、寝取られ。燃えるね」

身を乗り出し、ぎゅっと拳《こぶし》を握りしめる陽介。

「お前の歪《ゆが》んだ嗜《し》好《こう》はいいから。じゃあ、あの二人は仲良しどころか犬猿の仲だったわけか」

「そうみたいだぜ。中学も違うし、昔からの因縁があるわけでもないようだ。ただ単に男を巡って諍《いさか》いあっていただけらしい」

二人の葬儀はそれぞれの家で行われたが、たしかに地区は全く違っていた。

「それならどうして抱き合っていたんだ？」

落ちた姿から、てっきり仲良しなんだと思い込んでいた。

「そこなんだよ。二人を知ってる連中はみんなびっくりしてたぜ」

見てきたように話しているが……おそらく本当に見てきたのだろう。事件のほとぼりがまだ冷めないなか、上級生に堂々と訊きこみに行ける根性は見上げたものだ。二人の親しい友人達はみな葬式で学校を休んでいたのが、奏功したのだろう。ともかくこんな町でくすぶるよりも、街に出て刑事か記者にでもなればいいんじゃないかとさえ思う。

「じゃあ、もしかして……二人は喧嘩《けんか》した勢いで落ちたとか？」

いつものように真紀が割って入る。昨日の別れ際《ぎわ》は幻だったのかと思うほど、普段通りの自然な態度だ。狐《きつね》につままれそうになる。明美は今日も休んでいる。昨日晴れて退院できたと聞いたので、自宅で静養中なのだろう。そのほうがいい。明美にはまだ刺激が強い話題だ。

「それがさ……俺も最初はそう考えたんだけどさ」陽介は周囲を窺《うかが》いながら急に声を潜めた。「かなり不思議なんだよ」

「また七不思議の話か？」

「違う、違う。七不思議くらいベタなシチュエーションならよかったんだけど」彼は眉をぽりぽり掻きながら、「店の客から聞いたんだけどさ。事件当時、屋上の雪もあまり溶けずに五センチほど積もっていたらしいんだけど、屋上の出入り口から落ちた手すりまで二十メートル以上、足跡が一組しか残っていなかったんだってさ」

「一組？」

「そう。出口から落下した手すりまで歩いた一人分のサンダルの痕《あと》があるだけ。形状からここの上履き用らしいんだけど」陽介は片脚を上げ自分のサンダルを見せた。「サイズが同じなんで、二人のうちどっちが履いていたものかは判らないんだってさ。もちろん他の生徒のサンダルかもしれないけどさ」

先ほどと違い歯切れが悪い。当然だろう。俺にも理解できない。

「二人落ちたのに、足跡は一人分しかないのか」

改めて確認すると、「そうなんだよ」と陽介は強く頷いた。

「どちらかがもうひとりを担《かつ》いでいったんじゃないの？」

俺の横で、親指を唇に当てた真紀が推理する。人気ドラマの影響で、この半年すっかり推理ガールに染まっている。赤ん坊のようなポーズも嬉々《きき》として詮索《せんさく》する態度も、あまり褒められた趣味ではない。これなら社会派記者のほうがまだましだったかも。

「そう考えるしかないんだけど、どうしてそんなことをしたのかがな」

「無理心中とか」俺が答えると、陽介はすぐさま人差し指を突きつけ、

「だから二人は恋敵なんだって。男とだったらまだ判らなくはないけどさ。二人は別のクラスだけど、永岡さん――寝取ったほうだな――は放課後すぐに姿が見えなくなったらしい。対して樫原さん――こっちは寝取られたほう――は三時四十五分くらいまでは友達と話していたらしい。時計を見てふらっと教室を出て行ったそうだ。その

友達は用を思い出して帰宅したんだと考えていたようなんだけど。ただ昼休みに二人が踊り場で話しているのを目撃した生徒がいる。三角関係の件を知っていたので、目に留まったらしい」

「じゃあ、二人で話し合うために落ち合ったのか。ともかく寝取ったほうは授業が終わって四、五十分の間何をしていたんだろう」

「ちょっと、二人とも表現が下品よ。死んだうえにそんな呼ばれかたをされるのは、さすがに可哀想《かわいそう》よ」

真紀が不機嫌そうに釘《くぎ》を刺す。

「悪い、悪い。今カノと元カノにするわ」

陽介は片手を上げへらへらと謝ると、

「それで考えたんだけど、飛び降り自殺したのは元カノで、たまたま下を歩いていた今カノにぶつかって二人とも死んでしまったんじゃないかな。それだと足跡が一人分だけというのも説明がつくし」

「それはない」俺は即座に否定した。「二人ともいきなり現れたんだ。どちらかが前を歩いていたなら俺が気づかないはずないだろ。それにそれだと抱き合う感じにはならないだろ」

「やっぱりダメか」

本気だったわけではないようで、あっさり陽介は撤回する。だったら口にしなければいいのだが。陽介はいつも思いつきが先に出る。

「特別棟は教室棟と違って放課後になると人気《ひとけ》がないからなあ。屋上へ行く姿とか目撃されてれば、もう少し事情もはっきりするんだろうけど」

探偵陽介が眉間《みけん》に指を当て悔しがる。探偵真紀も対抗するように親指を唇に当てながら、

「せめて反対側に飛び降りてたら、誰かが目撃していた可能性もあるのにね」

「たしかにな」

合わせるように俺も頷く。勿論《もちろん》、変なポーズはとらない。

特別棟は東側に廊下があり、教室の窓は西を向いている。棟の東側ならその先に田んぼや民家が広がっているので人目につくだろうが、西側は体育館によって遮られている。二つの建物に挟まれた道も、図書倉庫に行く用事があったから通ったものの、普段は用がないルートだ。実際、放課後に俺たちが通るまで足跡はひとつもなかった。

逆に云えば、人目を避けて自殺するには最適な立地なのだが……今回は二人だ。

「それでさ、放課後に現場の屋上を見に行かないか？」

陽介が悪魔の誘いを申し出てきた。悪魔といっても何ら魅惑的なことはなく、ただただ悪趣味なだけだが。

「やめておくよ」即座に俺は断った。「そもそも立ち入り禁止じゃないのか」

隣ではさすがの真紀も軽蔑《けいべつ》の眼差《まなざ》しで睨《にら》みつけている。

「まあ、そうなんだけど」

ひとりで行くだけの無謀さはないのか、ばつが悪そうに陽介は言葉を濁した。俺は親友がまだ人の心を残していたことに安心した。

3

下校し山門をくぐった俺の足は、自然と叔父さんの離れに向いていた。

幸運なことに叔父さんは部屋にいた。俺が来るまで、書生姿のままコタツに下半身をつっこみ背を丸めて転寝《うたたね》していたらしい。まるで猫だ。

「ストーブをつければいいのに」

叔父さんの部屋にはエアコンがなく、暖房器具はコタツと小型の電気ストーブのみ。木造の古い建物なので隙間《すきま》から空気が通り放題。ハウスダストの心配がない代わりに、室内はいつも冷え切っていた。

「ほら、叔父さんはすぐ居眠りするから、なるべくストーブはつけないようにしているんだ」

じゃあ、何のためのストーブかと思うが、離れでボヤでも起こしたら兄である父親に叩《たた》き出されかねない。叔父さんは肩身が狭いのだ。

「知ってるかい。石油ストーブより電気ストーブのほうが遥《はる》かに火事が多いんだ。つい油断してしまうからなんだけど。だから優斗も電気ストーブには気をつけなよ」

あいにく俺の部屋はエアコンだ。

叔父さんは、依頼されていた除雪の仕事が昨日で終わったらしい。立て続けの降雪で何件も依頼が殺到したようだ。もうひとつ逃げたペットを捜すという依頼もあるが、そちらは継続中とのこと。成功報酬なので時間を掛けても大した稼ぎにはならないらしい。それなら引き受けなければいいのにと思うのだが、

「ほら、飼われていた動物って野生では長く生きられないんだよ。だから早く見つけてあげないと可哀想だろ。特にこの寒空だし」

このように叔父さんは優しい。今もわざわざ俺に向けて電気ストーブをつけてくれた。そしてやおら立ち上がるとヤカンで湯を沸かし始める。

「ねえ、叔父さん。外の世界を見る事って重要なの？」

流し台の小さな後ろ姿に向かって俺が尋ねると、

「どうしたんだい、いきなり」

「いや、なんとなく。叔父さんは一度町の外に出たんでしょ」

「そうだね……」

俺の口調から何かを察したようだ。コタツに戻った叔父さんは、いつもよりさらに柔らかい口調になると、

「外に出てみるというのは悪いことじゃないけど、絶対にしなければいけないほどでもないかな。地平線の向こうにはまた地平線があるだけかもしれないし。確かな目標があれば別だけど」

「目標かあ」

そんなものはない。でもないのは訝しいのだろうか？

「あまり深刻に考えないほうが良いよ。人は進みたいときに進みたい道が見えてくるものだから」

「叔父さんも、そうだったの？」

すると叔父さんはもじゃもじゃ頭を掻きながら、

「悩んだことは沢山あるけど、結局は自分で選んだ道だし」

「そんなものなのかな。でも俺だとどっちを選んでも後悔しそう」

「人間てそういう風にできているからね。仕方ないさ。ただ反省はしてもなるべく後悔はしないようにする。最後に前向きになれるかどうか、それが大切なんだよ」

その時、コンロのヤカンから湯気が噴き出した。叔父さんは慌《あわ》てて立ち上がると、急須《きゅうす》でお茶をいれてくれた。温かいお茶に口をつけてほっこりしたあと、

「ねえ、叔父さん。俺はさすらい人なんだって」

「誰に云《い》われたんだい？」

「まあ」曖昧《あいまい》に誤魔化す。叔父さんはごくりとお茶を飲んだあと、

「さすらい人か……その人はどういう意味で云ったんだろう」

「ここじゃないどこかに自分に合う場所があると思ってるんだって」

「なるほどね。上手《うま》いこと云うね」と、手を合わせ感心する。

「ちょっと待ってよ。どう考えても褒め言葉じゃないでしょ。現状に不満ばかり持ってるみたいで。叔父さんも俺のことそう思うの？」

身を乗り出し、コタツ正面の叔父さんに問い質《ただ》すと、叔父さんは苦笑しながら、

「ごめん、ごめん。でも悪口というわけでもないよ。それに優斗がそのさすらい人な

のかどうかもまだ判《わか》らないし。ただいいネーミングだなと感心しただけで」

「本当？」

疑わしげに叔父さんを睨《にら》む。洞察力に優れた叔父さんなら、きっと判別くらいできているはずだ。俺に気遣って云わないだけかもしれない。すると叔父さんは弁明するように、

「そういうのは人に指図されても困るだけだろう。自分が何をしたいのかだよ。優斗はどうしたいんだ？」

「まだ判らないんだ」

俺は正直に答えた。叔父さんの前だと素直になれる。叔父さんが温かく、そして真《しん》摯《し》に受け止めてくれるからだ。

「そうか……判らないか。それはそうかもしれないな」

「どういうこと？」

「だって、いま優斗が本当に悩んでるのはそれじゃないんでしょ」

見透かされている。やっぱり叔父さんに隠し事はできないと痛感する。俺は叔父さん以上に背を丸めると、上目遣いで尋ねた。

「やっぱ選ばなきゃダメかな」

「それが望まれてるならね。大変かもしれないけど、選ばなければならないときに選ばなければ、それこそ後悔し続けるよ」

表情こそ柔らかいが、言葉は重かった。父の説教よりも心に響く。

「………」

俺は答えられなかった。残りのお茶を一気に飲み干すと、礼を述べて叔父さんの離れをあとにした。外に出ると冷え切った霧が俺の首筋を襲った。

＊

土曜日の午後、明美の様子を見に行く。明美は二階の自室で休んでいた。

「もう大丈夫。月曜から学校に行けるわよ。元々病気じゃないし。本当は昨日行くつもりだったんだけど母さんがやめとけって無理やり」

水色のパジャマにガウンを羽織った明美が、ベッドから身を起こし答える。明美は母親と祖父との三人暮らしだ。母親には兄がいるが、今は市でマイホームを構えている。辰月家はもともと土地持ちで今は田畑を貸しているので、当面の生活には困らないらしい。ただ母親は祖父に頼りきりになりたくないと港で事務職のパートをしている。また祖父は朝から老人会で県外の温泉へ行っているらしい。貸し切りバスの一泊旅行なので、帰るのは明日とのこと。そのため広い家に明美は朝から一人きりだったらしい。

「安心したよ。まあ、お前はそこまでヤワな玉じゃないもんな」

「お母さんには内緒よ。家族にもまだ猫を被《かぶ》ってるから」

このまま一生被り続けるのだろうか。俺には到底無理な芸当だが、女にはそれが可能だという話も聞く。

「でもひとりじゃ、病院と変わらないだろ」

「家の方が落ち着けるし。くつろげるわよ」

「まあ、そうか」

ぐるりと見渡すと小物がやたらと目につく。それはぬいぐるみであったり小箱であったりするのだが、殺風景な病室と違って安心感を与えるのだろう。俺の部屋のマンガのように。

「好きなものも食べ放題だし。病院食って本当に味気ないのよ。都会だと美味《おい》しいメニューもあったのに」

「ここで同じレヴェルを求めても無理だよ」

「それにね……」

うるんだ瞳《ひとみ》で、明美は俺を見つめた。そして震える声で、

「本当にあの時怖かったのよ」

「判ってる」

俺は明美を抱きしめた。明美の均整のとれた身体《からだ》が、小刻みに震えている。今まで布団《ふとん》に入っていたせいか、明美の身体は温かかった。ちょうど人恋しくなる体温。俺はついそのまま覆《おお》い被さった。


選ばなければならないのに……。


日曜日は真紀に誘われて市まで遊びに行った。廃線の噂《うわさ》があるローカル線は今日もガラガラ。真紀とは久しぶりのデートだった。アーケード街でウインドウ・ショッピングにつきあわされたあと、いつものラブホテルで休憩する。

「夕ご飯はパスタがいいな。ほら、あの生パスタが評判のところ」

隣で真紀が甘く囁《ささや》く。視線は煌《きら》びやかな天井に向けられていた。

選ばなければならないのに……。

選ばなければならないのに……。

＊

週が明けて月曜になると、陽介の手持ちのカード情報はますます増えていた。

「不思議なんだよな」

溜息《ためいき》混じりに朝からいつものアピールをしてくる。ほとんど発情した猫だ。

「どうしたんだ」とつきあいよく尋ねると、

「それがさ。寝取られた方の樫原さん。友達に彼氏はまた自分の許《もと》に戻ってくるからって、話してたらしいんだよ」

「単に負け惜しみじゃないのか？」

ありがちなことだ。だが陽介は首を激しく横に振ると、

「いや、それが自信満々な口調だったらしいんだ。だから不思議なんだよ」

「あれじゃないの。浮気されても最後は自分のところに戻ってくると確信しているとか。正妻の余裕ってやつ」

隣の真紀がちらと俺に目を向ける。開かれた瞳孔《どうこう》の熱量というか、眼力《めぢから》が凄《すご》かった。

「そうなのかなあ」

陽介はぴんとこない様子で首を捻《ひね》っている。こいつは鈍いのか鋭いのか判らない。きっと斑《まだら》なんだろう。ともかく樫原が元カレに未練があったのだけは確かなようだ。

「もしかして」真紀が何か閃《ひらめ》いたらしい。投げキッスのように唇に当てていた親指を勢いよく放し、声を甲高く張り上げる。「樫原さんは、永岡さんを自殺に見せかけて殺すつもりだったんじゃないかな。彼女が死ねば彼が戻ってくるわけだし」

陽介が伝染《うつ》ったのか、物騒なことを口にし始める。警察の姿は最近見かけなくなった。事故と判断したのか、陰で着々と捜査しているのかは不明だが、少なくとも第一発見者の俺の許には初日以降現れていない。また学校の教師たちは、不幸な事故として収束させたがっているような雰囲気をぷんぷん臭《にお》わせていた。真紀の発言を担任が聞いたら、きっとこっぴどく説教されることだろう。それに一つ上とはいえ、このクラスにも彼女たちの知り合いはいるだろうに。だが真紀は頓着《とんちゃく》しない様子で、

「永岡さんを担いで上がって、屋上から落とそうとしたところで自分も一緒に落ちてしまったとか。だから足跡が一人分しかなかったのよ」

「でも、今カノの永岡さんが自殺する理由がないだろ。失恋した樫原さんならともか

く。本当に自殺かどうか、絶対に疑われるだろ」

「そこはアレよ。七不思議の幽霊に導かれたとかそう思わせれば。実際屋上で幽霊を見たっていう人もいるのよ」

苦し紛れにもほどがある。どこの世界にそれで納得する大人がいるのだろう。いや大人どころか小学生にも鼻で嗤《わら》われる。

「七不思議だと自殺したのは男を奪われたほうじゃなかったのか？」

どうでもいいことなのかもしれないが、気になったので尋ねると、

「そんな細かいところは重要じゃないでしょ。ケース・バイ・ケースよ」

案の定却下された。普通はそうかもしれないが、それでは七不思議のせいに出来ないだろう。

「でも訝しくない？」

背後から声を挟んだのは明美だった。いつの間にか登校していたらしい。二人はさすがに気まずそうに目を伏せたが、明美は気にする風もなく積極的に俺の隣に身体を割り込ませると、

「そうすると樫原さんは永岡さんを落としたあと、出入り口まで戻らなきゃいけないわよね。当然屋上には帰りの足跡も残るはずよ。雪の上に行きと帰りの足跡がついて

いたら、誰も自殺とは思ってくれないんじゃない？」

顔色も事件前と同じくらいに回復している。そこは安心したが、舌鋒《ぜっぽう》は以前に増して鋭くなった気がした。むしろ人目を気にしなくなったと云うべきか。

「そ、それは足跡が何組か判らないようにかき乱していけば……」

虚を突かれたのか、真紀の視線が不審者のごとく泳ぐ。

「自殺する人間がそんな面倒なことしないわな。それだと当然偽装を疑われるな」

呑気《のんき》な声で陽介が追い打ちをかけた。彼としては思いついたことを口にしているだけだろうが。真紀は恨みがましく陽介を睨みつけ、

「じゃあ、どうしたいのよ」

「どうと云われても……」

逆ギレ同然の態度にたじろぐ陽介。そもそも質問の意図すら理解できていないようだ。明美に指摘されたのが悔しいのか、ムキになって必死で考え込んでいた真紀だったが、

「じゃあ下に逃げようとしたのよ。ほら真下の四階は理科室だし誰も使わないでしょ。ロープか何かで屋上から理科室に逃げ込んだのよ」

「ずいぶんアクロバティックね。でも結局は一緒に落ちたわけだから、それだと屋上

にロープなどが残ってるはずじゃない?」

即座に明美が指摘する。真紀は顔を真っ赤にして反駁《はんばく》しようとするが、言葉が出てこない。息が詰まったように口をパクパクさせるだけ。その時明美の口許がわずかに綻《ほころ》んだのを見て、きっと明美は楽しんでいると俺は確信した。

「そんなものがあったら警察ももっと騒いでるだろうしな。そもそも教室の窓は全部内側からロックされていたらしいぜ」

鈍感な陽介がさらに畳みかけると、真紀はますます頬を紅潮させた。

「なによ武嶋君まで。いったいどっちの味方なのよ!」

「俺は真実の味方だよ」

得意満面で陽介が胸を張ったとき、ショートHR《ホームルーム》が始まり担任が入ってきた。おかげで陽介は張り倒されずに済んだ。

放課後に携帯を見るとメールが一通入っていた。見知った名前。決断を迫るメールだった。

選ばなければならないのに……。

選ばなければならないのに……。
選ばなければならないのに……。

＊

職員室などがある教務棟の屋上は濃い霧に包まれていた。天気がよければ遥か先に海が見えるはずだが、いまは真っ白な闇《やみ》だ。明日あたり再び雪が降るかもしれない。経験的にそう思わせる、肌寒い霧だった。風は凪《な》いでいるのに、冷気に全身が晒《さら》されている感触だ。ぼんやりとした視界の屋上を見回す。人気のない屋上の先端に、後ろ姿が見えた。先に待っていて退屈だったのだろう。手すりにもたれかかって、下を覗《のぞ》いている。こちらには気づいていないようだった。

選ばなければならないのに……。
選ばなければならないのに……。
選ばなければならないのに……。

俺はポケットの携帯をぎゅっと握りしめた。

でも本当にどちらか選ばなければならないのか……。まだ……。

そもそもどうして選ばなければならないのか。決断を迫られなければいけないのか。

どうして俺だけこんな目に。

その時、俺のなかでいきなり理不尽な感情が爆発した。全《すべ》てが厭《いや》になり、そして全てを今終わらせたい衝動がこみ上げてきた。そう……今でなければ。

俺は静かな足取りで一歩ずつ彼女に近づいていく。

目の前の彼女はまだ俺に気づかず、無防備な背中を晒している。俯《うつむ》いたまま。まるで蜃気楼《しんきろう》のように、その姿は霧の中で揺らいでいた。

この状況から逃れるためには……。選ぶためには。自由になるための最善な方法。

俺はゆっくりと両手を伸ばす。そして背中の前で腕に力を込めようとした。

その時だった。

いきなり両手首が背後から現れた力強い手で摑《つか》まれたのだ。ちょうど背中から抱え込まれるように俺は引っ張られ、後じさりさせられた。前に突き出そうとした手は当然空振りに終わる。

誰! 俺は思わず振り返った。

「叔父さん!」

つい声を上げてしまっていた。俺の手を掴んでいたのは叔父さんだった。いつもの書生姿に黒いインバネスを羽織り、もじゃもじゃ頭の。叔父さんは無言のまま、そして少し哀《かな》しげに首を横に振った。

腕から力が抜ける。その途端叔父さんの手が俺の手首を離れた。

「優斗。ダメだよ」

耳許で叔父さんは囁いた。優しくも厳しい声。

だが次の瞬間、叔父さんの視線は俺ではなくその先に釘《くぎ》付けになっていた。俺は慌てて視線を正面に戻す。

そこには誰の姿もなかった。何もなかった。目の前にはただ手すりがあるだけ。

もしかして俺が叫んだ拍子に落ちてしまったのだろうか。突如こみ上げる後悔。俺はとっさに下を覗き込んだ。

地上は霧が少し晴れている。だがいくら目をこらしても地面に誰の姿もなかった。枯れ気味な芝がひたすら広がっているだけ。

消えてしまったのだ。

「優斗、先に来てたのね」

呆然《ぼうぜん》としていると、屋上の出入り口から俺に呼びかける声がした。

「あれ、どうして優斗の叔父さんが？」

なにがなんだか、わけが分からなかった。

*

「本当にいたんだ。びっくりしたなぁ」

ぼろぼろの軽トラックを運転しながら叔父さんが目をパチクリさせている。さすがの叔父さんも、表情は強《こわ》ばったままだ。あのあと理由をつけて断り、そのまま叔父さんと帰ることにした。車が走り出すまで叔父さんは無言だった。それが一番怖かった。幽霊よりも。

「叔父さんにも見えたの？」

助手席で動悸《どうき》を抑えながら俺が尋ねると、

「うん、はっきりとね。優斗が声を上げた瞬間に目の前からすっと消えていったよ。顔は全く見えなかったけど。あれは落ちたんじゃない。かき消えたんだ」

校舎を出たあと、念のため真下の辺りを調べてみたが、転落死体なんかはなかった。芝生といえど屋上から落ちて無傷で動き回れるはずもない。そもそも芝の上には何かが落ちた痕跡《こんせき》すらなかったのだから。

「あれが七不思議なのかな。でも場所が違うような気がするんだけど」

それとも本当は特別棟と教務棟の二箇所にあったのだろうか。怪訝《けげん》な顔をする叔父さんに、俺が七不思議を説明すると、

「それは七不思議のほうが間違っているよ」

意外なことに、叔父さんはあっさり断言した。

「どういうこと？　叔父さんは霧高の七不思議を知ってたの」

「いや、七不思議の話は初めて聞いたけど。女子生徒の自殺は実際にあったんだよ。僕が高校一年の冬だったからね、よく覚えてる。僕は違う学校だったけど、中学時代の友達がいろいろ教えてくれたよ。三角関係の縺《もつ》れで失恋したみたいだったけど、その娘《こ》が飛び降りたのは特別棟ではなく教務棟の屋上からだよ。間違いない。おそらく他の七不思議が特別棟が舞台だから、そっちに引っぱられたんじゃないかな」

「じゃあ」

「あの娘は正真正銘の幽霊だったんだろうね」

叔父さんは軽トラのカーエアコンをめいっぱい暖かくした。だがそれでも俺の身体も心もちっとも温まらなかった。

家に着くと、俺は部屋に戻らずそのまま叔父さんの離れに行った。離れに入る前に、叔父さんは流し台からひとつまみの塩を取ってくると、俺の背中に振りかけた。

八畳間に上がると、叔父さんはコタツをつけ、ストーブの目盛りを強にして俺の脇《わき》に置いた。そしていつものように急須で緑茶をいれてくれる。コタツやストーブよりも何より叔父さんの温かいお茶が冷え切った心身をほぐしていく。

「ありがとう叔父さん。止めてくれて」

ひと息吐《つ》いたあと、俺は礼を云った。云わなければならない気がした。

「優斗、ズルはいけないことだよ」しばらく間を措《お》いたのちピンと背筋を伸ばした叔父さんが口を開く。「自分が起こしたことの責任はキチンと最後まで背負わなければね。それに、どんな理由があろうとも、自分の都合で人の一生を終わらせるというのは、決してやってはいけないことだから。みんなこの世界で頑張って生きているんだよ。それを邪魔する資格は、誰にもないんだから」

さすがに今日の叔父さんは厳格だった。俺が悪いのだから仕方がない。正反対の性格なのに、叱《しか》り方が少し父に似ていた。

「ただあの時の優斗は、既に幽霊に魅入られていたのかもしれないね」

あまりに俺が消沈していたせいか、最後に叔父さんは優しくフォローしてくれた。

そういえば真紀も、何かの拍子にいきなり波長が合って幽霊に取り込まれてしまうとか、前に話していたのを思い出す。あの時生じた不自然な衝動は、そのせいなのかもしれない。

「……もし、叔父さんが止めてくれなかったら、俺はどうなってたのかな」

「たぶん」叔父さんは少し口籠《くちご》もったあと、「優斗が転落してたんじゃないかな」

「そうだよね」

自業自得《じごうじとく》だ。恐怖は今なおあるが、それよりも反省の方が強い。

「叔父さん、ありがとう」

俺は叔父さんに再び頭を下げ、心から感謝した。叔父さんは少し照れ臭そうに笑う。

「本当に叔父さんがいなかったら」

「優斗が思い詰めた表情で階段を昇っていったのを見てね。足取りが尋常じゃなかったから、慌ててあとを追ったんだよ。よかったよ、間に合って」

三角関係の縺れで自殺した少女が恨みに思ったのは、恋敵ではなく二股《ふたまた》をかけた彼氏のほうだったのかもしれない。ある意味当たり前の思考だ。

「……でもどうして叔父さんはあそこにいたの？」

「いや、仕事でね」

叔父さんがもじゃもじゃ頭をぽりぽりと掻《か》く。静かにふけがコタツに舞い落ちた。

「仕事？　学校から何か頼まれたの？　教えてくれれば手伝ったのに」

「いや、学校の依頼ではなく、前にも話したペット捜しだよ」

叔父さんは押入の前に置いてある大きな編籠《あみかご》を、手許に引き寄せた。帰り道、軽トラックの荷台に載せていた籠だ。蓋《ふた》を少し開けると、にゃあ、という鳴き声とともに猫の姿が見えた。赤い首輪をした黒猫……。

「もしかしてこれ」

「目撃証言や生活圏から、どうも学校を根城にしている痕跡があったんだよ。それで今日ようやく捕まえられたんだ。時間がかかったから心配だったけど、幸い生徒の誰かが餌《えさ》を与えてくれていたらしい。元気そうで良かったよ」

猫好きというか動物好きの叔父さんは、まるで初孫に対するような表情で黒猫を見ていた。

「この猫、俺も見たことあるよ。叔父さんが捜していた猫だったんだ。……そうだ、思い出した。ちょうどあの事件の時にこの猫が俺の前を通り過ぎたんだ。それで本を落としそうになって。直後にあんな不幸が起こったから、てっきり幻でも見たのかと思ってたよ。黒猫って縁起が悪いっていうだろ。くそ、こいつか」

俺は黒猫を睨みつけた。だが黒猫は何のことかも判らずに素知らぬ顔でにゃ、と短く鳴くだけだった。

「やっぱり、そうだったか。あの時も声はしていたから近くにいると思ったんだよな」

叔父さんは大事そうに籠の蓋を再び閉じた。

「え、それじゃあ、叔父さんも学校にいたの？」

「そうだよ。学校のすぐ外で捜してたら中から鳴き声が聞こえた気がしたから、ちょっと学校に入らせてもらったんだよ。たまに頼まれごとで出入りしてるから、中の様子はだいたい知ってるしね。それで声につられて特別棟の四階まで上がったら、大変なことになったんだよ」

「大変なこと？」

特別棟の四階という言葉に、思わず反応してしまう。

「放課後だから特別棟に人気《ひとけ》はなかったんだけど、理科室の窓が一つだけ開いていたんだ。叔父さん、てっきり閉め忘れたんだと思ってね。不用心だなと教室に入って閉めに行ったら、いきなり上からロープが垂れてきて、茶髪の女の子が降りて来たんだよ」

「茶髪って、それってもしかして」

「うん」と叔父さんは神妙な面持ちで認める。「死んだ永岡さんだった。もちろんその時は顔も名前も全然知らなかったんだけどね」

永岡は今カノの方だ。陽介的に表現すれば寝取ったほう。

「それで永岡さんが降りて来たので、僕は思わず机に身を隠しちゃったんだよ」

理科室には実験用の大きな机がいくつも据えつけられているので、教室と違い隠れるのは簡単だろう。

「まあ何か深い事情があるんだろうと様子を窺《うかが》っていたら、永岡さん、ロープを回収したあと床に屈《かが》んだと思ったら、何かを抱き上げてたんだ。それが樫原さんだった。ぐったりしていたから、殴られたか何かされたんだろうね。もしかするともう虫の息だったのかもしれないね」

「ちょっと待って叔父さん」

俺は今朝の真紀の推理を思い出していた。屋上からロープを垂らして足跡を一組だけ残すというやつだ。

「じゃあ、あの足跡って」

叔父さんは小さく頷《うなず》いたあと、

「今から考えると、永岡さんは樫原さんを自殺に見せかけて殺すつもりだったんだろう。頭を殴って昏倒《こんとう》させ、そのあとで頭から落とせば誤魔化せると考えたんだろうね。万が一にも自分が疑われないように足跡を一組だけ残して、理科室から落としたのを屋上から落ちたように見せかけた。それも七不思議にかこつけるために特別棟の屋上で」

真紀の推理は順序が違うだけで、半分ほど合っていたということか。意外と鋭い、探偵真紀。

「でも、たしか永岡さんが今カノで樫原さんが元カノでしょ。元カノが今カノを殺すならともかく、立場が逆じゃないのかな」

「二人はそういう間柄だったのかい？」

叔父さんにとっては初耳だったらしい。目を丸くしてびっくりしている。俺が陽介からの情報を受け売りで説明すると、「そういうことか」とひとり合点したあと、

「樫原さんは彼がすぐに戻ってくると自信満々だったんでしょ。つまり永岡さんの弱

味を握っていたかもしれないね。それが何かまでは僕には判らないけど、とにかくそのネタで彼から身を引くよう脅迫した。逆に永岡さんとしては別れる別れない以前に、そのネタが樫原さんに知られていること自体が問題だったかも。急いで口封じしなければならないほどに。よほど致命的なものだったんだね」

「なるほど」俺はぽんと膝《ひざ》を打った。「それなら筋が通るね」

「それに優斗たちが考えたように、七不思議からも失恋した樫原さんが飛び降り自殺するのは全く変じゃないからね」

「それで自殺偽装を仕組んだんだ」

俺は永岡の死に際《ぎわ》——瞼《まぶた》を薄く開けて反応した死の間際の弱々しい姿しか知らないが、そんな怖い女だとは思いもしなかった。死ぬ瞬間というのは人が一番弱っている時だから、誤解しても仕方がないのかもしれないが。

「僕らの時も不良が傷害事件を起こしたりイジメ問題とかも普通にあったけど、女の子がトリックを使って自殺に偽装して殺すなんてさすがになかったな。今の高校生は大人びてるね」

妙なところで叔父さんが感心している。

「そんなのほんの一部だよ」

俺自身もそうだが、陽介を見ていると、とてもそんな悪知恵は働きそうにない。馬《ば》鹿《か》みたいに頭が働くやつは、クラスでも一握りいるかいないか。割合いは昔とさほど変わらないはず。そう考えないと、逆に俺や陽介が特別な落ちこぼれになってしまう。ともかく、いろいろな疑問がするする氷解して俺は気分が良くなっていた。俺たちを悩ませていた問題がこんなに簡単に解決するとは。さすがに叔父さんだ。明日みんなに自慢したいくらいだ。

が、ここで根本的な疑問がまだ残っている事に気がつく。

「じゃあ、どうして二人とも落ちちゃったの？」

「ああ、それはね」叔父さんは遠い目をすると、「丸椅子《まるいす》の上に乗った永岡さんが意識のない樫原さんを投げ捨てようとするので、僕が机の陰から飛び出して慌てて止めようとしたんだ。さっきの優斗の時のように。でもね……」

途端、叔父さんは寂しげな表情に覆われる。

「優斗の時みたいには上手くいかなかったんだよ。僕が止めるより先に彼女が僕に気づいてね、びっくりした拍子に思わず窓枠にかけていた左足を前に踏み外してしまったんだ。多分、僕の姿を七不思議の髪の毛が伸びた人体模型と錯覚したのかもしれない。僕も慌てて彼女の腕を摑《つか》もうとしたんだけど、慌てすぎてつい彼女が右足を乗せていた丸椅子を蹴《け》ってしまったんだ。バランスを崩した永岡さんはそのまま下に落ちて。溺《おぼ》れる者は藁《わら》をも摑むというけど、彼女は落下の途中に思わず樫原さんにしがみついたんだろうね。僕が駆け寄って下を覗いたときは既に二人とも地上に横たわっていて、頭部から流れた血が広がっていくのが見えたんだ。近くに二人の生徒がいて、その時は霧もあったし優斗と明美ちゃんだとは気づかなかったんだけどね。僕が通報したら事態がややこしくなりそうだから、優斗たちに任せて窓とカーテンを閉めてこっそりと抜け出したんだよ」

「そういう理由だったんだ。叔父さんも大変な場面に遭遇したんだね」

まあ、明美が倒れ俺もその介抱で手一杯だったから、通報は他の人がしたみたいだが。熱いお茶をちびちびすすりながら俺が同情すると、

「叔父さんもああいう場面に出くわしたのは初めてだから、もうびっくりして。でも……もしあと一歩間に合っていれば、二人とも助けられたかもしれないのにと思うと悔しくてね」

叔父さんがいつものしょんぼりモードになる。叔父さんは優しいから、すぐ相手に感情移入してしまうのだ。それがたとえ恋敵を殺そうとしていた生徒だったとしても。

「叔父さんのせいじゃないよ……それに俺の時は未然に止めてくれたわけだし。プラ

マイゼロだよ」

「そうかなあ」

ちらと上目遣いで叔父さんがこちらを見る。やっぱり可愛《かわい》い。

「そうだよ、そうだよ。今日は叔父さんは何か温かいものを食べたほうが良いよ。鍋《なべ》物《もの》とかさ。寒いから、いろいろ悪く考えるんだ。身体が温まったらハッピーになれるよ、きっと」

「……そうだね。優斗の助言どおり鍋にしようかな。スーパーでアンコウの安売りをしてたし、アンコウ鍋もいいかな。あ、でもその前にこの猫を返しに行かないと」

叔父さんが大事そうに籠を抱える。それを機に、俺もコタツから立ち上がった。

「そういえば、どうして永岡さんが使ったロープを持って出たの？」

理科室にそんなのが残っていれば警察が見逃さないだろうし、風が吹けば桶屋《おけや》が儲《もう》かる方式で陽介の耳にも入っているはずだ。

何となく答えの想像はついたが、尋ねてみる。叔父さんは即座に、

「その時は詳しい事情まで判らなかったけど、ロープが残っていると永岡さんの犯行が明らかになってしまう気がしてね。まさかあんな足跡の細工を仕込んでいたとは思いもよらなかったけど。もちろん人を殺すのは許されないし、生きていればきちんと

償わなければならないことだけど、死んでしまった上に殺人犯のレッテルを貼《は》られたら、何より残された家族が可哀想に思えてね」

「やっぱり。叔父さんは優しいね。じゃあね、今日は本当にありがとう」

俺は離れを出ると、霧の中、清々《すがすが》しい気分で照《あ》かりが灯《とも》る家に戻った。

解説

若林踏

麻耶雄嵩は本格ミステリにおける精緻《せいち》な論理や丁寧な伏線といったものに、並々ならぬこだわりを持つ作家だ。例えばそれは「まず手掛かりをもとに論理的に解決するというのがありますね」（『ユリイカ』一九九九年一二月号掲載インタビューより）という本格ミステリ観を巡る発言や、作品のなかでカタルシスを感じる瞬間を「うまい伏線の張り方が出来たときですね」（同）と答える姿勢から読み取ることができる。あるいは鮎川《あゆかわ》哲也『死のある風景』創元推理文庫版に寄せた巻末解説を読んで欲しい。鮎川作品における論理とトリックの相関をつぶさに読み解く文章からは、ミステリにおけるロジックについて麻耶がいかに優れた批評眼を持っているかが良く分かるはずである。

だが一方で、麻耶雄嵩は本格ミステリにおける形式や約束事を揺るがしかねないものを好んで自作に取り入れる作家だ。例えばそれは推理をしない名探偵であり、小学生の姿をした全知全能の神様である。奇矯な登場人物、非日常的に思える存在が麻耶作品の中では超然と構え、謎《なぞ》と論理と解決が一直線に結ばれるはずの物語を奇妙にねじ曲げてしまうのだ。

『あぶない叔父さん』もそうした麻耶作品特有のねじれを体験することができる作品である。本書は二〇一一年から二〇一四年の間に『小説新潮』にて掲載された短編五作に書き下ろしの一作を加える形で、二〇一五年四月に新潮社より刊行された。

霧ヶ町という土地が物語の舞台だ。北を海に、残り三方を山に囲まれた小さな町で、名前の通り一年中、鬱々《うつうつ》とした霧が覆《おお》っている。町には市から延びる霧ヶ町鉄道と呼ばれるローカル線が走っているが、いつ廃止になっても不思議ではない状態である。どん詰まりの雰囲気を漂わせる地方都市なのだ。

本書の語り手を務めるのは、この霧ヶ町で暮らす高校二年生の斯峨《しが》優斗《ゆうと》である。優斗の家には離れがあり、そこに一人の男が住んでいた。優斗の叔父さんである。叔父さんは三十五歳になっても定職に就かず、人手が足りない時の数合わせやちょっとした代行などを請け負う〝なんでも屋〟を生活の糧《かて》としていた。斯峨家の人間たちは変わり者でぱっとしない叔父さんを煙たがっている。しかし優斗は温厚で心優しく、いつでも相談に乗ってくれる叔父さんのことが大好きなのだ。この優斗と叔父さんのコンビが霧ヶ町で起こる事件に深く関わっていく、というのが各編の基本パターンである。

先行作へのパロディを込めた正統的な謎解き小説。少なくとも外見上はそう捉《とら》えることができるだろう。そもそも『あぶない叔父さん』という題名からして探偵小説の古典であるM・D・ポースト〈アンクル・アブナー〉シリーズのもじりであり、甥《おい》っ子が語り手となる構成も〈アンクル・アブナー〉と同じだ。叔父さんの出《い》で立《た》ちもまた然《しか》り。スタンドカラーの白シャツの上に安っぽい着物、下はよれよれの袴《はかま》といった和服姿で、おまけに髪は顔が隠れるくらいにぼさぼさと、ある有名な探偵役に似ていることは一目瞭然《りょうぜん》だ。

また、本書には普遍的な青春小説の要素もある。現在の彼女と元の彼女との三角関係に振り回され、閉塞感《へいそくかん》に満ちたスモールコミュニティの中で漫然と生きる優斗の姿は、等身大の若者を描いた物語として読むことができる。詮索《せんさく》好きの友人である武嶋《たけしま》陽介の探偵ごっこから仲間内での推理合戦が始まる展開も、〝新本格ミステリ〟と呼ばれた作品群が持っていた青春ミステリのテイストを思い起こさせるものだろう。

しかし読者の抱いた探偵小説らしさへの期待を、麻耶は実に意外なかたちでひっくり返してみせる。結末において水面下に潜んでいた歪《ひず》みが浮上することで、読者はいかに自分が物語の表層だけしか見ていなかったかを知り、愕然《がくぜん》とするに違いない。

強調しておきたいのは、ここでいう歪みは推理とは別の次元に存在していることである。麻耶が精密な論理やフェアな手掛かりの配置にこだわりを持つことは既に述べたが、本書でも読者が真相に気付くための道筋はきちんと用意されているのだ。例えば連続放火事件の謎を追う「転校生と放火魔」。ここではちょっとした発想の転換を行うことで核心へと近づけるという展開があり、推理の妙味を堪能《たんのう》できる。また「旧友」では読者の盲点を上手《うま》く突きながら大胆な伏線が張られている。読めば論理の紡《つむ》ぎ手としての麻耶の力量を再認識できるだろう。そこにあるアイディア一つを抜き出しても、本来ならばそれだけで立派な真相当て小説が出来上がるはずなのだ。

にも拘《かか》わらず、麻耶は物語に歪みをもたらす仕掛けを行う。推理の流麗さよりも、歪んだ世界のあり様を楽しんでくれと言わんばかりに。ここに正統にして異端の道を行く作家、麻耶雄嵩の神髄があるのだ。

『あぶない叔父さん』単行本刊行時の帯には、「常識破りの結末に絶句する『探偵のいない』本格ミステリ誕生!!」という意味深なキャッチコピーが載っていた。だが、そもそも麻耶作品に「まともな探偵」が登場したことなど滅多になかったのではないか。

麻耶雄嵩は一九九一年、京都大学工学部在学中に『翼ある闇《やみ》　メルカトル鮎最後の事件』でデビューする。ここで麻耶は絶対に推理を間違わない無謬《むびゅう》の「銘探偵」メルカトル鮎を初登場させるが、副題が示す通り第一作でいきなり探偵にとっての「最後の事件」を描いてしまう。デビュー作の時点において独特の探偵観はすでに表れていたわけである。続いて麻耶は九三年に発表した第二作『夏と冬の奏鳴曲《ソナタ》』において物議を醸《かも》す。この作品でもまたメルカトルは極端な役回りを演じるわけだが、それ以外にもキュビズムに則《のっと》った難解な理論、足跡のない殺人におけるぶっ飛んだ解決など、読者の理解をあえて拒絶するかのような規格外の内容が毀誉褒貶《きよほうへん》を招いたのである。これによって麻耶は綾辻行人《あやつじゆきと》、法月綸太郎《のりづきりんたろう》といった同じ京都大学推理小説研究会出身の書き手とは違う、ジャンルに対して破壊的なアプローチを試みる作家であるという認識が固まった。

その後も麻耶は風変わりな探偵役による実験的な作品を世に送り続ける。優秀なワトスン役が名探偵の存在を保証する『名探偵　木更津裕也』。〝神様〟だから推理抜きでも全《すべ》てを見通してしまう小学生の鈴木君が登場する『神様ゲーム』。名探偵の役割を母から受け継ぐ少女探偵・御陵《みささぎ》みかげの運命を描く『隻眼《せきがん》の少女』（第六四回日本推理作家協会賞・第一一回本格ミステリ大賞を受賞）。麻耶作品では名探偵が絶対的なものとして君臨するために、世界がそれに合わせて大きくかたちを変えてしまうという、倒錯した構図を持つことが多い。真実を告げるだけの探偵役が現れ登場人物たちに混沌《こんとん》を巻き起こすといった展開も、この倒錯ゆえ生じるものである。

そして麻耶の探偵像が一つの到達点を迎えたのが、二〇一〇年に刊行された『貴族探偵』だ。ここに登場する貴族探偵は自分で探偵を名乗りながらも、事件の捜査どころか推理までも全て使用人に任せてしまう。本格ミステリの探偵を探偵たらしめる推理すら、麻耶は主人公に放棄させてしまったのだ。相葉雅紀との対談で麻耶自身が「とりあえず（ヒエラレルキー的に）一番上という立ち位置で現れ、現れただけで必ず事件を解決することができるなら『探偵』といえるんじゃないか」（『小説すばる』二〇一七年五月号）と述べている通り、探偵という看板を掲げるだけで主役の顔をする貴族探偵は、麻耶作品の倒錯を最も良く体現していると言えるだろう。

注目したいのは『貴族探偵』を皮切りに、『メルカトルかく語りき』『貴族探偵対女探偵』『さよなら神様』（第十五回本格ミステリ大賞受賞）『化石少女』に本書といった、特異なキャラクターを配した短編集の刊行が加速化したことだ。その中には本格ミステリのルールや決まり事を極端に突き詰めたことで、逆に前衛化してしまった作品も含まれている。「こうもり」（『貴族探偵』所収）、「答えのない絵本」（『メルカトルかく語りき』所収）がその格好の例だろう。

また、これらの作品群では従来の麻耶作品にも見られた「黒い笑い」の要素が色濃く出ていることにも言及したい。麻耶は過去に「斜な笑いとかそういうのは書くようにはしているんですけどね」（『ユリイカ』一九九九年一二月号）と、意識的に笑いの要素を盛り込んでいることを発言している。『貴族探偵』以降ではシニカルな目線や底意地の悪い展開が、各々《おのおの》の強烈なキャラクターによって何倍にも増幅されているのだ。近年の麻耶作品を謎解き短編というより、ブラック・ユーモア譚《たん》として楽しむ読者が多くても不思議はないだろう。本書にもそうした痛烈な笑いが存分に盛り込まれているので、その点にも留意しながら鑑賞していただきたい。

初期作品のエキセントリックな作風ゆえに、これまで麻耶雄嵩にはマニア向けの作家というイメージがつきまとっていた。しかし近年のキャラクター作品の多彩ぶりや〈貴族探偵〉シリーズのドラマ化によってコアなファン以外にも読者を拡大させた麻耶を見て、もはや「マニア向け」などと呼ぶことはできないだろう。特にドラマ「貴族探偵」における原作を改変しながら核を外さない演出は、麻耶の小説がミステリファンの内部と外部、その双方に求心力を持った作品であることを証明したはずだ。かつてミステリ界の鬼子とも呼ばれた麻耶雄嵩は、今や謎解き物語の可能性を広げる作家となった。本書『あぶない叔父さん』がそれを証明してくれる。

（二〇一七年十二月、ミステリ書評家）

この作品は平成二十七年四月新潮社より刊行された。

新潮社ストーリーセラー編集部編
Story Seller

日本のエンターテインメント界を代表する7人が、中編小説で競演！ これぞ小説のドリームチーム。新規開拓の入門書としても最適。

新潮社ストーリーセラー編集部編
Story Seller 2

日本を代表する7人が豪華競演。読み応え満点の作品が集結しました。物語との特別な出会いがあなたを待っています。好評第2弾。

新潮社ストーリーセラー編集部編
Story Seller 3

新執筆陣も加わり、パワーアップしたラインナップでお届けする好評アンソロジー第3弾。他では味わえない至福の体験を約束します。

新潮社ストーリーセラー編集部編
Story Seller annex

有川浩、恩田陸、近藤史恵、道尾秀介、湊かなえ、米澤穂信の六名が競演！ 物語の力にどっぷり惹きこまれる幸せな時間をどうぞ。

泡坂妻夫著
しあわせの書
—迷探偵ヨギ ガンジーの心霊術—

二代目教祖の継承問題で揺れる宗教団体〝惟霊講会〟。布教のための小冊子「しあわせの書」に封じ込められた驚くべき企みとは何か？

泡坂妻夫著
生者と死者
—酩探偵ヨギ ガンジーの透視術—

謎の超能力者とトリックを見破ろうとする奇術師の対決は如何に？「消える短編小説」が仕組まれた、前代未聞驚愕の仕掛け本！

長江俊和著

出版禁止

女はなぜ〝心中〟から生還したのか。封印された謎の「ルポ」とは。おぞましい展開と、息を呑むどんでん返し。戦慄のミステリー。

中山七里著

月光のスティグマ

十五年ぶりに現れた初恋の人に重なる、兄殺しの疑惑。あまりにも悲しい真実に息もできない、怒濤のサバイバル・サスペンス！

貫井徳郎著

灰色の虹

冤罪で人生の全てを失った男は、復讐を誓った。次々と殺される刑事、検事、弁護士……。復讐は許されざる罪か。長編ミステリー。

沼田まほかる著

九月が永遠に続けば

ホラーサスペンス大賞受賞

一人息子が失踪し、愛人が事故死。そして佐知子の悪夢が始まった――。グロテスクな心の闇をあらわに描く、衝撃のサスペンス長編。

乃南アサ著

凍える牙

女刑事音道貴子

直木賞受賞

凶悪な獣の牙――。警視庁機動捜査隊員・音道貴子が連続殺人事件に挑む。女性刑事の孤独な闘いが圧倒的共感を集めた超ベストセラー。

畠中恵著

アコギなのかリッパなのか

―佐倉聖の事件簿―

政治家事務所に持ち込まれる陳情や難題を解決するは、腕っ節が強く頭が切れる大学生！「しゃばけ」の著者が贈るユーモア・ミステリ。

原田マハ著

楽園のカンヴァス

山本周五郎賞受賞

ルソーの名画に酷似した一枚の絵。秘められた真実の究明に、二人の男女が挑む！　興奮と感動のアートミステリ。

早見和真著

イノセント・デイズ

日本推理作家協会賞受賞

放火殺人で死刑を宣告された田中幸乃。彼女が抱え続けた、あまりにも哀しい真実――極限の孤独を描き抜いた慟哭の長篇ミステリー。

平野啓一郎著

透明な迷宮

異国の深夜、監禁下で「愛」を強いられた男女の数奇な運命を辿る表題作を始め、孤独な現代人の悲喜劇を官能的に描く傑作短編集。

東山彰良著

ブラックライダー（上・下）

「奴は家畜か、救世主か」。文明崩壊後の米大陸を舞台に描かれる暗黒西部劇×新世紀黙示録。小説界を揺るがした直木賞作家の出世作。

藤田宜永著

通夜の情事

あと少しで定年。けれど仕事も恋愛も、まだまだ現役でいたい。枯れない大人たちの恋と挑戦を描く、優しく洒脱な六つの物語。

船戸与一著

風の払暁

―満州国演義一―

外交官、馬賊、関東軍将校、左翼学生。異なる個性を放つ四兄弟が激動の時代を生きる。満州国と日本の戦争を描き切る大河オデッセイ。

深町秋生著
ドッグ・メーカー
―警視庁人事一課監察係 黒滝誠治―
同僚を殺したのは誰だ？ 正義のためには手段を選ばぬ〝猛毒〟警部補が美しくも苛烈な女性キャリアと共に警察に巣食う巨悪に挑む。

誉田哲也著
ドルチェ
元捜査一課、今は練馬署強行犯係の魚住久江、42歳。所轄に出て十年、彼女が一課に戻らぬ理由とは。誉田哲也の警察小説新シリーズ！

本城雅人著
騎手の誇り
落馬事故で死んだ父は、本当は殺されたのか。その死の真相を追って、息子も騎手になった。父子の絆に感涙必至の長編ミステリ。

舞城王太郎著
ディスコ探偵水曜日
（上・中・下）
奇妙な円形館の謎。そして、そこに集いし名探偵たちの連続死。米国人探偵＝ディスコ・ウェンズデイ。人類史上最大の事件に挑む!!!

宮部みゆき著
荒神
時は元禄、東北の小藩の山村が一夜にして壊滅した。二藩の思惑が交錯する地で起きた〝厄災〟とは。宮部みゆき時代小説の到達点。

道尾秀介著
貘《ばく》の檻《おり》
離婚した辰男は息子との面会の帰り、32年前に死んだと思っていた女の姿を見かける――。昏い迷宮を彷徨う最驚の長編ミステリー！

湊かなえ著
豆の上で眠る
幼い頃に失踪した姉が「別人」になって帰ってきた——妹だけが追い続ける違和感の正体とは。足元から頽《くずお》れる衝撃の姉妹ミステリー！

森　博嗣著
そして二人だけになった
巨大な海峡大橋を支えるコンクリート塊の内部空間。事故により密室と化したこの空間で起こる連続殺人。そして最後に残る者は……。

森見登美彦著
きつねのはなし
古道具屋から品物を託された青年が訪れた奇妙な屋敷。彼はそこで魔に魅入られたのか。美しく怖しくて愛おしい、漆黒の京都奇譚集。

吉田修一著
さよなら渓谷
緑豊かな渓谷を震撼させる幼児殺害事件。容疑者は母親？　呪わしい過去が結ぶ男女の罪と償いから、極限の愛を問う渾身の長編小説。

米澤穂信著
満願
山本周五郎賞受賞
磨かれた文体と冴えわたる技巧。この短篇集は、もはや完璧としか言いようがない——。驚異のミステリー3冠を制覇した名作。

連城三紀彦著
恋文・私の叔父さん
直木賞受賞
妻から夫への桁外れのラヴレター、5枚の写真に遺された姪から叔父へのメッセージ。男と女の様々な〈愛のかたち〉を描いた5篇。

あぶない叔父《おじ》さん

新潮文庫　ま－51－1

平成三十年三月一日発行

著者　麻《ま》耶《や》雄《ゆ》嵩《たか》

発行者　佐藤隆信

発行所　株式会社新潮社

郵便番号　一六二―八七一一
東京都新宿区矢来町七一
電話　編集部(〇三)三二六六―五四四〇
　　　読者係(〇三)三二六六―五一一一
http://www.shinchosha.co.jp

価格はカバーに表示してあります。

乱丁・落丁本は、ご面倒ですが小社読者係宛ご送付ください。送料小社負担にてお取替えいたします。

印刷・株式会社光邦　製本・株式会社大進堂

ISBN978-4-10-121281-4 C0193